기룡경찰

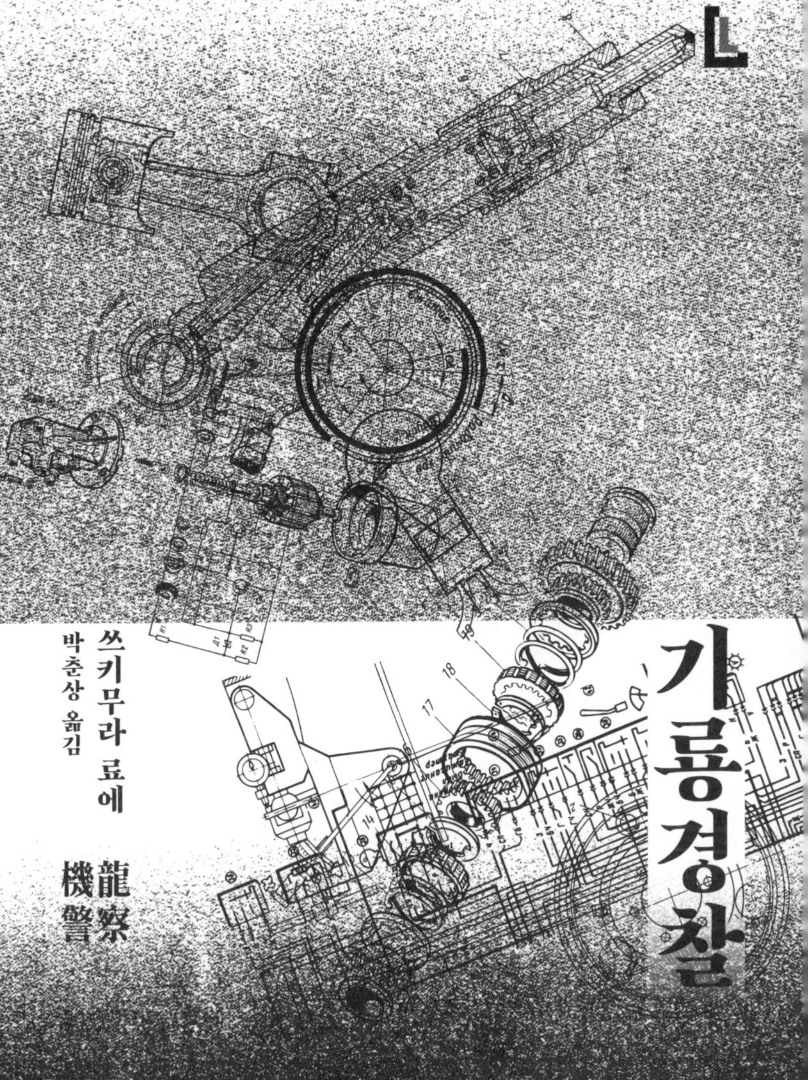

기룡경찰

機龍警察

쓰키무라 료에

박춘상 옮김

황금가지

KIRYU KEISATSU
by Ryoue Tsukimura

차례

뿔소도 아니고 범도 아니거늘 저 광야를 달리는가?

아아, 싸우러 나간 우리 사내들이여, 아침저녁 숨 돌릴 틈조차 없구나.

『시경(詩經) — 소아 하초불황(小雅 何草不黃)』

제1장

농성범

0

"여기는 경시청. 후카가와1 응답 바란다."

"여기는 후카가와1. 말하라."

"접수번호6282. 제7방면 사루에 1번가 인근에서 휴대전화로 신고가 들어왔다. 29번 야마다이 공업의 건물 내부에 수상한 외국인 여럿이 잠복 중이라고 한다. 전부 아시아인으로 인상착의는 불명. 총기를 소지하고 있는 것으로 보인다. 현장에 가서 사태를 파악하라."

"후카가와1 라저. 현장으로 향하겠다."

조수석에 있는 순사부장이 마이크에 대고 응답하기 전에 젊은 순사는 이미 운전대를 돌리고 있었다.

오전 8시 17분. 초가을로 접어들면서 아침 날씨가 많이 선선해졌다. 하지만 그날은 어제부터 찌뿌둥했던 하늘이 개지 않아서 무거운 습기가 지상에 남아 있었다.

후카가와1은 경시청 후카가와서署에 소속된 순찰차다. 경시청 지역부 통신 지령 본부는 위치 자동 보고 장치로 순찰 중인 모든 순찰차의 위치를 실시간으로 파악하고 있다. 지령 센터는 이 정보를 바탕으로 관할서에 연락을 하고, 동시에 현장에서 가장 가까이에 있는 순찰차에 지령을 내린다.

"요즘에 부쩍 늘어났군요."

신호가 바뀌기 직전에 교차로에서 신참으로 보이는 젊은 순사가 억지로 좌회전을 하고는 선배 경관에게 말했다.

"골치 아픈 일이지."

나이가 지긋한 순사부장이 탄식하며 대꾸했다.

"민족 투쟁인지, 마피아의 영역 다툼인지는 모르겠지만, 제발 자기네 나라에 가서 좀 하라고. 딴 나라에 불법 입국까지 하면서 무슨 짓인지 모르겠군."

그 말투에서는 명백한 편견이 느껴졌다.

"아직 모르잖습니까……. 목격자의 착각일지도."

"그러면 좋겠지만 말이야. 총기를 소지하고 있다고 했잖아? 그런 패거리들은 대개 그쪽이야. 그게 아니면 범행을 모의하는 강도들이거나."

"휴우, 그렇습니까?"

젊은 순사는 모호하게 고개를 끄덕였다. 여하튼 선배의 말에 토를 달지 않는 편이 좋다. 그것이 경찰의 철칙이다. 모든 경찰은 경찰학교에서 그 철칙을 머릿속으로 때려 박는다.

4분 뒤, 순찰차는 지시받은 지점에 도착했다.

철거를 기다리는 낡은 아파트와 주택이 밀집된 골목 안쪽에 빨간 철제 공장이 은밀하게 숨어 있었다. 부지 주위를 철책이 에워쌌고, 문은 굳게 닫혀 있었다. 부지 안에 불법으로 투기된 쓰레기 더미가 보였다.

공장이 돌아가는 기색은 전혀 느껴지지 않았다. 상당히 오래전에 폐업한 듯했다.

붉게 녹이 슨 문 앞에 순찰차가 멈췄다. 순사부장은 마이크를 들고서 손목시계를 보며 보고했다.

"여기는 후카가와1. 8시 21분 현장에 도착."

안전벨트를 풀면서 젊은 순사가 걱정스레 물었다.

"어떤 총기를 갖고 있을까요?"

"글쎄. 또 토카레프나 노린코겠지. 뭐야? 너, 쫄았냐?"

"예, 조금……."

"차분히 심호흡이라도 해 봐. 걱정하지 마. 금방 적응이 될 거다. 우선은 상황부터 확인. 그리고 후속 인원을 기다린다. 규정대로만 하면 돼."

순사부장이 차 안에 비치된 손전등으로 손을 뻗었을 때, 금속이 부딪치는 요란한 소리가 들렸다.

두 사람은 반사적으로 앞에 있는 건물을 쳐다봤다.

철제 공장의 셔터를 찢고서 거대한 황갈색 물체가 나타났다.

허리를 숙인 채로 나온 '그것'은 다리 관절을 서서히 펴면서 바깥

공기를 빨아들이듯 일어섰다. 온도를 느낄 리가 없는 강철 거인이 초가을 아침의 쌀쌀한 공기에 온몸을 부르르 떨었다.

"……기모노다."

순사부장이 아연해하며 중얼거렸다.

저 물체는 인체를 본떠서 설계한, 총 길이 3.5미터에 이르는 이족 보행형 군용 유인 병기 '기갑병장機甲兵裝'이다.

기모노란 '착용하는 물체'라는 뜻을 지닌 기모노着物라는 단어에서 비롯된 경찰들만의 은어로, 기갑병장을 가리키는 말이다.

폐공장 앞에서 잠시 동작을 멈췄던 기갑병장이 머리를 돌려 순찰차를 쳐다봤다.

그 뒤에서 잇달아 두 대가 더 나오고 있었다. 앞서 나온 기갑병장과 똑같은 기체가 느릿느릿 나타났다.

앞서 나온 기갑병장 한 대가 순찰차를 향해 돌진했다.

제정신을 차린 두 경관은 황급히 차 밖으로 뛰쳐나가려고 했다. 순사부장은 곧바로 안전벨트를 풀려고 했으나 때는 늦었다.

철책을 박살내 버린 기갑병장은 그대로 달려와서 순찰차를 짓밟았다.

순찰차의 지붕이 종잇장처럼 찌그러지고, 앞유리가 순식간에 산산조각이 났다. 순사부장은 차체에 끼인 채로 압사했다. 간신히 밖으로 굴러 나온 순사는 인도에 쓰러진 채로 기절했다. 그의 왼쪽 다리는 허벅지 말단부터 통째로 소실되어 있었다.

조금 뒤에 도착한 후카가와서 경관들은 선발대의 순찰차를 짓밟고서 도주하는 기갑병장 세 기를 목격하고는 경악한 나머지 말문을 잃었다.

경시청 경비부에 첫 통보가 들어온 시각은 그로부터 6분 뒤였다.

"오전 8시 17분. 총을 소지한 수상한 외국인을 목격했다는 신고가 들어왔습니다. 인근을 순찰하던 후카가와서 순찰차를 현장으로 급파하였습니다. 아시아계 외국인으로 보이는 괴한 세 명은 은닉해 두었던 제2종 기갑병장에 탑승해 도주했습니다. 그 과정에서 경관 하나가 즉사했습니다. 나머지 요원은 중상을 입고 병원으로 이송 중입니다. 기갑병장 세 기는 지금도 도주하고 있습니다. 인근 주민 및 행인이 상당히 죽거나 다친 것 같습니다."

첫 통보를 처음으로 받은 담당 직원은 긴장해서 몸이 굳었다.

경찰관 순직. 일반 시민 사상자 다수…….

이미 쉽사리 수습할 수 없는 사태로 번져 버렸다.

자택에서 출근을 준비하던 경시청 사카타 모리카즈 경비부장은 긴급 연락을 받고서 당장 SAT에게 출동을 명령했다. 그리고 사노미쓰루 경비차장에게 연락해 현장으로 나가 총괄 지휘를 맡도록 명령했다.

순찰차에 쫓기던 기갑병장 세 기는 사루에에서 센고쿠 지역에 걸쳐 고토구区를 종횡무진 질주했다.

다이몬도리*를 건던 사람들은 옆길에서 갑작스레 뛰쳐나온 거인을 보고는 놀라서 돌아봤다. 불행하게도 기갑병장과 정면에서 맞닥뜨린 노부인은 선 채로 기계의 발에 채여 산산조각이 났다. 도로를 달리던 승용차와 트럭들이 일제히 급히 브레이크를 밟은 바람에 잇달아 충돌이 벌어졌다. 기갑병장 세 기는 자기들 때문에 대참사가 벌어졌는데도 아랑곳하지 않고 방향을 틀었다. 비명을 지르며 혼비백산하는 사람들을 날려 버릴 것 같은 기세로 질주했다. 거대한 기계들이 차도를 역주행하자 달리던 차량들은 큰 혼란을 일으켰다. 피해는 연쇄적으로 확대되었다.

인근 경찰서는 말할 것도 없고, 경시청에서도 직할대(자동차 순찰대) 순찰차를 현장으로 급파했다. 엄청난 숫자의 순찰차들이 기갑병장 세 기를 쫓았다. 결집한 경찰 차량들이 주요 도로들을 봉쇄하기 시작했다.

오기바시 교차로 모퉁이에 위치한 편의점 안에는 그날 아침에도 출근이나 등교를 앞둔 손님들이 분주하게 물건을 고르며 구입하고 있었다.

입구 옆에 놓인 복사기에서 공책을 복사하는 데 여념이 없는 여중생 둘. 구취 제거 스프레이와 물휴지를 고르는 독신자로 보이는 회사원. 잡지 코너에 진열된 만화 주간지를 들고 있는 중년 회사원.

* 도쿄 고토구에 있는 도로. 도리는 비교적 넓은 도로를 뜻한다.

깜빡 잊어버린 조미료를 바구니에 넣고 있는 주부. 그 외에도 손님이 서너 명 더 있었다. 아르바이트 점원은 두 명이었다. 계산대 옆에서 뜨거운 김이 피어오르는 어묵을 주문하는 사람은 역시 없었다.

창밖 하늘은 찌뿌둥했다. 그래도 가게 안에는 아침을 맞이한 편의점 특유의 활기가 흘렀다.

"야, 어딜 복사하는 거야?"

"어? 이 부분 아냐?"

"아냐! 아, 진짜! 내가 말했잖아. 안 듣고 뭐했어?"

"으음, 빨리 알려 줘. 빨리!"

친구로 보이는 두 중학생의 목소리가 편의점 안에서 가장 시끄러웠다.

멀리서부터 점점 가까워지는 순찰차 사이렌 소리에 편의점 안에 있던 손님들이 동시에 고개를 쳐들었다. 순찰차 사이렌 소리는 흔히 듣는다. 평소였다면 눈길도 주지 않았을 것이다. 하지만 사이렌 소리와 함께 공사장 항타기* 같은 소리도 함께 접근하고 있었다.

항타기치고는 소리의 간격이 너무 짧았다. 더구나 급속도로 커지며 접근해 오고 있었다. 들어 본 적이 없는, 마치 사람의 발소리와 같은 박자로 아스팔트를 강렬하게 때려 대는 소리였다. 그 소리에 맞춰 편의점 안이 진동했다. 밖에서는 아우성치는 사람들의 목소리도 들렸다.

---

* 말뚝을 박는 공사 기계.

"……뭐야?"

공책을 복사하던 두 여중생이 바깥 동태를 살피려 발돋움을 했을 때…… 무언가가 느닷없이 하얀 아침 햇살을 가리며 유리창을 거멓게 뒤덮었다. 그 순간 폭발하듯 창문이 깨져 버렸다.

도주하던 기갑병장 세 기 중 하나가 오기바시 교차로를 꺾지 못하고 균형을 잃었다. 모퉁이에 있는 편의점과 충돌한 기체는 그대로 유리창을 부수고서 내부에 쓰러졌다. 물건을 구입하던 회사원 한 명과 주부 한 명, 그리고 여중생 두 명이 영문도 모른 채 즉사했다.

가게 안에는 으깨진 상품과 유리 조각, 건물 파편 그리고 불과 몇 초 전에 인체의 한 부품이었을 잔해들이 어지러이 흩어져 있었다.

상품 진열대를 깔개처럼 깔고서 쓰러진 기갑병장은 별 손상 없이 일어섰다. 그러고는 앞서 가는 두 기를 쫓아 태연하게 질주를 재개했다.

정면에 순찰차가 등장하자 선두에서 달리는 기갑병장이 왼쪽 매니퓰레이터*를 들었다. 묵직한 굉음과 함께 불꽃이 번쩍이더니 순찰차 보닛이 튀어 날아갔다. 차체가 순식간에 찢겨져 파괴됐다.

중기관총의 총격에 맞은 것이었다.

기갑병장 세 기는 모두 매니퓰레이터에 전용 어댑터를 접속해 중화기를 장착하고 있었다. 기갑병장이 질주하면서 중기관총을 발포

* 사람 팔과 비슷한 기능을 하는 기계.

했다. 순찰차 네 대가 탄에 맞아 파괴됐다. 더 이상 추격을 할 수가 없는 상태였다.

약 15분 동안 오기바시, 이시지마 인근을 질주한 세 기는 8시 38분에 요쓰메도리로 나왔다. 전방에 보이는 남쪽은 기동대의 대형 차량들이 엄중하게 봉쇄하고 있었다. 반대 방향에서는 순찰차들이 추격하고 있었다. 옆길도 봉쇄를 끝마친 상태였다.

갈 곳을 잃은 세 기는 당황했는지 정지했다.

현장에 있던 대부분의 경찰관들은 폭주하는 군용기를 포획할 수 있으리라 확신했다.

하지만 그 순간…….

세 기는 도로 동쪽에 쳐져 있는 폭 40미터, 높이 5미터짜리 공사용 강철 방호벽을 부수고는 그 안쪽에서 입을 쩍 벌리고 있는 깊고 검은 구멍 속으로 잇달아 몸을 날렸다.

지하철 공사를 위해 파 놓은 굴이었다. 가칭 유라쿠초신선線. 세 기는 공사 현장에서 터널 속으로 도망쳐 들어갔다.

도요스에서 스미요시를 향해 착굴 중인 유라쿠초신선은 현재 센다역까지 완성되어 있었다. 2개월 전부터 부분적으로 개통이 된 상태였다. 즉 현재 센다역은 유라쿠초신선의 종점이었다. 흉악한 군용기에 탑승한 괴한들은 역 플랫폼에 정차하고 있던 지하철의 운전석을 파괴해 기사를 살해한 뒤 승객 전원을 인질로 잡고는 역 구내에서 농성에 들어갔다.

그때 시각이 8시 41분이었다.

한 통의 신고 전화는 군용 병기가 저지른 최악의 농성 사건으로 발전했다.

1

오전 10시 52분. 지하철 유라쿠초신선 센다역 부근은 흡사 전장과도 같은 상황이었다.

센고쿠 2번가 교차로에 있는 두 승강구 인근은 물론, 역을 중심으로 반경 500미터는 완전히 봉쇄됐다. 요쓰메도리는 도요 6번가 교차로에서 오기바시 2번가 교차로까지 통행이 금지되었다. 동원된 경관들과 기동대원들이 노란색 테이프 앞에서 밀어닥친 매스컴 및 구경꾼들과 밀치락달치락하고 있었다.

"밀지 마. 밀지 말라고요!"

"피난 명령이 내려졌습니다!"

"우리는 보도할 의무가 있어!"

"사진만이라도!"

"구경꾼들은 물러서!"

"그냥 찍어! 빨리!"

"야, 밀지 말라고!"

"위험하다고 몇 번을 말하나!"

그동안에도 후카가와서 순찰차들은 주민들을 대피시키고 있었다.

'후카가와서에서 나왔습니다. 이 지역에 피난 명령이 내려졌습니다. 주민 여러분께서는 경찰, 소방관, 공무원의 지시에 따라 신속히 대피해 주십시오. 다시 말씀드립니다. 후카가와서에서 나왔습니다…….'

스피커에서 나오는 피난하라고 부르짖는 큰 목소리는 상공을 날아다니는 언론사 헬리콥터의 폭음에 묻힐 것 같았다.

봉쇄된 도로에는 순찰차와 대형 경찰 차량이 모여 있었다. 경찰관들은 반듯하게 대열을 이루고 있고, 수사원들은 이리저리 뛰어다니는 중이었다. 빗발치는 노성은 명령인지 질타인지 알아들을 수 없을 지경이었다. 사이렌과 비명은 그칠 새가 없었다. 경찰 무전은 의미를 알 수 없는 노이즈일 뿐이었다. 혼란스러운 와중에도 경찰 차량들이 속속 현장에 도착했다. 사태가 얼마나 긴박한지를 보여주었다.

사건이 발생한 지 이미 2시간 31분이 지났다. 그러나 괴한의 신원, 인질의 숫자는커녕 정확한 피해자의 숫자조차도 경찰은 아직껏 파악하지 못했다. 질주하는 기갑병장의 다리에 치인 시체는 심하게 손상이 되어 신원을 파악하기가 쉽지 않았다. 의식이 없는 중상자를 포함한 부상자의 숫자도 알지 못했다. 개중에는 등교하던 초등학생이나 유치원생도 포함되어 있었다. 현장에서 가까운 구급병원마다 울부짖는 일가친척과 밀어닥치는 매스컴으로 북새통을 이뤘다.

"상황을 설명해 주시지요."

SAT 현장 지휘차 앞에서 이마를 맞대며 의논을 하던 히로시게 다쿠로 대장과 사노 미쓰루 경비부 차장이 그 목소리에 뒤를 돌아봤다.

경찰 관계자답지 않게 짙은 남색 정장을 말쑥하게 차려입은 남자가 경찰관들을 헤치고서 잰걸음으로 걸어왔다. 나이는 40대 전후로 보였다. 뒤에는 부하로 보이는 두 남자가 따르고 있었다.

"오키쓰 특수부장이로군."

사노 경비부 차장이 혀를 차자마자 우락부락하게 생긴 히로시게 SAT 대장이 고함을 질렀다.

"아무도 너희들을 안 불렀는데?"

"부르지 않아도 필요가 있으면 출동한다."

"이미 SAT가 출동했으니 필요 없어."

"필요한지 어떤지는 자네가 판단할 사안이 아닐세."

"뭐라고?"

세련된 안경을 고쳐 쓰면서 오키쓰가 태연하게 흘려 넘기자 히로시게 대장의 낯빛이 바뀌었다. 주변을 에워싸고 있는 SAT 대원과 경시청 경비부, 그리고 관할서 경찰관들도 예사롭지 않은 표정으로 오키쓰와 두 부하를 노려봤다.

"당장 꺼져! 남의 공이나 가로채는 도둑놈들!"

제복 차림의 경찰관들 사이에서 목소리가 터져 나왔다.

현장에 있는 모든 사람들이 눈빛으로 그 목소리에 동조하고 있었다.

얼핏 선이 가늘게 생겼지만, 오키쓰는 자신에게 쏟아지는 적의를 정면으로 받으면서도 떨기는커녕 미동조차 하지 않았다.

그의 부하들도 상관과 마찬가지로 태연했다. 한 사람은 이 상황이 흥미로운지 옅은 미소마저 짓고 있었다.

두 부하…… 경찰 관계자로 보이나 생김새가 독특했다. 오키쓰도 키가 큰 편이지만 두 부하는 더 컸다. 190센티미터 가까이 되는 것 같았다. 나이는 두 사람 모두 30대 초반으로 보였다. 하지만 한 사람은 뒤로 자연스레 흐르는 머리카락이 하얗게 세어 있고, 나머지 한 사람은 아예 일본인이 아니었다. 이목구비가 날카로운 금발 백인이었다.

옅은 미소를 지은 사람은 백발 남자였다. 금발 남자는 철저하게 무표정했다.

백발 남자는 블루종 재킷을 편하게 걸치고 있지만, 금발 남자는 차콜그레이 정장을 단정하게 입고 있어서 빈틈이 느껴지지 않았다. 빈틈이 없는 겉모습에서 완고한 내면이 느껴졌다.

사람을 깔보는 것 같은 옅은 미소와 얼음장처럼 차가운 무표정. 전혀 다른 유형의 사내이지만, 주변 사람들의 눈에 오만하거나, 불손하게 비친다는 점은 똑같았다.

또 다른 공통점…… 그것은 살기로 가득한 흉악 범죄 현장에서 이질적인 존재감을 풍긴다는 것이다.

특히 백발 남자가 내뿜는 여유로움은 흥분한 경찰관들이 에워싸고 있는데도 주변을 압도하고 있었다.

"외부인인 주제에."

"아마추어는 작전에 방해가 되니 썩 꺼져."

경찰관들의 매도는 그치지 않았다. 인질 구출은커녕 당장에라도 주먹다짐이라도 벌일 것 같은 이상한 긴장감이 흘렀다.

금발 백인은 그 매도를 흘려들었다. 하지만 백발 남자는 옆에 있는 동료에게 굳이 물었다.

"이쪽 '업계'는 확실히 내 전문이 아니긴 하지……. 그런데 경찰은 다 이런가? 아니면 일본 경찰이 특이한 건가?"

백인은 아무 대답도 하지 않았다. 하지만 경찰관들이 격앙했다.

"저 깡패 같은 자식들. 테러 진압이 무슨 돈벌이인 줄 알아?"

"우리 경찰에는 SAT가 있다."

"네놈들은 경찰이 아냐."

백발 남자는 다박수염을 쓰다듬으면서 어깨를 들먹였다.

"너희 말대로. 우리 본업은 경찰이 아냐. 하지만 공교롭게도 지금은 경찰에 고용된 몸이라서."

경찰관들이 더욱 격분했다.

"뭐냐, 그 말투는!"

"하청 따윈 필요 없어!"

"그렇게 따져 봤자……. 우리도 이게 일이야. 불만이 있으면 경찰법을 개정한 정부한테 따지라고."

끝까지 거들먹거리는 동료를 향해 백인 남자가 처음으로 입을 열었다.

"그쯤 해 둬."

일본어였다.

그러나 그의 무뚝뚝한 말은 때늦은 충고였다. 백발 남자의 태도를 되레 도발로 받아들인 히로시게 대장이 햇볕에 그을린 얼굴을 붉으락푸르락 물들이며 부하들에게 명령했다.

"이 녀석들을 당장 내쫓아."

살기로 충천한 대원들이 일제히 오키쓰와 두 부하에게 다가갔다. 가혹한 훈련을 받아 지방을 극한까지 제거한 그들의 체구는 일반 경찰관과는 전혀 다른 사나움을 뿜어내고 있었다.

두 부하가 반사적으로 상관을 지키고자 대원들 앞을 가로막았다. 백발 남자와 금발 남자는 정예 SAT 대원들을 앞에 두고도 전혀 겁먹지 않았다.

서로 노려본 채로 한 발자국도 물러서지 않았다.

"그만들 해."

사노 차장이 제지했다.

오키쓰의 계급은 경시장警視長이다. 아무리 흥분의 도가니 속이라고 해도 경시警視인 히로시게나 현장 경찰관들이 매도를 할 수 있는 상대가 아니다. 아니, 경찰 조직이기에 더더욱 있을 수 없는 상황이다. 그러나 주변에는 무슨 까닭인지 상관을 매도해도 된다는 분위기가 흐르고 있었다.

한편 오키쓰는 냉정한 태도를 유지한 채 다시 말했다.

"상황을 설명해 주십시오. 사노 차장."

바로 그때, 경시청 점퍼를 입은 계원이 달려와 사노 차장에게 보고했다.

"회선 접속 작업을 전부 끝냈습니다. 지휘차 모니터에서 감시 카메라 영상이 나오고 있습니다."

"좋아."

사노 차장은 고개를 끄덕이고서 오키쓰를 돌아봤다. 그러고는 지휘차를 턱짓으로 가리켰다.

"자네들도 들어와."

선두에 선 사노 차장을 따라 히로시게와 SAT 각 반 반장들이 지휘차에 올라탔다. 오키쓰와 두 부하도 그 뒤를 이었다.

오키쓰와 두 부하의 등을 향해 경관들 중 누군가가 욕설을 내뱉었다.

"저 전쟁광들!"

지휘차 안에서 오키쓰는 다시 소속과 이름을 밝혔다.

"특수부의 오키쓰입니다."

경시청 특수부特搜部. 있을 법한 부서이지만, 경시청에 형사부는 있어도 '특수부'는 없다. 아니, 없어야만 한다. 경찰 관계자들은 하나같이 그들의 존재 자체가 모욕이라는 듯한 표정을 짓고 있었다.

오키쓰는 이어서 뒤에 있는 두 부하를 소개했다.

"스가타 도시유키 경부. 그리고 유리 오즈노프 경부입니다."

히로시게가 비꼬며 말했다.

"어이쿠, 외주 경부님이시군요?"

사노가 노려보자 히로시게는 고개를 돌린다.

사노는 헛기침을 하고서 지휘차 안에 있는 관계자들을 둘러봤다. 배가 불룩해서 굼떠 보이지만 그의 행동력은 익히 알려져 있었다.

"괴한들이 탑승한 제2종 기갑병장은 '고블린'의 밀조본密造本인 '홉고블린'으로 밝혀졌다. 최근에 아시아계 범죄자들 사이에서 거래가 급증하고 있는 기종이다."

사노는 지휘차 안에 설치된 모니터 중에 1번에서 3번까지의 화면을 가리켰다.

"여길 봐다오."

모니터 세 대에서는 역 구내에 난입한 기갑병장과 혼비백산하며 도망치는 승객들을 각기 다른 각도에서 잡고 있는 영상이 나오고 있었다. 소리는 나오지 않았다.

"센다역 플랫폼에는 안전 확인용 카메라가 세 대 설치되어 있다. 1번 모니터에는 플랫폼 북단, 즉 스미요시 쪽에 설치된 카메라가 찍고 있는 영상이 나오고 있다. 3번 모니터에는 그 반대, 도요초 쪽 카메라가 찍고 있는 영상이 나오고 있고, 2번은 중앙계단 인근 영상이다. 센다역 플랫폼은 섬식 승강장 구조여서 플랫폼 양쪽이 선로와 접하고 있다. 개찰구로 이어지는 통로는 중앙계단뿐이다. ……영상을 뒤로 돌리게."

사노가 지시하자 계원이 기계를 조작했다.

평온한 아침을 맞이한 역 구내. 플랫폼에는 회사원들과 학생들이 서 있었다. 한쪽 플랫폼으로 네 량짜리 지하철이 들어왔다. 허리 높이의 스크린도어와 지하철 문이 잇달아 열렸다. 승객들 수십 명이 내리고, 교대하듯 기다리던 승객들이 차량에 올랐다. 하차한 승객들은 다들 잰걸음을 치며 중앙계단으로 향했다. 계단 좌우에는 각기 위와 아래로 향하는 에스컬레이터가 한 대씩 설치되어 있었다. 갑자기 1번 모니터에 거대한 군용 병기가 출현했다. 플랫폼을 걷던 승객들은 어리둥절해하며 발걸음을 멈추었다. 화면 오른쪽 아래에 떠 있는 시각을 보니 8시 40분이었다. 기갑병장이 침입한 직후의 영상임을 알 수 있었다.

역 구내로 침입한 홉고블린은 정차한 열차가 있는 선로가 아닌 반대쪽 선로를 질주했다. 그 거구는 오른쪽 1번 모니터에서 한가운데 2번 모니터, 그리고 도요초 방면을 비추는 왼쪽 3번 모니터로 옮겨 갔다. 운전석 바로 옆까지 달려간 홉고블린은 스크린도어 맞은편에 있는 지하철 운전석을 향해 오른쪽 매니퓰레이터에 달린 대구경 기관총을 발사했다. 상황을 살피려 차창 밖으로 윗몸을 내민 운전사가 열차 문과 함께 순식간에 박살나는 장면을 카메라가 선명하게 찍었다.

"89식인가? 중국군의 헤비 머신건이군."

스가타 경부가 무람없이 중얼거렸다.

사노가 침통한 얼굴로 말했다.

"유라쿠초신선에서는 차량을 운전사 한 명이 운행한다. 그게 화근이었다고 도쿄 메트로 관구장이 원통해하더군."

기관총이 발포되자 플랫폼과 차량 안에 남아 있던 승객들이 중앙

계단으로 쇄도했다. 하지만 뒤이어 침입한 홉고블린이 89식(QJZ89식) 기관총을 난사하자 그들은 다시 차량 안으로 되돌아갈 수밖에 없었다. 대형 기관총이 기갑병장에 달려 있으니 마치 장난감처럼 보였다. 하지만 그 위력은 변함이 없었다. 플랫폼 여기저기가 탄을 맞고서 파였다. 열차 창문이 산산이 깨졌다. 차량 안에 있는 승객들은 반대쪽으로 몸을 바짝 붙여 필사적으로 웅크렸다. 계단을 올라 현장에서 도망친 사람은 소수였다. 두 번째 홉고블린은 그대로 계단 앞에서 정지했다. 마지막으로 침입한 세 번째 홉고블린은 플랫폼 북단을 점거한 채 움직이지 않았다. 첫 번째 기체도 플랫폼 남단에 정지한 채로 사격 자세를 취하고 있었다.

"선두, 중앙, 후미를 점거했구만."

히로시게는 분해하며 신음했다. 지휘반장 중 하나가 지적했다.

"이 두 번째, 이놈이 거기서 설친다면 계단을 통해 돌입하는 건 어렵겠군요."

선로 위에 정지한 두 번째 홉고블린의 동체 부분 잠금장치가 풀렸다. 흉부 해치가 열리고 콕핏*이 개방되었다.

"저길 봐."

다른 반장이 1번 모니터를 가리키고는 흥분하며 목소리를 높였다.

"나왔어."

---

* 조종실.

조종석에서 일어서 플랫폼으로 뛰어내린 괴한은 검은 복면을 쓰고 있었다. 모니터를 주시하던 사람들 사이에서 낙담의 한숨이 흘러나왔다. 실시간 영상은 아니지만 히로시게 대장을 비롯한 SAT 대원 전원이 처음으로 본 영상이었다.

열려 있는 문을 통해 차량 안으로 들어간 남자는 권총을 쥐고서 뭐라고 외치고 있었다. 승객들 모두가 바닥에 웅크렸다.

"토카레프로 보이는군."

화면 해상도가 낮은데도 용케 알아본 스가타가 다시 중얼거렸다.

오즈노프 경부는 묵묵히 화면만을 쳐다보고 있었다. 아이스블루색의 눈동자가 날카롭게 번뜩였다. 실오라기 한 올조차 놓치지 않겠다는 사냥개의 눈이었다.

화면 속 남자는 가장 가까이에 있는 중년 여성의 토트백을 뒤집어 내용물을 탈탈 털어낸 뒤 차 안을 배회했다. 그러다가 한 승객의 머리에 토카레프를 겨누며 가방을 내밀었다. 그 승객은 황급히 들고 있던 휴대전화를 가방 안에 던졌다. 그 순간, 괴한은 승객의 머리를 향해 발포했다.

모니터는 무음이었지만 발포음과 승객들의 비명이 들리는 것 같았다.

승객들은 괴한이 내민 가방 안에 잇달아 휴대전화를 넣었다. 그는 각 차량을 돌아다니며 승객들을 위협해 휴대전화를 수거했다.

"이 시점까지 휴대전화로 외부와 연락을 한 승객은 적지 않았다. 동영상을 촬영해서 보낸 자도 있었다. 괴한은 그걸 눈치 채고서 승객들의 휴대전화를 수거했을 것이다. 현재 괴한은 승객들을 협박해 그런 정보들을 최대한 회수하는 중이다."

세 번째 차량에 탑승한, 회사원으로 보이는 두 남자가 계단으로 냅다 달렸다. 그걸 눈치 챈 첫 번째와 세 번째 홉고블린이 기관총을 발포했다. 두 남자는 계단에 이르기도 전에 고깃덩어리가 되어 플랫폼에 쓰러졌다.

"차량 문과 스크린도어는 연동되어 있다. 운전석에서 개폐할 수 있다고 한다. 운전석이 파괴되었기에 현재 모든 문은 열려 있다. 스크린도어는 가동식 칸막이라고 보면 된다. 높이는 1.3미터이고, 센다역 플랫폼과 선로 사이에 빈틈없이 설치되어 있다."

첫 번째와 세 번째 기체는 승객들을 위협하듯 기관총을 천장을 향해 난사했다. 1번, 뒤이어 3번 모니터 영상이 끊어졌다.

"양쪽 플랫폼의 영상은 여기까지다."

사노가 원통해하며 말했다.

"방금 그 총격으로 1번과 3번 카메라가 파괴됐다. 하나 다행히도 2번 카메라는 살아 있다."

그 말대로 2번 모니터에서는 여전히 오른쪽 끝에 두 번째 홉고블린, 왼쪽 끝에 차량 일부가 나오고 있었다. 승객들의 휴대전화로 불룩해진 가방 두 개를 든 복면 남자가 자신의 기체로 달려갔다. 그는 선로에 백을 내팽개치고서 기갑병장 콕핏으로 뛰어들었다. 해치는 다시 닫혔다.

"2번 카메라는 계단 위에 설치되어 있어서 선로 위에 있는 홉고블린이 미처 보지 못했을 거다. 플랫폼에서도 계단을 올라가야만 보인다고 한다. 그래서 총탄을 맞지 않았다. 자, 실시간 영상은 여기까지다. 이후에 부상자가 더 나왔는지 어떤지, 현재 차량 내부의 상황은 알 수 없다. 인질로 잡힌 승객의 정확한 숫자도 여전히 파악되질 않는다. 하나 카메라에 찍혀 있는 범위에서 추측해 본 바 대략 120명쯤으로 보인다. 가족이나 직장에 연락해 인질들의 신원을 급히 알아보고 있는 중이다. 우리 쪽에서 괴한들과 접촉해서 설득을 하고 있으나 반응은 없다. 그들도 아직 아무것도 요구하지 않았고……."

사노가 이야기하던 도중에 지휘차 문이 열렸다.

"실례합니다."

긴 몸을 숙이며 들어온 사람은 외국 여성이었다.

백인. 모래색과 비슷한 금발. 옅은 초록빛 눈동자. 해어진 가죽 점퍼에 데님 바지 차림. 그리고 젊었다.

여자는 오키쓰를 향해 보고했다.

"늦어서 죄송합니다. '밴시'의 3호 장비를 점검하던 중에 고장이 발견됐습니다."

"그래? '밴시'는 사용할 수 있나?"

"다행히도 응급조치를 취해 복구했습니다. 스즈이시 주임의 말에 따르면 작전에는 지장이 없다고 합니다."

그녀의 말투는 무뚝뚝했다. 발음이 다소 이상하긴 하지만 일본어 실력이 훌륭했다.

오키쓰가 다른 사람들에게 그녀를 소개했다.

"라이저 라드너 경부입니다. 대테러 스페셜리스트입니다."

"테러 스페셜리스트? 저 여자가?"

히로시게가 비웃었으나 오키쓰는 엄숙하게 고개를 끄덕였다.

"라드너 경부만큼 테러를 잘 아는 사람은 그리 없네. 전 세계 특수부대를 다 뒤져 봐도 말이지."

사람들이 여자를 다시 쳐다봤다. 20대 후반쯤 됐을까? 화장을 전혀 하지 않았는데도 얼굴과 몸매가 이목을 끌었다. 그러나 그녀의 온몸을 감싸고 있는 저 음울한 분위기는 무엇인가? 형언하기 어려운 그늘이 미모를 덮을 정도로 드리워져 있어서 아름답다기보다 오히려 불길한 인상을 풍겼다. 풍성한 모래색 머리카락조차도 가을의 찬 서리를 맞아 퇴색한 것처럼 보였다.

"저 스페셜리스트님께서 이 중요한 순간에 지각을 했구만?"

"우리 '특수 장비'는 주의를 최대한 기울여야만 운용할 수가 있네. 정보는 철저하게 공유하고 있으니 문제는 없어."

오키쓰의 태도는 여전히 담담했다. 티끌만큼도 흐트러지지 않았다.

"차장님!"

인내심이 한계에 이르렀는지 히로시게가 사노에게 따졌다.

"세 괴한들은 밀수입한 홉고블린으로 거대한 범죄를 노렸을 겁니다. 무장강도나 적대 세력 응징……. 아마 그럴 용도로 들여왔을 테죠. 그런데 그 사실이 발각됐고, 이리저리 도주하다가 지하철역에 들어간 겁니다. 우리는 이와 비슷한 실전을 충분히 겪어 왔습니다.

현 단계에서 외부의 조언을 듣게 되면 현장에 불필요한 혼란을 야기할 수 있으리라 본직은 생각합니다."

특수부를 굳이 '외부'라고 불렀다. 히로시게는 기동대에서 잔뼈가 굵은 사람이었다. 인생의 대부분을 SAT 강화 육성에 바쳐 온 남자였다. 그만큼 경찰 내부의 불순물에 대한 반감이 컸다.

"저 녀석들을 단순 강도로 치부해도 될까?"

스가타 경부가 말했다.

"역 구내에 쳐들어가자마자 열차 운전석을 공격한 걸 보면 아마추어치고는 솜씨가 썩 괜찮아. 돌입에 대비해 전력을 분산 배치한 것도 그렇고."

"누가 아마추어라고 했나? 대부분 퇴물 군인이겠지. 기모노를 다루는 범죄자라면 그 정도 머리쯤은 갖고 있을 법하다."

오키쓰가 옆에서 거들었다.

"스가타 경부는 우리의 군사 고문이기도 하다. 경시청은 그의 의견에도 보수를 지불하고 있다."

"들었습니다요. 꽤나 큰 보수를 받는다지요? 부장님께서는 우리 월급이 얼마나 되는지 아십니까? 똑같이 목숨을 거는데 이렇게나 차이가 나면 다 때려치울 겁니다. 그러나 우리는 SAT로서 자긍심을 갖고 있기에……."

"난 프리랜서 용병이야. 요즘에는 민간 경비 요원이라 부르는 게 유행이라고 하더군. 프리랜서이기에 내 경력에 걸맞은 계약을 하지. 지금은 클라이언트가 그저 경시청일 뿐이야. 공무원과 개런티가 차이가 나는 건 당연하지."

스가타의 발언은 히로시게의 반감을 더욱 부채질했다.

"돈 얘기를 하고 있는 게 아냐."

"그래? 내 귀에는 돈 얘기로밖에 들리지 않던데."

"헛소리 마!"

"화내지 마. 돈 얘기는 중요하다고."

"이 자식이!"

"그만!"

사노가 호통을 쳤다. 더 이상 내부에서 벌어지는 추태를 내버려 둘 수는 없었다.

"오키쓰 부장을 빼고는 전부 나가도록 해."

사노는 지휘차 안에서 사람들을 내보낸 뒤 바로 용건을 꺼냈다.

"SAT가 돌입한다."

"잠시만 기다려 주십시오."

"경찰관이 죽었다. 경찰 스스로 마무리를 짓지 못한다면 현장을 수습할 수가 없어."

"우리도 경찰입니다."

"돈으로 고용한 용병을 같은 동료로 받아들일 경찰관이 어디 있나? 아까 그 백발 남자의 말투가 상당히 거슬리더군."

"스가타 경부는 프로페셔널로서의 자긍심이 과도할 뿐입니다. 그쪽 업계에서는 일류 인재입니다. 그를 영입하려고 얼마나 고생을 했는지……."

"'그것'의 탑승원은 기동대에서 선발했어야 했어. 꼭 경비부 소속이 아니어도 좋아. 적어도 용병보다는 나아."

"그게 불가능했던 이유를 사노 차장님은 잘 아시지 않습니까?"

사노는 순간 말문이 막혔다.

이윽고 그는 신음하듯이 말을 흘렸다.

"달리 방법이 없었어. 다른 선택지가 있었다면…… '그것'은 너무나도 성가셔……. 그렇지 않았다면 나도 자네를 지지하는 일은 없었을 걸세."

"그 점은 감사하고 있습니다. 그때 차장님은 적어도 그 사태가 무얼 의미하는지 제대로 이해해 주셨습니다."

"당연하지. 난 경찰관으로서……."

사노는 뭐라고 말하려다가 말을 끊었다. 평소답지 않게 내면을 드러내려 했던 제 자신을 만류하며 말투를 바꾸었다.

"이보게, 오키쓰. 요전에 벌어진 하치오지 사건에서 SAT는 자네들 때문에 체면을 구겼다고 여기고 있어. 이번에는 그 녀석들의 체면을 좀 살려 줘."

"목숨이 걸려 있습니다. 체면을 따지고 있을 상황이 아니지 않습니까?"

"모르겠나? 그게 자네들을 위해서도 나을 거라는 말일세. 그 사건이 아니더라도 경찰 내부에서 특수부의 평판은 좋질 않아. 아니, 자네들을 증오하고 있어. 총감님께서는 모르시겠지만, 경찰관이라면 누구든 자네들한테 악감정을 품고 있어. 고마에 사건이 아니었다면 조직적으로 저항했을 걸세."

사노의 말에서 속내가 배어 나온다.

"자네는 외무 관료 출신이야. 조직 내부의 생리쯤은 잘 알지 않는가?"

"공교롭게도 그걸 잘 몰라서 외무성에서 쫓겨나서 말이지요."

오키쓰는 표정을 바꾸지 않은 채 농담인지 진담인지 알 수 없는 소리를 했다.

"SAT인지 우리인지, 어느 쪽을 투입해야 보다 적절한지 상황을 신중하게 검토한 뒤에 판단해 주십시오. 우리 '드래군龍機兵'이라면 진압할 수 있습니다."

"SAT에도 최신형 기갑병장이 있다. 우쭐해하지 마."

"감히 말씀드립니다. 설령 최신형일지라도 제2종 기갑병장과 드래군의 상황 대처 능력은 근본적으로 다릅니다."

"입 아프게 하지 말게. 자네들을 위한 결정이야. 아직도 모르겠나?"

"이해는 합니다."

오키쓰의 얼굴을 지그시 쳐다보던 사노는 한숨을 내쉬고서 등을 돌렸다.

"내 얘기는 끝났네. 특수부는 대기하도록."

"특수부는 경비부 관할에 있지 않습니다."

"그럼 대기를 요청하지. 여하튼 우선 총감님의 판단을 여쭤봐야 돼."

"알겠습니다. 요청에 따르겠습니다."

태도를 확 바꿔서 오키쓰는 선선히 물러섰다.

"밀어붙일 만큼 밀어붙였으면 썰물보다도 빨리 빠져라……. 외무성에서 배웠던 가르침입니다. 도움이 되었던 적은 없었습니다만."

사노는 더 이상 대답하지 않았다.

11시 46분. 사태는 여전히 교착 상태였다.

상공에서 시끄럽게 선회하던 헬리콥터는 어디에도 없었다. 경시청이 각 언론사에 상공 중계를 자중해 달라고 요청했기 때문이다. 농성범들은 휴대전화로 텔레비전이나 인터넷 중계를 시청하고 있을 가능성이 대단히 높았다. 돌입을 앞두고 있기에 작전 행동을 벌일 거라는 낌새가 농성범들에게 알려져서는 안 된다.

현재 현장 상공에는 경시청 헬리콥터만이 떠 있었다. 상공에서 촬영된 영상은 현장 본부인 지휘 차량, 그리고 가스미가세키에 있는 경시청, 경찰청으로 보내지고 있었다. 그 영상에는 가와미나미 초등학교 교정에 집결한 아홉 거인이 또렷하게 찍혔다.

전부 SAT에 배치된 기갑병장이었다. 제1종 '브라우니'가 세 기, 제2종 '보가트'가 여섯 기. 국방색으로 도장된 각 기체 주변에는 마지막 점검 중인 정비반 대원들이 바삐 돌아다니고 있었다.

SAT 대원들이 임시 거점으로 삼은 가와미나미 초등학교에서 요쓰메도리를 100미터쯤 북쪽으로 올라간 길 위…….

도로를 봉쇄한 순찰차 무리에서 떨어진 곳에 대형 트레일러 세

대가 늘어서 있었다. 번호판이 8로 시작한다는 것 빼고는* 경찰 차량임을 보여 주는 특징은 어디에도 없었다.

두 대는 크기가 똑같고, 세 번째 트레일러는 조금 작았다.

"SAT가 돌입하려면 경시총감과 경비부장의 허가가 필요하다. 돌입이 승인될 경우에 특수부 SIPD는 후방에서 SAT을 지원한다. 이게 우리에게 내려진 명령일세."

특수부 지휘 차량인 세 번째 트레일러 안에서 오키쓰가 말했다.

차량 안에는 스가타 경부, 오즈노프 경부, 라드너 경부. 그리고 경시청 스태프 점퍼를 입은 한 젊은 여성 경관이 있었다.

"저쪽에 공을 세울 기회를 줄 생각이구만. 어리석기는."

캔 커피를 들고 있는 스가타 경부가 비웃자 상관인 오키쓰가 가볍게 나무랐다.

"스가타, 그렇게 말하지 말게."

"상부에서 우리가 공을 세우지 못하게 막을 속셈이지 않습니까? 그 차장의 얼굴에도 그렇게 쓰여 있었고요."

"그래도 사노 차장은 아직 우리한테 호의적인 편이야."

"군대도 아니면서 체면을 그렇게 중시하다니. SAT? 일본 경찰은 정말 무슨 생각을 하는지 모르겠네."

스가타 경부는 기가 찬다는 얼굴로 오즈노프 경부 쪽으로 고개를 돌렸다.

---

* 일본의 특수 차량은 차량 번호판의 숫자가 8로 시작된다.

"이봐, 모스크바 경찰은 어때?"

"다 잊었다."

동료의 무뚝뚝한 태도에 스가타는 히죽거리고는 고개를 끄덕였다.

"그렇군. 적어도 무뚝뚝한 건 일본 경찰이든, 러시아 경찰이든 똑같은 모양이군."

"과거를 묻지 않는 게 너희 '업계'의 규칙 아니던가?"

유리가 비아냥거렸다. 타인을 거부하는 듯한 그 눈동자 속에서 감정의 편린 같은 것이 살짝 엿보였다.

"오키쓰 부장님."

지금까지 차량 안에 설치된 모니터 기기를 조정하던 점퍼 차림의 여성 경관…… 스즈이시 미도리 경부보가 돌아봤다.

"준비가 됐습니다."

벽면을 가득 메우고 있는 디스플레이에 센다역의 구조도, 인근 지역도, 유라쿠초신선의 노선도 등이 일제히 표시되었다.

"우선 인근 지역도를 봐다오."

오키쓰가 디스플레이를 가리키면서 설명한다.

"유라쿠초신선은 현재 공사 중이라 센다역에서 스미요시를 향해 굴착용 실드 머신이 가동 중이다. 물론 사건이 벌어진 뒤에는 정지시키긴 했지만. 역에서 200미터 떨어진 지점에 자재 반입용 수직굴이 뚫려 있다. 농성범들은 거길 이용해 역으로 통하는 터널로 침입했다."

스가타 경부가 고개를 갸웃거렸다.

"그런 수직굴이라면 높이가 상당할 텐데. 적의 홉고블린들은 어떻게 강하한 겁니까?"

"그냥 뛰어내렸네. 자재를 단계적으로 내리기 위해서 굴에는 철골 비계*가 여러 단 설치되어 있었다. 농성범들은 공사장 방호벽을 돌파한 뒤에 뛰어내렸다."

"그래도 서스펜션이나 쇼크 업소버 같은 현가장치가 버텨 줄지 모르겠군요. 빠듯한 높이인데."

"그렇겠지. 또한 당연한 소리지만 현재 이 수직굴의 입구는 기갑병장 여섯 기(제6기동대)가 완전히 봉쇄하고 있다."

뒤이어 오키쓰는 역 반대쪽을 가리키며 설명을 계속했다.

"센다에서 도요초까지의 구간은 개통되어 있으나 이쪽도 도요초역에서 50미터 떨어진 지점에서 봉쇄 중이다. 그리고 괴한들이 농성 중인 센다역 구조도는 이것이다."

오키쓰가 옆 디스플레이를 가리켰다. 입체적인 구조도 및 설계도였다. 면적, 통로 폭, 천장 높이 등등 각종 데이터도 병기되어 있었다.

"센다역 승강구는 2번가 교차로 모퉁이에 두 군데가 있다. 그리고 장애인용 엘리베이터가 동북쪽 2번 출구에 하나 있다. 어떤 승강구를 내려가든 똑같은 개찰구로 이어진다. 개찰구는 여기 한 군데뿐이다. 또한 플랫폼으로 내려갈 수 있는 계단도 하나뿐이다. 홉고블린 한 대가 여기서 대기 중이다."

---

* 건축 공사 때 높은 곳에서 일할 수 있도록 설치하는 임시 가설물.

디스플레이 한곳에서 계단 근처 선로에 서 있는 기갑병장의 팔이 비쳤다. 총탄을 맞지 않은 2번 카메라가 찍고 있는 실시간 영상이었다. 11:49:29…… 화면 오른쪽 아래의 수치는 현재 시각이었다.

"보다시피 이 계단으로 돌입한다면 89식 기관총의 총탄 세례를 받게 될 것이다. 하나 그 이전에 이 계단을 통해 돌입할 수 없는 큰 문제가 있다."

"뭡니까?"

"크기 때문에 기갑병장으로는 센다역 승강구를 지날 수가 없다."

"과연. 그거 확실히 큰 문제군."

스가타 경부가 쓴웃음을 지었다.

"기갑병장은 원래 시가전을 상정하고서 발달된 특수장비다. 제2종 기갑병장을 실내 전투 모드로 변환해 체표 면적을 큰 폭으로 축소하더라도 지날 수가 없다고 하는군. 센다역 승강구는 입지 문제 때문에 최근에 지어진 역치고는 대단히 좁다고 한다."

"뭐, 일본만큼 좁은 지역에 건물을 덕지덕지 짓고 싶어 하는 나라는 달리 없긴 하지. 매일매일 실감하고 있습니다."

"보가트를 앞세우고서 돌입하려면 터널을 통과할 수밖에 없다. 그러나 플랫폼 양쪽에는 역시나 홉고블린이 한 대씩 대기하고 있다. 그다지 넓지 않은 터널을 직진해서 돌입한다면 쉽사리 공격을 받겠지."

지금까지 잠자코 있던 유리가 끼어들었다.

"돌입할 수 있는 경로는 총 세 군데. 그러나 전부 쓸 수가 없다…….

반대로 말하면 적들한테도 도망칠 길이 없다는 거 아닙니까?"

"그 말대로다. SAT는 괴한들이 아무 계획 없이, 우연히 역 구내에 들어간 것으로 보고 있다."

"그렇다면 괴한이 자포자기해서 자폭할 위험성이 높군요."

"자, 가장 중요한 SAT의 작전을 보도록 하지."

오키쓰가 신호를 하자 스즈이시 주임이 키 패널을 조작했다.

유라쿠초신선 노선도…… 센다역과 도요초역 사이에서 갈라지는 노선이 붉은색으로 표시됐다. 역에서 30미터쯤 떨어진 지점이었다.

"지하 차량 기지로 이어지는 인입선*이다. 도쿄 메트로 말에 따르면 센다역 플랫폼 부근에서 이 인입선을 인식하는 건 불가능하다고 한다. 남아 있는 카메라와 인입선의 존재. SAT는 이 두 가지 점에서 이번 작전을 착안했다. 우선 북쪽, 즉 공사 중인 스미요시 쪽에서 구식 브라우니 3기로 돌입한다. 당연히 양동 작전이지. 농성범들은 응전하고자 플랫폼 북쪽으로 전부 모일 것이다. 2번 카메라로 첫 번째, 두 번째 홉고블린이 북쪽으로 이동하는 것을 확인하자마자 보가트 여섯 기를 주력으로 하는 제압반이 인입선을 통해 돌입한다. 그리고 적 기갑병장을 저격해 제압한다. 뭐, 계획은 이렇다. 상세한 건 SAT가 브리핑을 할 때 듣도록."

오키쓰는 말을 멈추고서 요원들을 둘러보았다. 모두들 하나같이 석연치 않은 표정을 짓고 있었다. 오키쓰는 이 반응을 예상했는지

* 차량, 원료, 제품 등을 운반할 목적으로 부설된 전용 선로.

아무 말을 하지 않았다.

"마뜩치 않아."

스가타 경부가 말을 이었다.

"너무 그럴듯해. 모든 게 다. 말로는 설명하지 못하겠지만."

"라드너 경부. 자네 의견은?"

"스가타 경부와 같습니다. 뭔가가 마음에 걸립니다. 예를 들자면……."

라이저는 2번 카메라의 영상을 가리켰다.

"이 카메라만 남았다는 점. 프로페셔널이라면 맨 먼저 모든 카메라를 파괴했을 겁니다."

유리가 골똘히 생각하면서 말했다.

"하나 SAT는 그들을 프로 테러리스트라고 보지 않는다."

"너도 그렇게 보나?"

스가타가 묻자 유리는 바로 대답했다.

"아니."

오키쓰는 동의한다는 듯 고개를 끄덕였다.

"범인들의 신원을 특정하고자 수사1과가 혈안이 돼서 조사하고 있다. 그리고 우리 수사원들도 총동원한 상태지."

스즈이시 주임이 노선 위에 서 있는 기갑병장의 영상을 단계적으로 확대했다.

"용접 부분이 상당히 조잡한 것으로 보아 타이완 일대에서 밀조된 기체인 것 같습니다. 아시아계 범죄자들이 흔히 쓰는 기체가 확실합니다만…….”

디스플레이를 응시하던 스가타가 목소리를 높였다.

“이봐, 적 홉고블린…… 다리에 붙어 있는 저건 뭐야?”

스가타의 지적에 스즈이시는 영상을 더욱 확대했다.

홉고블린 다리 부분, 인체로 말하자면 장딴지에 해당하는 부분에 기다란 철판 같은 것이 부착되어 있었다.

디스플레이를 들여다보던 유리가 말했다.

“보강용 장갑裝甲 아닌가?”

“아냐. 각도 때문에 잘 보이지는 않지만, 뭔가 부품 같은 게 뒤쪽에 달려 있어……. 이 둥근 녀석 말이야……. 더구나 튜브 같은 것도 달려 있고.”

스즈이시도 동조했다.

“저도 이런 장갑은 본 적이 없어요. 무슨 용도인지는 모르겠으나 단순한 장갑은 분명 아니에요. 연구소에서 분석하면 뭔가 알아낼 수 있을지도 모르겠지만, 여기서는 어려워요.”

“역전의 용사인 스가타 경부와 기술반 스즈이시 주임의 생각이니 아마 맞겠지.”

오키쓰는 담담한 투로 말했다.

“지금까지 나온 의견을 전부 특수부의 견해로서 본부에 보고하겠네. 그들한테 남의 의견에 경청할 줄 아는 귀가 있다면 좋겠지만, 지금까지의 전례로 보아 기대할 수는 없겠지.”

“그걸 알면서도 출동하는 겁니까?”

스가타가 비아냥거렸다.

"그렇다. 자네가 아까 SAT를 향해 했던 말대로다. 자네들은 큰돈을 받고서 일을 하는 프로페셔널이다. 말할 필요도 없이 그 돈은 바로 국민의 세금이지."

"개런티의 출처가 세금이든 더러운 돈이든 계약은 이행합지요. 이 업계에서는 신용이 제일이니까."

스가타는 지휘차 출구로 향하려다가 무언가가 떠올랐는지 뒤를 돌았다.

"부장님. 딱 하나만 물어봐도 됩니까?"

"뭔가?"

"부장님은 왜 물러섰죠? 왜 상부의 명령을 잠자코 받아들인 겁니까?"

유리와 라이저도 오키쓰의 얼굴을 봤다. 반응을 살피는 것이다.

"이유는 없다. 명령이니 따를 수밖에. 자네 '업계'에서도 마찬가지일 텐데?"

"그야 그렇긴 하지만, 종종 생떼를 부리지 않습니까?"

"그것도 때와 상황을 봐야지. 어쨌든 명령을 수락할지 말지는 내가 판단할 문제다. 자네들은 SAT를 전력으로 지원하면 된다."

세 사람은 아무 말 없이 고개를 끄덕였다.

"나도 하나만 말해 두지."

오키쓰가 엄한 투로 말한다.

"이건 목숨이 걸린 일이다. 그 무게 앞에서 SAT도 SIPD도 없어."

2

12시 50분. 경시총감이 돌입을 승인했다.

승객들의 상태는 여전히 밝혀지지 않았다. 농성범들을 설득하려는 지금까지의 노력은 모두 헛수고로 끝났다. 그들은 계속 침묵했고, 경찰은 교섭의 실마리조차 잡지 못했다.

가와미나미 초등학교 교정에 집합한 SAT 대원들은 기갑병장을 중심으로 두 개 반으로 나뉘어 이동을 개시했다.

같은 시각. 특수부 트레일러의 좌측면이 상부를 향해 날개처럼 개방되었다. 내부에는 가로세로 2미터짜리 정육면체 컨테이너 두 개가 있었다. 각 컨테이너를 고정시켰던 셀 가이드의 잠금장치가 풀렸다. 모터 소리와 함께 각 컨테이너의 상부에서 바깥쪽을 향해 강철 바 두 개가 뻗어 나갔다. 들어 올려진 두 컨테이너는 강철 바를 따라 부드럽게 옆으로 이동했고, 도로 위로 내려졌다.

주변에 있는 경관들은 서로를 팔꿈치로 찌르면서 흥미진진하게 바라보고 있었다.

"이봐, 저길 봐."

"저건가?"

"저게 특수부의?"

"녀석들이 돌입하는 건가?"

'특수부'라는 부서의 존재 자체는 결코 비공식이 아니었다. 하지만 특수부대이기에 조직 구성, 인원, 장비 등은 전혀 공개되어 있지 않았다. 그중에서도 '드래군'은 극비였다. 우연히 사건 현장에 있었던 사람들만이 목격했을 뿐이라 그 정체에 대해서는 거의 알려지지 않았다. 평범한 경찰관들도 마찬가지였다.

웅성거리는 소리가 퍼져 나갔다.

외투를 벗고서 전용 특수 방호 재킷을 착용한 스가타, 오즈노프 경부가 제각각 두 컨테이너 앞에 섰다. 컨테이너 상부 측면에 달린 램프가 초록색으로 점등하더니 잠금장치가 풀렸다. 컨테이너의 전면과 상부가 열리더니 웅크린 형태로 격납되어 있던 인체형 장비가 드러났다. 컨테이너 안에서 '그것'을 고정시키고 있던 암arm이 자동으로 위로 올라갔다.

암은 그것을 서서히 일으켰다. 드디어 미분류 강화 병장 '드래군'이 전모를 드러냈다. 이것이 바로 경시청 특수부 SIPD의 중핵인 '특수 장비'였다.

SIPD(Special Investigators, Police Dragoon) 폴리스 드래군. 경찰법, 형사소송법 및 경찰관 직무 집행법이 개정되면서 경시청에 설치된 특수부국. 거기에 소속된 돌입 요원에게 지급되는 장비가 바로 '드래군'이었다.

스가타 경부는 눈앞에 서 있는 드래군의 노출된 그리브*에 자신의 두 다리를 집어넣었다. 걸쇠가 부츠 밑을 고정시키자 드래군이 하반신을 완전히 일으켰다. 동시에 그리브 내벽에 달린 패드가 팽

* Greave, 정강이 부분을 감싸는 갑옷.

창해 스가타의 하반신을 고정시켰다.

"그리브 록 확인. 싯 업."

해치의 손잡이를 당기자 스가타의 상반신이 정위치로 이동했다. 전면 해치가 닫혔다. 뒤이어 좌우에서 뱀브레이스*가 점점 다가왔다. 스가타는 좌우 뱀브레이스에 두 팔을 삽입하고서 끝에 있는 컨트롤 그립을 쥐었다.

"해치 폐쇄. 핸즈 온 스틱."

스가타는 그립을 쥔 상태에서 등을 하니스** 쪽으로 밀었다. 그러자 뱀브레이스 내벽 패드가 팽창했다. 고정되어 있던 드래군의 팔이 전개되었다. 휴머노이드 형태가 완성되자마자 스가타 경부의 머리를 보호할 셸이 닫혔다. 내벽 VSD(다목적 디스플레이)에 외부 영상이 투영되었다. 각종 정보가 표시되었다.

"셸 폐쇄. VSD 점등. 온 스크린 리더블."

반투과 스크린 안에서 스캐너가 장착자의 시선을 쫓아 뇌의 전위電位를 검출했다. BMI 장치가 그 수치를 기준으로 스캐너를 조정했다. 이윽고 'ADJUSTED'라는 글자가 깜빡였다.

"BMI 보정 완료."

등줄기가 뜨거워졌다. 온몸에 순간적으로 찌릿찌릿한 감각이 일었다. '킬龍骨' 회로가 열리면서 스가타의 척수에 박혀 있는 '위스커龍鬚'와 연동하기 시작한 것이다.

---

* Vambrace, 팔을 감싸는 갑옷.

** Harness, 각종 장치와 이어지는 전기 배선들의 다발.

'킬'과 일대일로 대응하는 전용 키인 '위스커'.

그 순간 스가타는 온몸에서 전장의 감각이 되살아나는 것을 느꼈다. 오한과도 같은 도취감. 꽉 막히는 감각 같은 고양감. 화약과 담배의 감미로운 부취腐臭. 무수한 바늘이 온몸을 쿡쿡 찌르는 느낌이 세포 하나하나에 새겨진 투쟁의 기억을 다시 불러일으켰다.

"킬, 위스커, 인게이지 확인. 인벨로프 리미트 5.0."

두 팔, 두 다리, 몸통 각부의 어드저스트 베젤이 회전하며 리코일트림을 조정했다. 자가 진단 프로그램이 이상 유무를 검사했다. 결과: 미검출. 모든 해치의 잠금 상태를 보여 주는 계기판이 켜졌다.

"최종 트리밍 완료. 스테이터스 셀프 체크, 올 그린. PD1 피어볼그, 레디."

스가타 도시유키 경부의 전용 드래군, 코드네임 '피어볼그'.

시가지 전투에 대비해 짙은 카키색으로 위장도색한 기체가 컨테이너 밖으로 발을 내딛고서 도로 위에 섰다.

주변에 있는 경찰관들 사이에서 술렁거림과 경탄이 퍼져 나갔다.

총 길이 약 3미터. 기존 기갑병장에 비해 약간 작았다. 가장 큰 차이는 형상이었다. 기존의 기갑병장은 투박함 그 자체인데, 드래군은 그야말로 '사람'처럼 생겼다. 매니퓰레이터를 보면 잘 알 수 있었다. 사람의 손바닥과 손가락을 흡사하게 재현했다.

제2종 기갑병장보다 훨씬 앞선 차세대기……. 누구나 저 외관을 보면 그 우수성을 직감할 수 있으리라.

"저런 신형 기종이 있으면 SAT한테나 주지."

제복 차림의 경관이 내뱉었다. 이내 누군가가 맞장구를 쳤다.

"맞아. 당연히 SAT가 더 잘 운용할 텐데."

적지 않은 경관들이 그 말에 동의하는지 고개를 끄덕였다.

뒤이어 피어볼그 옆에서 유리 미하일로비치 오즈노프 경부가 탑승한 기체가 일어섰다. 코드네임 '바게스트'.

피어볼그는 짙은 카키색으로 도장된 데 반해 바게스트는 온통 검게 도장되어 있었다. 사납게 생긴 칠흑의 위용을 보고 경찰관들은 무심코 뒷걸음질을 쳤다.

'바게스트'는 잉글랜드 북부 및 콘월 주에 출몰한다는 검은 요견妖犬의 이름이었다. 하지만 형상에서 개를 연상케 하는 부분은 전혀 없었다. 그래도 바람을 가르는 듯한 유선流線을 잘 살린 실루엣, 또한 상반신에 비해 다부진 다리에서 먹잇감을 끝까지 쫓아가는 사냥개, 혹은 경찰견 같은 민첩함과 집념이 느껴졌다.

두 번째 트레일러에서 다른 컨테이너가 내려졌다. 장비를 점검했을 때 문제가 발견되어 출동이 늦어진 '밴시'의 패키지였다.

탑승 요원은 라이저 라드너 경부였다. 스가타, 오즈노프 때와 똑같은 과정을 거쳐 탑승한 라드너가 기체를 기동시키자 경찰관들은 숨을 삼켰다.

그 몸체는 티끌 하나 없이 새하얬다. 피어볼그나 바게스트에 비해 형태가 호리호리했다. 군데군데 우아한 곡선도 눈에 띄었다. 하지만 그 하얀 기체를 본 사람은 결코 때 묻지 않은 천사를 떠올리지 않았다.

밴시는 아일랜드의 민간전승으로 전해지는 '죽음을 예고하는 여자 유령'을 뜻한다. 그런 코드네임을 지닌 기체가 불길한 인상을 풍기는 건 오히려 당연할지도 몰랐다.

컨테이너 밖으로 나온 밴시는 트레일러에 다가간 뒤 등을 돌렸다. 유압식 암이 트레일러에 격납되어 있던 부가 장비를 밀어냈다. 그 장비는 밴시의 뒤에 접속된 뒤 고정됐다.

'3호 장비.' 나비의 날개 같은 모양을 한 그것은 임무의 성격에 따라 교체되는 밴시의 특수 옵션 중 하나였다.

피어볼그, 바게스트, 그리고 밴시. 세 기체는 모두 생김새가 크게 달랐다. 아마도 성능도 상당히 다르리라. 그 상이한 생김새는 세 기체가 시험기, 혹은 양산형이 아닌 특별기임을 보여 주었다.

스가타가 탑승한 피어볼그는 트레일러 안에 있는 전용 선반에서 대구경 라이플을 집었다. 바렛XM109 페이로드 라이플. 25mm탄을 사용하는 중장탄 저격총이다. 페이로드payload란 미사일 탄두를 의미한다. 발사 반동을 경감시키기 위한 착탈식 포구제퇴기는 당연히 불필요하기에 빠져 있다. 양각대와 스코프도 마찬가지로 장착되어 있지 않다.

아무리 드래군의 매니퓰레이터가 인간의 손과 비슷하다고 해도 역시 그대로 총기를 사용할 수는 없다. 피어볼그의 바탕손과 손가락에 내장된 전용 어댑터가 XM109의 손잡이와 매니퓰레이터를 결합시킨다. 제2종 기갑병장과 똑같이 어댑터와 접속시켜 총기를 운용할 수 있도록 설계됐지만, 어댑터가 내장되어 있기에 제2종보다는 훨씬 매끄럽게 총기를 쥘 수 있다.

드래군 세 기의 시야 영상과 센서 정보는 전부 실시간으로 특수부 지휘 차량으로 송신된다. 또한 차량 안에서는 위스커와 양자결합으로 연결된 킬에 의해 제어되는 드래군의 반응을 늘 지켜보고 있다. 모든 드래군에는 탑승 요원의 생체 정보를 감시하는 장치가 내장되어 있다. 그들의 생체 정보를 감시하는 역은 전적으로 스즈이시 미도리 주임이 맡고 있다.

반대쪽 콘솔을 보던 미도리는 의자에 깊숙이 앉은 채 다리를 꼬며 디스플레이를 바라보고 있는 오키쓰를 힐끔 돌아봤다. 그의 뒷모습은 늘 표표하다. 그의 속내는 누구도 읽을 수 없다.

말해야 하는가, 말아야 하는가. 미도리는 잠시 주저했다. 물론 굳이 내뱉을 말은 아니었다. 하지만 생각에 반해 말이 먼저 튀어나왔다.

"부장님."

"뭔가?"

드래군이 보내고 있는 중계 영상을 쳐다보며 오키쓰가 응답했다.

"부장님께서 SAT에게 라드너 경부를 대테러 스페셜리스트라고 소개했다고 하더군요."

"소문도 참 빠르군."

"벌써 현장에 쫙 퍼져 있습니다."

"상관없잖나? 사실이니까."

"그 사람은 대테러 스페셜리스트가 아닙니다. 테러리스트입니다."

"전직 테러리스트지."

"똑같은 소립니다."

"그렇긴 하지."

디스플레이를 주시하던 오키쓰가 돌아봤다.

"그렇기에 그녀는 그 누구보다도 테러를 잘 안다. 내 말 틀렸나?"

"그건 그렇습니다만."

"실제로 대외적으로 대테러 스페셜리스트라는 간판은 꽤 잘 통하지. 대부분은 그냥 납득하고 넘어간다. 더구나 사노 차장은 그녀의 본명을 아는 몇 안 되는 사람 중 하나다."

"하지만 너무 부주의한 발언 아닙니까? 우리가 테러리스트를 고용했다는 사실이 혹여 발각된다면."

무심한 척했던 미도리가 물고 늘어졌다.

"걱정할 필요 없네. 체포는커녕 지명수배를 당한 적도 없어. 적어도 기록만 봐서는 평범한 일반 시민일 뿐이야. 그녀가 테러리스트라고 증명할 수 있는 법집행 기관이 있었다면 진즉에 체포됐겠지. 그걸 증명할 수 있는 건 본인과 IRF 참모 본부뿐이야. 하지만 그럴 일은 없다고 단언할 수 있네. '어떤 이유'가 있어서 말이지."

IRF…… Irish Republican Force.

정전停戰, 무장 투쟁 포기를 결정한 IRA 잔정파*에서 떨어져 나온 여러 과격파가 치열한 투쟁과 피의 숙청 끝에 기적적으로 통합을

* 급진주의 아일랜드 공화국군.

이룬 최악의 조직.

"만에 하나 그녀의 본명이 알려지더라도 대응책은 마련되어 있다. 이래 봬도 난 전직 외무성 관료 출신이네. 교섭을 할 준비는 되어 있어. 아니, 난 오히려 본명이 알려지는 편이 낫다고 생각하네. 그녀의 이름은 범죄자의 준동을 막는 커다란 억지력이 될 테지. 그만큼 큰 간판이야."

무사태평한 부장의 태도를 보고 미도리는 짜증이 솟았다.

"전 역시 신용할 수 없습니다. 그 사람은 살인자라고요."

그 말을 내뱉고서 후회했다. 마음속에 내재된 증오, 임무 중에 발설해서는 안 되는 말이 튀어나왔다.

오키쓰는 시가릴로 케이스를 꺼낸 뒤 성냥으로 불을 붙였다. 몬테크리스토 미니 시가릴로. 오키쓰는 외교관 출신답지 않게 때와 장소를 가리지 않고 태연하게 시가릴로를 피웠다.

그것도 외무성과 불화를 겪었던 원인 아닐까? 미도리는 문득 그런 생각을 했다.

"라드너 경부는 분명 살인자다. 자네가 어떤 심정으로 그녀를 바라보는지 잘 안다. 아니, 테러 피해자한테 잘 안다는 말을 쉽게 내뱉어서는 안 되지."

"아닙니다……."

미도리는 고개를 숙였다. 자신의 마음은 애초부터 훤히 드러나 있었다. 자신은 그 여자를 경찰관 혹은 동료로 인정하고 싶지 않을 뿐이다. 오키쓰 부장의 눈을 속일 수는 없다. 그 정도는 잘 알고 있는데.

아니, 오키쓰가 아니더라도 훤히 보였으리라. 평소답지 않은 유치한 언동이었다. 오늘 자신은 역시 이상하다. 더군다나 오늘 이런 사건이 벌어질 줄이야. 테러로 죽은 가족의 기일에 테러리스트가 탑승한 기체를 점검할 줄은. 오히려 태연하게 구는 편이 더 이상하다.

"가족의 명복을 다시 빌겠네. 하나 오늘 자네는 유족도, 피해자도 아냐. 경찰관이다."

나직하면서도 강인한 말투. 미도리의 마음을 읽고서 앞지른 것 같았다. 역시 부장은 오늘이 무슨 날인지 기억하고 있었다.

"우린 엄청나게 위험한 다리를 숱하게 건너왔다. 그중에서도 가장 위험한 다리는 드래군이지. 저 위험한 물건을 운용하려면 라드너 경부 같은 인간이 반드시 필요해. 설령 그녀 본인이 '위험물'일지라도. 그건 자네도 잘 알 것으로 믿네."

"예."

미도리는 입술을 깨물며 수긍한다.

오키쓰는 조용히 시가릴로를 피웠다. 이지적인 그 옆모습에서 결연한 의지가 엿보였다.

"위험한 다리이긴 하지만, 우리는 무슨 수를 써서라도 건너야만 한다. 특수부는 모든 걸 각오하고 만든 조직이야."

시가릴로의 재가 떨어지지 않도록 주의하면서 오키쓰는 다시 디스플레이 쪽으로 고개를 돌렸다.

"죄송합니다."

그 말만을 하고서 미도리도 다시 콘솔 기기를 쳐다봤다.

상부의 지시에 따라 유리 오즈노프 경부의 바게스트는 제압 제1반과 합류하고자 센고쿠 3번가로 향했다.

라이저의 밴시는 역 북쪽에 있는 건설 자재 반입구로 한발 먼저 강하한 SAT 제압 제2반과 합류했다. 스가타의 피어볼그는 지하철역 승강구 인근 도로에서 대기하고 있었다.

아라가키 경부보가 이끄는 제1반은 보가트 여섯 기를 중심으로 네 개의 분대로 편성되었다. 탑승 요원 여섯 명은 콕핏을 개방하고서 윗몸을 내민 상태로 대기 중이었다. 그들은 접근하는 바게스트를 냉담한 눈으로 쳐다봤다. 가운데에 보이는 수염이 난 남자가 반장인 아라가키 경부보였다. 이유는 모르겠으나 유리는 저 얼굴이 마음에 걸렸다. 오직 그만이 브리핑 때 유리에게 스스로 이름을 밝혔다.

—제1반 반장인 아라가키 요시오다.

붙임성은 눈곱만큼도 없는 무뚝뚝한 인사였다.

—특수부 소속 유리 미하일로비치 오즈노프입니다.

유리는 고개를 숙여 응했다.

—이봐.

수염이 난 반장은 뒤이어 무슨 말을 하려는지 유리를 쳐다봤다.

—뭡니까?

—아니, 됐어.

아무래도 적절한 표현이 떠오르질 않는 모양이었다. 결국 반장은 아무 말도 하지 않은 채 화가 난 것처럼 등을 홱 돌렸다.

대체 뭐지? 전혀 모르겠다. 다른 녀석들처럼 비아냥거림이나 욕지거리를 내뱉으려고 했겠지. 유리는 마음에 담아 두지 않았다.

이름을 밝힌 것만으로도 감지덕지였다. 다른 대원들은 통성명은커녕 눈인사를 하면 등을 돌려 버렸다.

지금도 대원들의 대화가 집음장치를 통해 들려왔다.

"저것 좀 봐. 새 차를 끌고 왔구먼."

"새 차치고는 느린데?"

"새 차면 뭐해. 운전사가 덜 떨어졌는데."

매일 혹독한 훈련을 거듭하는 SAT 대원들은 임무를 수행하면서 쓸데없는 잡담을 늘어놓지 않는다. 하지만 자기들의 임무에 끼어든 특수부를 향한 반감이 그들의 입을 필요 이상으로 가볍게 했으리라.

아라가키는 유리를 비웃는 대원들에게 호통을 쳤다.

"총원 탑승. 콕핏 록. 이동 개시."

다섯 탑승원이 재빨리 반응했다. 좌석에 착석하고서 콕핏을 닫았다. 해치를 폐쇄했다. 그러고는 재빨리 대열을 이루었다. 군더더기가 없는 숙련된 움직임이었다. 역시 SAT의 최정예다웠다.

제1반은 아라가키 반장을 선두로 2열종대로 나아가기 시작했다. 유리의 바게스트도 그 뒤를 따랐다.

바게스트의 빠른 속도라면 그 어떤 기체보다도 가장 먼저 현장에 도착할 수 있었다. 하지만 지금은 그저 명령을 따를 뿐이었다.

"여기는 BG01, PD2 들리나?"

셸 내벽에서 디지털 통신 음성이 울렸다. BG01은 아라가키 반장이 탑승한 보가트 1호기의 작전 암호명이었다.

"여기는 PD2. 잘 들린다."

PD2, 즉 유리가 셸 안에서 내뱉은 목소리가 디지털 암호화 과정과 변조화 과정을 거쳐 송신되었다.

"지도를 확실하게 숙지하라. 예정 지점에 도착하면 후방으로 물러나 지시를 기다려라."

"PD2. 라저."

"알겠나? 뒤에서 우리 먹잇감을 쏜다면 각오하는 게 좋을 거다."

유리는 그들의 귀에 들리지 않도록 살짝 혀를 찼다. 모스크바 민경民警의 현장 분대 역시 폐쇄적이었다. 유리는 자신의 뼈에도 스며 있는 경찰관 특유의 그 기질을 잘 알았다.

"너, 형사 출신이지?"

상대가 뜻밖의 소리를 했다.

"난 수사반 출신이 아니지만, 그 정도는 알지."

유리가 어떻게 대꾸할지 생각하고 있자니 아라가키 반장이 갑자기 중얼거렸다.

"이바나 고르디 코스트니 표스."

발음은 꽤 서툴지만 분명 러시아어였다.

Ивана гордый костный пёс. 이반의 긍지 높은 야윈 수캐.

권력의 앞잡이로서 이용당하고 있다는 희미한 자조와 인민을 지키는 경찰관으로서의 대단한 자존심이 담겨 있는 말이었다. 일찍이 자주 들어 친숙한 동시에, 모스크바 경찰관이라면 누구나 아는 말이었다. 신뢰로 맺어진 동료끼리만 통하는 암어暗語였다.

몸속에서 따뜻한 등불이 켜졌다. 오래된 기억 속에 있는 정겨운 느낌이었다.

아라가키가 브리핑 때 말하려고 했으나 말하지 못했던 단어가 바로 이것이었다.

정말이지 기가 찰 만큼 말재주가 없는 인사였다.

그는 틀림없이 옛날에 모스크바 경찰관과 교류를 했을 터였다. 국제 연수를 갔거나, 혹은 수사 협력을 했거나. 그때 그 단어를 배웠을 것이다. 그렇다면 그 교류는 결코 겉치레가 아니었으리라.

지금 반장이 자신에게 그 말을 했다. 즉 자신을 동료로 인정한다는 뜻을 전하려고 했던 것이다. 적어도 지금은.

수염이 난 아라가키의 얼굴이 떠올랐다. 거칠고 무뚝뚝했다. 눈매는 의외로 온화했다. 그리고 말주변이 없었다.

유리가 아는 경찰들 중에 그런 남자들이 분명히 있었다. 신참이었던 유리를 단련시켜 주었던 무뚝뚝한 남자들. 금발 애송이를 꾸짖고, 사랑하고, 어엿한 형사로 키워 주었던 경찰관들.

"PD2, 무슨 일인가? 듣고 있나?"

유리는 실소를 터뜨렸다. 바게스트의 장갑裝甲에 숨겨진, 누구에게도 보인 적이 없는 웃음 말이다.

SAT 제압 제1반은 봉쇄되어 아무도 없는 구역을 가지런하게 나아갔다. 바렛M87A1을 소지한 기갑병장의 묵직한 발소리가 맨션과 잡거빌딩 사이에서 되울렸다. 그 뒤를 네 개 소대가 따르고 있었다. 모든 대원들은 마스크 위에 복합 소재 헬멧과 고글, 면적 증가형 바디아머를 착용하고 있었다. 그들은 커스터마이즈된 H&K MP5를 들고서 기갑병장 뒤를 뜀걸음으로 따랐다. 머나먼 외국의 풍경이 아니다. 틀림없는 현대 일본의 풍경이다.

테러와 민족 분쟁이 급격하게 증가하면서 전술은 변화했다. 그 과정에서 대규모 파괴 병기는 쇠퇴했고, 색적기술索敵技術과 그에 대한 대항기술이 발달했다. 시가지에서의 근접 전투에 대비하고자 대두된 병기 체계가 바로 기갑병장으로 대표되는 군용 유인 병기군이다. 제1종은 초기 콘셉트 모델을 계승한 기초적인 기체다. 제2종은 제1종의 발전형 제2세대기다. 그리고 제3종은 제1종과 제2종의 규격에서 벗어난 기체 전반을 가리킨다. 여러 나라의 기술로 제조된 대형기 및 극단적인 개조기 등이 이에 해당한다.

보가트는 연초에 막 도입된 제2종 최신예기이다. SAT의 새로운 상징이라고 할 수 있다.

13시 28분. 제압 제1반은 지하 차량 기지에 집결했다. 어두컴컴한 내부 여기저기에 본청 및 관할서 경찰관들이 도쿄 메트로 직원들과 함께 바삐 움직이고 있었다.

그곳에는 이미 보수 점검용 작업차가 두 대 준비된 채였다. 후미에 있는 운전석에는 운전 방법을 교육받은 SAT 대원들이 한 사람씩 탑승해 있었다.

선두 작업차의 짐칸으로 아라가키 반장의 보가트 1호기가 천천히 올라갔다. 뒤이어 부하들의 보가트 두 기가 올라갔다. 나머지 세 기는 후속 작업차에 올랐다. 보병 돌입대원들도 각각 두 개 분대씩 동승했다. 스미요시 쪽에서도 마찬가지로 브라우니 세 기가 작업차에 타고 있을 것이다.

미끼인 브라우니를 격퇴하러 농성범들이 몰려가는 것을 확인한 뒤에 작업차를 타고서 반대쪽 선로에서 돌입한다. 그러고는 곧바로 특수 섬광탄을 투척한다. 신형 자력탄도 사용한다. 그 틈을 놓치지 않고 작업차 위에서 보가트가 적기를 저격한 뒤 제압한다. 이것이 SAT가 세운 작전의 개요였다.

특수 섬광탄은 기갑병장 자체에는 영향을 끼치지 않는다. 하지만 탑승자를 혼란에 빠뜨릴 수 있을 것으로 기대되었다. 자력탄은 기갑병장의 센서에 순간적으로 타격을 주고자 개발된 무기였다. SAS* 나 GSG-9**의 대테러 작전에서 그 효과가 실증된 바 있었다.

"제압 제1반. 작전 개시."

지휘반장의 신호와 함께 작업차 두 대가 출발했다. 농성범들이 주행하는 소리를 감지하지 못하도록 예정 지점까지 천천히 이동할 것이다.

---

* 영국의 테러 진압 부대.

** 독일의 특수부대. 테러와 관련된 임무를 수행함.

유리의 바게스트는 거리를 두고서 자력으로 작업차의 뒤를 따랐다. 드래군이 주행하는 소리는 다른 기갑병장에 비해 놀라울 만큼 작았다.

혹 후방에서 벌어질 수 있는 예기치 못한 사태에 대비하고, 제1반을 적절히 지원하라. 이것이 유리에게 부여된 임무였다.

센고쿠 2번가 교차로에서 남쪽으로 50미터 떨어진 지점. 요쓰메도리의 도로 위에 피어볼그가 서 있었다. 스가타는 내장된 카메라를 통해 인근을 초계哨戒하고 있었다. 망막에 인근 영상이 투영되었다. 교차로에 있는 지하철역 승강구 두 군데도 시야 안에 있었다.

어처구니가 없군…….

자신의 신세가 마치 허수아비 같았다. 스가타는 속으로 푸념을 했다. 돌입 작전에 가장 적합한 피어볼그를 초계 임무로 돌리다니. 기술적으로 말도 안 되는 상황이었다.

피어볼그는 아일랜드에 전해지는 원시 거인의 이름을 뜻했다. 근접 전투시 격투 능력은 기존 기갑병장은 물론 다른 두 기의 드래군도 능가했다. 근육질 인체와 비슷한 저 겉모습은 마치 인조 글래디에이터를 보는 것 같다. 하기야 SAT가 피어볼그의 성능을 알 턱이 없으니 일방적으로 나무랄 수만도 없지만.

용병 출신인 자신을 SAT가 노골적으로 따돌리고 있다는 생각밖에 들지 않았다. 혹은 특수부의 관여를 최소한으로 억누른 뒤 사건을 해결하고서 SAT의 공훈만을 내세울 속셈인가?

이래서 아마추어는…….

은밀한 비웃음은 이내 경계로 바뀌었다. 범죄라는 '특이한 업종'에서 '아마추어'는 바로 자신이었다.

어설픈 상황 판단과 방심은 늘 최악의 결과를 초래한다. 스가타는 당장 사고방식을 바꾸었다. 스위치를 바꾸듯 발상을 순식간에 전환할 수 있느냐 없느냐가 생사를 가른다. 병사가 갖추어야 할 자질이다. 스가타는 임무를 인식하고, 인근 상황을 다시 점검하기로 했다.

디스플레이에 지도와 노선도 등등 각종 데이터를 불러내 위치 관계를 다시 확인했다.

집중은 하지만 몰두하지는 않았다. 초계를 하면서 뇌 속을 '경험'과 '직감'으로 스캔했다. 작전이 처음부터 끝까지 매끄럽게 흘러갈 수 있겠는가? 역시 무언가가 걸렸다. 머릿속에 희미한 노이즈가 일었다. 무언가 반응이 있었다. 다만 카테고리는 모르겠다. 굳이 말하자면…… 기시감.

셸 안에서 스가타는 이맛살을 찌푸린다. 그래, 이 상황은 어디선가…….

13시 39분. 제압 제1반을 태운 작업차 두 대가 완만한 굽잇길을 앞에 두고 속도를 늦추다가 완전히 정지했다.

예정 지점에 도착했다. 굽잇길만 돌면 센다역은 코앞이었다.

아라가키 반장은 SAT 지휘 차량으로 암호 통신을 보냈다.

"여기는 BG01. 인테리어 숍에 도착."

스미요시 쪽 터널 공사 현장에서는 브라우니 세 기와 제압 제2반 대원들을 태운 작업차, 그리고 라이저의 밴시가 대기하고 있었다.

지휘 차량이 보낸 통신이 들어왔다.

"인테리어 숍에 옷장 입하. 탁자 출하를 개시하라."

명령이 떨어졌다. 작업차가 굉음을 울리며 힘차게 출발했다. 도요초 쪽에서 접근하는 제1반을 눈치 채지 못하도록 농성범 일당의 주의를 이쪽으로 끄는 것이다. 밴시도 자력으로 작업차 뒤를 따랐다.

머리를 감싼 셸 안에서 라이저는 아무런 표정도 짓지 않았다. 열은 초록빛 눈동자로 디스플레이를 응시하고 있었다. 그녀에게 부여된 임무 역시 '예기치 않은 사태가 벌어졌을 때 SAT를 지원하라'는 것이다. 기껏 장착한 3호 장비도 쓸 일이 없으리라. 그러나 라이저는 마음속으로 그려 보았다. 3호 장비가 타 버릴 때까지 치열하게 싸우고, 모든 탄약을 소진하고, 팔이 꺾이고 다리가 부서진 채 넝마가 되어 숨이 끊어지는 자신의 모습을.

그러나 그 망상과는 반대로 좌우 손은 명령에 따라 컨트롤 그립을 기계처럼 정확히 조작했다.

전방에서 총화銃火가 일었다. 농성범들이 스미요시 쪽에서 SAT가 돌입한 것을 눈치 챘다. 브라우니가 62식 기관총으로 응전했다.

플랫폼에서 총화가 두 개로 늘었다. 13시 43분.

같은 시각, SAT 지휘 차량. 플랫폼에 남겨진 카메라 영상을 뚫어져라 쳐다보던 계원이 외쳤다.

"움직였습니다. 남은 한 기가 플랫폼 북단으로 향해 이동. 2번 카메라의 시야를 통과."

"좋아."

히로시게가 통신기 마이크를 들었다.

집중, 더 깊이. 작전은 이미 시작됐다. 스가타는 초조해했다. 여유가 없었다.

센다역, 플랫폼 양단. 인입선과 분기점. 제압반, 양동부대.

이 지형…… 이 위치 관계…… 이 작전…… 이 타이밍…….

"……쥐산가 계곡!"

스가타가 큰 소리로 외쳤다. 틀림없었다. 쥐산가 계곡 급습 작전.

"덫이다! 당장 후퇴해!"

셸 안에서 고래고래 외쳤다.

"본부, 들리나! 모든 부대를 후퇴시켜!"

"PD1. 무슨 말인가?"

"후퇴 말이다. 서둘러."

"작전 중에 헛소리 말아라! 명령은 내가 내린다!"

"빌어먹을!"

스가타는 교차로를 향해 달리며 통신을 계속했다.

"유리! 라이저! 들리나? 당장 물러나!"

인입선 분기점 인근. 돌입 태세를 취한 제1반의 통신기에도 스가타의 목소리가 울렸다.

"제1반! 당장 물러나!"

"넌 뭐야! 제정신이냐!"

"닥치고 물러나기나 해!"

유리의 바게스트는 작업차에서 후방으로 35미터 떨어진 위치에 있었다. 유리는 스가타와 아라가키 반장의 말다툼을 혼란스러워하며 듣고 있었다. 다른 대원들도 마찬가지였다.

"유리! 당장 이탈해!"

"BG01. 더블베드를 출하하라."

바게스트의 셸 안에서 스가타의 외침과 돌입 명령이 동시에 울렸다. 입안이 순식간에 바짝바짝 말랐다. 돌입을 목전에 앞둔 최악의 타이밍. 그리고 갈등.

스가타의 목소리가 계속해서 들렸다.

"유리!"

유리가 이내 외쳤다.

"아라가키 반장. 무슨 일이 있는 모양이다. 돌입을 기다려다오."

"그게 가능할 것 같으냐!"

"부탁한다. 반장!"

"빨리. 유리!"

"돌입!"

0.1초도 채 되지 않는 순간에 판단을 내렸다. 판단이라기보다 본능이었다.

유리는 다리에 달린 부스터를 켜고서 선로를 힘껏 차며 후방으로 물러났다. 평형기를 전개했다. 착지와 동시에 몸을 틀어 전속력으로 현장을 이탈했다.

그 순간…… 섬광이 일었다. 센서가 죽었다. 후방에서 불어닥친 폭풍爆風이 거대한 드래군을 나뭇잎처럼 날려 버렸다. 엄청난 충격에 휩쓸린 유리는 바게스트를 조종할 수가 없었다.

폭발이 연쇄적으로 일어났다. 고막이 찢어질 것 같은 굉음과 함께 불덩어리가 터널 안을 핥고 지나갔다. 천장이 잇달아 무너졌다. 떨어지는 암석들이 노도처럼 밀어닥쳤다.

의식을 잃기 전에 유리는 개가 콧김을 내뱉는 소리를 들은 것 같은 기분에 휩싸였다. 모스크바의 얼어붙은 아침에 야근을 끝낸 경찰관들이, 이반의 긍지 높은 야윈 수캐들이 초췌한 얼굴로 내뱉는 하얀 콧김을.

지상에서도 역 주변이 요동을 쳤다. 시야에 보이는 모든 건물의 창문들이 충격을 받아 산산이 깨져 버렸다. 요쓰메도리를 달리던 스가타의 피어볼그도 하마터면 균형을 잃고 쓰러질 뻔했다.

그립을 냉정하게 조작했다. 평형기를 제어해 요동을 견뎠다.

드래군은 마스터 슬레이브 방식과 BMIBrain Machine Interface를 병용해 조종한다. 내부에서 다리가 고정된 스가타가 달리면 피어볼그도 따라서 달린다. 지금 스가타는 대낮의 차도를 전력으로 질주하고 있었다.

"PD1. 인입선과 스미요시 쪽 공사 현장에서 폭발이 있었다. 상황은 불명. PD2의 통신이 끊어졌다. PD3는 구조를 위해 지상에서 차량 기지로 향했다."

오키쓰 부장의 목소리가 들렸다. 적어도 PD3, 라이저의 기체는 무사한 모양이었다.

지하철역 승강구를 향해 돌진하면서 디스플레이에 뜬 역 구조도를 확대했다. 그러고는 승강구 설계 데이터를 불러냈다. 제2종 기갑병장의 크기로는 도저히 지날 수 없지만, 드래군이라면……. 아슬아슬하게 지나갈 수 있을까…….

허리를 가동 범위 안에서 최대한 앞으로 기울이고, 머리를 숙인 자세로 승강구에 뛰어들었다. 계단을 몇 걸음 만에 뛰어 내려갔다. 어깨장갑이 좌우 벽을 끼릭끼릭 긁었다. 이동하는 데 지장은 없었다. 하지만 저 앞에는 오른쪽으로 꺾이는 층계참이 있었다. 이 상태로는 어깨가 걸려서 통과할 수가 없었다.

오른쪽 매니퓰레이터로 쥐고 있는 바렛XM109로 층계참 오른쪽 벽의 모퉁이를 쏘았다. 콘크리트가 산산조각 났다. 스가타는 속도를 늦추지 않고 그대로 꺾었다. 총탄으로 어깨 위치에 있는 벽면을 미리 부수어 놨기에 쉽사리 통과할 수 있을 줄 알았다. 하지만 끼릭, 하는 소리를 내며 어깨가 걸렸다. 스가타는 아랑곳 않고 온몸으로 밀었다. 콘크리트를 부수면서 억지로 층계참에서 방향을 꺾었다.

지하 1층으로 내려간 뒤 개찰구로 향했다. 주변에서 우왕좌왕하던 기동대원들이 놀라서 굳어 버렸다. 돌입 작전을 벌이던 중에 폭발이 일어났다. 상부의 지시가 없어서 혼란에 빠져 있던 차에 느닷없이 드래군이 계단에서 모습을 드러냈다. 아무리 훈련을 쌓은 대원일지라도 사고가 정지되는 게 당연했다.

피어볼그는 경이적인 몸놀림으로 꼿꼿이 서 있는 기동대원들 사이를 민첩하게 속속 지나갔다. 기존 기갑병장으로는 도저히 상상할 수 없는 운동 성능이다.

장착자의 척추에 삽입된 위스커가 척수반사를 검출해 양자결합으로 연결되어 있는 킬로 전달했다. 그렇기에 기계적인 조작으로는 불가능한 반응 속도로 움직일 수 있는 것이다.

개찰구를 뛰어넘어 다시 계단을 내려갔다. 지상에서 개찰구로 이어지는 계단보다는 널찍해서 쉽게 통과할 수 있었다. 시가전을 상정해 설계된 이족보행형 군용기는 이런 국면에서 유용했다.

층계참에서 플랫폼으로 곧장 뛰어내렸다. 스미요시 쪽 선로 위에서 탈선한 작업차와 브라우니의 잔해를 확인했다. SAT 대원들로 추정되는 검게 타 버린 시체도 있었다. 승객들은 차량 안에서 몸을 웅크리고 있었다.

적은……?

색적장치를 이용할 필요도 없었다. 반대쪽 노선 위에 있었다. 홉고블린 한 기가 웅크리고서 무언가를 조작하더니 이내 일어서서 선로를 미끄러지듯 이동했다.

열려 있는 스크린도어에서 선로로 뛰어내려 멀어져 가는 홉고블린의 등을 향해 바렛의 총구를 겨누었다.

홉고블린은 자력으로 달리고 있지 않았다. 선로에 바퀴가 끼워져 있는 추진장치에 올라탄 채 화염을 내뿜으며 이탈하고 있었다.

다리 부분에 달린 수수께끼의 장비가 저것이었구나. 스가타는 신음했다.

대단한 속도는 아니었으나 그래도 제2종 기갑병장의 주행 속도보다는 훨씬 빨랐다.

다른 두 기는 이미 저 멀리 앞서 달리고 있었다. 터널 안쪽에서 멀어져 가는 기체들이 보였으나 이내 분사 화염에 가려졌다. 세 번째 기체도 동료들의 뒤를 쫓아 점점 멀어져 갔다.

스가타는 그립에 달린 트리거 버튼을 눌렀다.

바렛에서 발사된 25mm 철갑탄이 질주하는 홉고블린의 허리를 관통했다.

균형을 잃은 홉고블린은 굽잇길을 돌지 못한 채 나자빠졌다. 선로에서 이탈한 주행장치가 허무하게 화염을 내뿜으며 생물처럼 터널 안을 나뒹굴었다.

스가타는 카메라를 적외선 모드로 전환한 뒤 바렛을 겨눈 채로 접근했다.

홉고블린의 허리에 뚫린 큰 구멍에서 액체가 흘러나왔다. 서모스캔…… 섭씨 37도. 대량의 혈액이었다.

피어볼그는 홉고블린 옆에 쪼그리고 앉아 왼쪽 매니퓰레이터로 가슴 해치를 억지로 열었다.

카메라 줌. 하반신을 잃은 탑승자의 얼굴. 낯이 익었다.

"……PD1. 응답하라……. 상황을 보고하라……. 들리나 PD1…… PD1……."

SAT 지휘 차량에서 보낸 통신이 쉴 새 없이 들려왔다. 숙취와 함께 맞이한 아침처럼 머릿속에서 목소리가 울렸다. 신경에 거슬려서 참을 수가 없었다.

"적 한 기 제압. 나머지 두 기는 특수 추진장치를 이용해 선로를 따라 도요초 방면으로 도주 중이다. 인질의 안위는 그쪽에서 확인 바람."

스가타는 바로 통신을 껐다.

제2장
내방자

1

"……아, 경찰인가요? 사루에 2번가에 있는 야마다이 공업의 공장에 수상한 사람들이 들락거리고 있어요……. 야마다이 공업은 오래전에 망해서 아무도 없을 텐데…… 아무리 봐도 일본인은 아니고…… 아시아계 외국인으로 보이긴 하는데…… 권총 같은 것도 봤어요……. 예. 틀림없어요……. 너무 무서워요……. 여하튼 빨리 와 주세요."

"알겠습니다. 귀하의 성함을……."

"인근 주민입니다. 빨리 출동해 주세요."

통화가 끊어지는 소리가 들렸다. 시로키 이사관은 그 대목에서 녹음 재생을 멈췄다.

"이것이 본청 통신 지령 센터로 들어온 첫 신고 전화다. 신고자는 목소리로 보아 성인 남성으로 추측된다. 이름은 밝히지 않았다. 억양은 평범하다. 대포폰으로 걸었는데, 발신 장소는 현장 근처로 추정된다.”

사건이 발생한 지 열일곱 시간 넘게 지났다. 이미 날짜도 바뀌었다. 현재 시각은 오전 1시 35분이다.

고토구 신키바, 경시청 특수부 청사 내 회의실. 창문이 없는 길쭉한 직사각형 공간이다. 온통 하얗다. 평범하기 그지없는 회의실처럼 보이지만, 기능을 최우선적으로 고려한 그 방은 늘 평범하지 않은 긴장감으로 가득하다.

회의가 시작되기 5분 전에 회의실에 들어온 스즈이시 미도리는 앞에서 네 번째 줄 오른쪽 끝에 앉아 회의 내용에 신경을 집중했다. 미도리는 수사원이 아니었다. 하지만 기술반을 총괄하는 책임자이기에 수사 회의에 의무적으로 참석해야 했다.

정면에는 부장인 오키쓰가 앉아 있었다. 그 양옆에는 이사관인 시로키 다카히코 경시와 미야치카 고지 경시가 앉아 있었다.

시로키와 미야치카는 오키쓰의 두 팔이라고 불리는 부관이었다. 두 사람의 나이는 모두 서른. 또한 임관 동기였다. 두 이사관은 각자 직책과 계급에 어울리는 고급 정장을 차려입고 있었다. 하지만 관료임을 보여 주기라도 하듯이 3대7로 머리를 가른 미야치카보다 귀공자 같은 분위기를 풍기는 시로키가 정장과 더 잘 어울렸다.

원래 두 사람 위에는 차장이 있어야 했다. 하지만 적임자를 찾지 못했다는 이유로 공석으로 놔둔 상태였다. 그리고 특수부 수사 회의에서는 시로키 이사관이 의사 진행을 맡는 것이 관례였다. 이 역시 이례적이라고 할 수 있었다.

이른바 히나단*이라 불리는 세 간부의 자리 맞은편에는 길쭉한 회의용 탁자가 쭉 놓여 있었다. 특수부에 소속된 마흔한 명의 수사원들이 자리했다.

청사 내부는 금연이 원칙이다. 하지만 오키쓰 부장부터 솔선해서 시가릴로를 피우고 있기에 수사원들도 거리낌 없이 지참해 온 재떨이에 담배꽁초를 산처럼 쌓았다. 개중에는 비흡연자도 적지 않겠으나 누구도 불만을 토로하려 하지 않았다. 유일한 예외가 바로 미야치카 이사관이었다. 그는 회의를 할 때마다 노골적으로 불쾌한 표정을 내보였다.

회의실의 하얀 벽은 담배 연기에 찌들어 노랗게 변색됐다. 굳이 손가락으로 만져 보지 않더라도 끈적끈적할 것 같았다. 실내에 설치된 무수히 많은 디스플레이와 단말기에 영향을 끼치지 않을까 염려가 되어 미도리는 내심 한숨을 내쉬었다.

돌입반인 스가타 경부와 라드너 경부는 세 번째 줄 왼쪽에 앉아 있었다. 그들의 계급은 엄밀하게 말하자면 '특수부 외인 경부'였다.

오즈노프 경부는 없었다. 폭발 현장으로 급히 달려간 라드너 경부의 밴시가 기체에 있던 액체 화약으로 콘크리트 더미를 날려 버린 뒤 토사에 묻혀 있던 바게스트를 간신히 끌어냈다.

바게스트의 외부장갑 및 구동계는 거의 파손됐다. 탑승자인 오즈

---

* 히나마쓰리 축제 때 인형을 진열하는 단.

노프 경부는 의식을 잃은 채로 구출됐다. 다행히도 생명에 지장은 없었지만, 전신 타박상과 뇌진탕 때문에 지금도 병원에서 치료를 받는 중이었다. 순간적인 판단과 기체의 순발력, 더불어 튼튼하면서도 탄력성이 있는 드래군의 내부 셀이 생사를 갈랐다고 할 수 있었다. 다른 기갑병장들은 작업차와 함께 형체도 없이 사라져 버렸다.

폭발이 일어난 뒤 도요초 방면으로 도주하던 홉고블린 두 기를 격퇴하고자 SAT의 저격 지원반이 도요초역에서 대기하고 있었다. 하지만 그들은 나타나지 않았다. 완전무장한 제6기동대가 도요초역과 센다역 양방향에서 수색을 시작했다. 그리고 두 역의 중간 지점에서 버려진 홉고블린 두 기가 발견됐다. 그 지점의 옆벽에는 철제 사다리가 설치되어 있었다. 그 사다리는 위에 있는 보수 점검용 통로와 이어졌다. 농성범 일당은 터널 중간에서 기갑병장을 버린 뒤 점검용 통로를 지나 지상으로 탈출했다. 복잡하게 뒤얽혀 있는 그 통로는 여러 출입구로 통하기에 범인들이 어떤 경로로 탈출했는지조차 아직껏 정확하게 파악되지 않았다.

피어볼그가 적 기체를 제압한 뒤에 역 구내로 밀어닥친 경관들이 곧바로 인질들을 확보했다. 승객 중에 새로운 사상자는 없었다. 즉 운전사를 비롯해 플랫폼 카메라를 통해 확인된 사살된 피해자를 빼고는 모든 승객들이 무사했다.

"지금까지의 경위를 다시금 확인하도록 하겠다."

시로키 이사관이 목소리를 높였다.

"어제 오전 8시 17분에 첫 신고 들어옴. 인근을 순찰하던 후카가와서 순찰차가 현장으로 달려감. 8시 21분에 도착. 현장에 잠복해 있던 아시아계 외국인 세 명이 순찰차를 보고 황급히 뛰쳐나옴. 그들은 총뿐만 아니라 기모노도 소지하고 있었음. 범죄자들은 선발대의 순찰차를 짓밟고서 도주함. 8시 39분, 지하철 센다역으로 난입해 승객들을 인질로 잡고서 농성을 벌임. 그 이후에 범죄자들은 어떠한 요구도 하지 않았고, 성명도 내지 않았음. 교섭을 할 수가 없었기에 13시 43분에 SAT가 돌입함. 그러나 터널 안에 설치되어 있던 폭약이 터지면서 돌입 제1반이 전멸함. 테러범들이 사용한 폭약은 혼합폭약 C-4로 추정됨. 이른바 플라스틱 폭약. 테러범 중 하나는 스가타 경부가 사살했음. 나머지 두 명은 현재 수색 중."

무거운 침묵이 흘렀다. 사람들의 머리 위로 피어오르는 담배 연기조차 움직임을 멈춘 것 같았다.

"그럼 유카타니 주임. 부탁합니다."

"예."

시로키 이사관이 재촉하자 유키타니 시로 경부보가 일어섰다. 아직 젊지만 수사반 주임으로서 부하들의 신망이 두텁다는 얘기를 기술반 소속인 미도리도 들었다.

"사건 발생부터 농성 전까지의 경과를 엄밀하게 검증했습니다. 이걸 봐 주십시오."

정면, 즉 오키쓰 부장의 뒤에 있는 대형 디스플레이에 현장 주변 지도가 표시되었다. 모든 사람들의 앞에 놓인 노트형 단말기에도 같은 영상이 표시되어 있었다.

디스플레이 영상에 광점이 떴다. 그리고 8:21이라는 표시가 떴다.

“범죄자가 잠복했던 폐공장은 여기. 순찰차가 도착한 시각은 8시 21분. 그 이후 범죄자들의 도주 경로를 붉은 선으로 표시해 봤습니다.”

지도 위에 붉은 선이 떴다. 광점이 이동하자 따라서 뻗어 나갔다.

붉은 선은 사루에에서 오기바시, 이시지마 일대를 이리저리 달리며 뻗어 나갔다. 시각도 1분마다 선에 표시되었다.

“보시다시피 테러범들은 지그재그로 질주했습니다. 경찰의 추적을 따돌리고자 필사적으로 도망친 것처럼 보입니다. 마지막에 그들이 지하철 갱도 안으로 들어간 시각은 8시 39분입니다. 주목해야 할 부분은 여깁니다.”

유키타니는 범인이 침입한 지하철 공사 현장 인근의 교차로를 보여 줬다. 8:33부터 8:37분까지의 시각도 함께 표시됐다.

“이 교차로에는 잡거빌딩, 맨션, 유료 주차장 등이 있습니다. 지극히 평범한 곳입니다. 하지만 지금까지 줄곧 달려왔던 범죄자들은 무슨 영문인지 여기서 느닷없이 정지했습니다. 세 기 모두가 말입니다. 더욱이 4분씩이나. 시시각각으로 포위망이 좁혀지는 4분 동안 말입니다. 범죄자들은 순찰차들이 잇달아 집결하는 과정도 두 눈으로 봤을 겁니다. 그 4분은 대단히 길었을 테죠. 그리고 8시 37분에 도주를 재개했고, 2분 뒤에 공사 현장으로 뛰어들었습니다. 이상입니다.”

유키타니가 자리에 앉았다.

"다음. 나쓰카와 주임."

"예!"

나쓰카와반班의 나쓰카와 다이고 경부보가 일어섰다. 그도 마찬가지로 젊었다. 상냥함이 엿보이는 유키타니와 대조적으로 옆머리를 바짝 치켜 깎은 그의 풍채는 경찰관답게 생겼다.

"차량 안에서 처음으로 휴대전화를 빼앗기고서 사살당한 그 승객 말입니다만, 아직까지 신원을 밝히지 못했습니다. 역시 불법 입국자일 가능성이 농후합니다. 그 외에 모든 승객들은 신원이 판명되었고, 사정청취를 진행하고 있습니다. 여러 승객의 증언에 따르면 사살된 남자는 노선을 왕복하는 열차에 맨 처음에 탔으나 종점인 센다역에서도 내리지 않았습니다. 그것만으로도 수상한데, 사건이 발생할 때까지 줄곧 휴대전화로 통화를 했다고 합니다. 같은 차량에 있던 승객들은 지금껏 저렇게 매너가 나쁜 사람은 본 적이 없었다면서 그 남자를 또렷하게 기억하고 있었습니다. 그중에서도 가장 가까이에 앉았던 승객은 그 남자가 일본어가 아닌 중국어로 통화를 한 것 같다고 증언했습니다. 또한 범죄자들이 몰수했던 휴대전화가 든 가방은 현장에 방치되어 있었습니다. 모든 휴대전화의 주인이 밝혀졌으나 사살된 남자가 사용했던 그 휴대전화만은 아직도 발견되지 않았습니다. 범죄자들이 가져간 것으로 보입니다. 이상입니다."

나쓰카와가 착석하자마자 디스플레이에 아시아계 남성의 얼굴이 떴다.

"스가타 경부가 제압한 홉고블린에 타고 있었던 남자다. 스가타가 그 남자에 대한 흥미로운 정보를 갖고 있더군."

오키쓰의 발언을 받아서 시로키가 이었다.

"스가타 경부의 말을 토대로 자료를 작성했다. 앞에 있는 단말기로도 볼 수가 있겠지만, 본인이 직접 설명해 줬으면 한다."

스가타가 앉은 채로 입을 열었다.

"이름은 왕푸더王富德. 인민해방군 출신 용병이야."

"일어서서 말 못 하겠나!"

미야치카 고지 이사관이 호통쳤다. 3대7로 가른 머리 아래에 있는 이마에서 푸른 힘줄이 꿈틀거렸다.

"예, 예."

스가타가 귀찮아하며 일어섰다.

"간단하게 말하자면 동종 업계에서 일하는 '동업자'야. 아무리 궁해도 뜨내기 강도짓을 할 남자가 아냐."

"단언할 수 있나?"

"할 수 있고말고."

미야치카가 묻자 스가타는 바로 대답했다.

"우리 업계에서는 있을 수 없는 일이야."

"그쪽 업계의 상식이란 뜻이로군. 우리 업계에서는 그걸 선입견이라고 하지."

"이 녀석은 진짜배기 프로페셔널이야. 지금도 전 세계에는 돈이 얼마가 들든 일류를 고용하고 싶어 하는 클라이언트가 얼마든지 있어. 왕푸더 정도의 실력이라면 누구나 데려가고 싶어 하겠지."

“이 남자를 동업자라고 했는데, 만난 적이 있는 건가?”

“있지. 전우였다.”

미도리는 무심코 숨을 삼켰다.

다른 사람들도 마찬가지로 아연실색하는 듯했다. 다만 오키쓰 부장과 라이저 경부를 빼고는.

스가타는 천천히 말을 이었다.

“인도네시아에서 여러 번 함께 싸웠다. 이 녀석한테는 마찬가지로 인민해방군 출신인 왕푸궈王富國라는 형이 있지. 두 형제는 늘 함께 일을 했어. 도망친 두 사람 중 하나는 왕푸궈겠지.”

“푸더와 푸궈의 한자 표기는 자료를 참고해라. 입국 관리소에 물어보니 왕 형제의 입국 기록은 없었다. 위조 여권으로 불법 입국을 한 것 같다.”

시로키 이사관이 보충했다.

“전우라고 할 정도니 이 형제와 상당히 친했겠군?”

미야치카가 트집을 잡을 작정으로 물었다. 빈정거림으로 들렸지만, 스가타는 그런 낌새를 전혀 느끼지 못한 것 같았다. 미도리는 그렇게 봤다.

“글쎄. 친한지 어떤지는 잘 몰라. 같은 클라이언트가 고용했고, 같은 전장에서 싸웠다. 그뿐이야. 다만…….”

“다만?”

“동티모르에서 죽을 뻔했던 왕푸더의 목숨을 구해 준 적이 있지.”

“네가 그 녀석의 생명의 은인이다?”

"뭐, 그래."

"옛날에 구해 줬던 남자를 이번에는 죽였다는 거로군?"

"그런 셈이네."

미야치카가 무신경한 말을 하자 온후한 시로키가 이맛살을 찌푸렸다. 하지만 스가타 본인은 개의치 않는 것 같았다.

"형제의 사이는 어땠지?"

"함께 일을 할 정도니 괜찮았지. 푸귀는 동생을 각별하게 생각하거든."

"그럼 네가 동생을 죽였다는 걸 안다면 푸귀는 반드시 원한을 품겠구만."

"날 미끼로 쓸 작정인가? 아쉽지만 그건 쓸데없는 짓이야. 몇 번을 말하는지 모르겠지만, 녀석이나 나나 프로페셔널이야. 클라이언트가 다르면 적과 아군으로 나뉘어 서로를 죽이지. 당연한 일이야. 사사로운 정 따윈 관계없어. 업계에 몸을 담았다면 잘 아는 사실이지. 더욱이 프로는 개런티가 없는 일을 하지 않는 법이야. 하기야 내 클라이언트의 적대 세력이 용병을 모집한다면 녀석은 기꺼이 제 발로 찾아가겠지."

"그만하면 됐다."

오키쓰가 스가타의 잡설을 끊었다.

"결론부터 말하지. 이건 우발적인 농성 사건이 아니다. 지극히 주도면밀하게 준비된 계획 범행이다. 목적은 오로지 하나…… SAT 섬멸. 애초부터 그걸 노렸던 거다."

수사원들도 어렴풋하게 눈치 챘던 모양이다. 하지만 수사 회의라는 공식석상에서 나온 그 발언은 경찰관인 그들에게 묵직한 충격으로 다가왔다. 적어도 미도리는 특수부의 일원으로서 그렇게 느꼈다.

오키쓰가 단말기를 조작했다. 디스플레이에 인입선 폭발 현장의 참상이 떴다. 원형을 알아볼 수 없을 만큼 파괴된 기갑병장의 부속이 보였다. 토사 사이에 굴러다니는 매니퓰레이터의 손가락이 단말마처럼 허공을 가리키고 있었다.

"제압 제1반은 전멸. SAT는 비장의 보가트 여섯 기를 순식간에 잃었다."

오키쓰는 일단 말을 끊었다. 실내를 뒤덮은 무거운 분위기를 확인하듯 숨을 내뱉고서 담담하게 말을 이었다.

"테러범은 아무것도 요구하지 않았다. 애당초 원하는 게 없었기 때문이지. 첫 신고 전화부터가 적의 덫이었다. 단어 선택도 절묘했지. '아시아계 외국인'라는 소리를 들으면 관할서에서는 금세 범죄자를 떠올린다. 우리의 편견을 이용한 것이지. 총을 소지하고 있었다는 말을 흘리면 적어도 순찰차 여러 대가 출동한다. 익명으로 신고하긴 했지만 인근 주민이라고 밝히면 경찰은 수상하게 여기지 않는다. 신고를 할 때 인근 주민이 사건과 얽힐까 봐 실명을 밝히지 않는 경우가 비일비재하니 말이지. 순찰차의 등장에 화들짝 놀라 뛰쳐나온 것도, 도심을 종횡무진 돌아다닌 것도 전부 계획이었다. 편의점을 들이박은 것도 당황한 아마추어의 실수로 보이기 위한 연출이다. 공사 현장 인근의 교차로에서 4분 동안 정지한 이유는 시간을 죽이기 위해서였다. 목표로 삼은 지하철이 플랫폼으로 들어오는 타이밍에 맞추고자 시간을 조정한 것이지."

모든 사람이 숨소리도 내지 않고 경청하고 있었다.

"일본 철도는 시간표에 맞춰 정확하게 운행하기로 정평이 나 있기는 하지만, 어떤 돌발 상황이 벌어질지는 아무도 모른다. 돌발 상황이 아니더라도 실제 운행 시각이 시간표와 어긋나는 경우가 일상다반사지. 이 작전은 기갑병장이 난입했을 때 플랫폼에 무조건 지하철이 정차해 있어야만 실행할 수 있다. 그렇기에 지하철의 위치를 수시로 알려 줄 수 있도록 공범을 차량에 태울 필요가 있었지."

처음에 휴대전화를 넘기고서 사살된 남자. 미도리처럼 모든 수사원들이 죽어 가는 그의 얼굴을 떠올렸을 것이다.

그들의 마음을 읽었는지 오키쓰가 고개를 끄덕였다.

"그렇다. 그 남자다. 아마 임시로 고용한 불법 입국자일 게야. 계획의 전모를 알 턱이 없는 송사리지. 그 남자는 마지막까지 인질인 척 행동할 작정이었을 거다. 그런 계획이 아니라면 협력을 할 리가 없을 테니까. 처음에 휴대전화를 넘길 때까지는 예정대로 흘러갔다. 그 직후에 자신이 사살되리라 꿈에도 생각지 않았겠지. 테러범은 입을 틀어막고, 다른 승객들에게 본보기를 보여 주고자 그 남자를 죽였다. 일석이조의 효과를 노린 것이지. 그들의 계획에서 빗나간 건 동료 중 하나가 사살됐다는 것이다. 철로를 타고 도주하고자 제트보드를 특별 제작한 것까지는 좋았으나 무슨 이유인지 왕푸더는 장치를 장착하는 데 시간이 걸렸다. 그래서 스가타한테 사살됐고, 정체가 밝혀졌다. 단순 잡범이 아니라 프로페셔널인 것으로 밝혀졌지."

미도리는 앞에 있는 단말기에 뜬 자료를 눈으로 훑었다.

왕푸더, 32세. 왕푸궈, 39세. 구이저우성貴州省 출신. 재개발이라는 명목으로 지방 정부에게 토지를 불법적으로 박탈당한 '실지농민失地農民' 가정에서 태어났다. 10대 중반에 인민해방군에 지원했다. 푸더는 청두군구 제13집단군, 푸궈는 제14집단군에 배속됐다. 제대 후에 형제는 함께 행동했다. 민간 경비 요원으로서 주로 인도네시아의 동티모르, 아체 특별주, 말루쿠 제도에서 활동했다. 특히 말루쿠 제도에서는 인도네시아군에 고용되어 이슬람 지하 조직인 제마 이슬라미야 토벌 작전에 참가해 큰 전과를 올렸다.

그때 오키쓰가 스가타를 쳐다보며 말했다.

"이번 범행 계획. 아니, 작전에 대해 스가타 경부가 다시 한 번 설명해 줬으면 한다."

스가타가 다시 일어섰다.

"'퀴산가 계곡 급습 작전.' 지도를 보십시오."

디스플레이에 아프리카 산간 지역의 지도가 떴다. 좌우가 절벽으로 막혀 있는 골짜기. 마치…….

"라이베리아에서 쫓겨난 반정부 게릴라들이 정부 고위 관료의 가족을 인질로 잡고서 험준한 골짜기에서 농성을 벌였지. 거기가 바로 퀴산가 계곡이야. 공교롭게도 그 계곡은 폐광산의 오래된 갱도와 이어져 있었지. 그 정보를 입수한 정부군은 계곡 입구에서 게릴라들의 주의를 끌다가 갱도를 통해 병력을 단번에 돌입시키는 작전을 세웠다. 모두가 예상했다시피 이건 함정이었어. 갱도 안에 설치된 폭약이 터지면서 정부군 돌입부대는 전멸했지."

"스가타 경부. 자네는 그 작전에 참가했나?"

시로키가 묻자 스가타는 쓴웃음을 지었다.

"먼 옛날 얘기야. 나도, 왕 형제도 전혀 관련이 없어. 그렇지만 업계 사람이라면 대부분 알지."

"스가타 경부, 고맙군."

오키쓰는 스가타를 자리에 앉히고서 요원들을 다시 둘러봤다.

"적이 이 작전을 참고했는지는 추측해 볼 수밖에 없으나 유사점이 많은 것도 사실이다. 범인들은 미리 인입선에 대량의 폭약을 설치했다. SAT가 그곳으로 돌입하리라 확신했겠지. 본선과 달리 인입선은 차량이 자주 지나가지 않으니 폭약을 몰래 설치하기 쉬웠을 거다. 동시에 양동부대가 올 것으로 예측되는 북쪽에도 폭약을 설치했다. 공사 현장에 숨어드는 것도 크게 어렵지는 않다. 그리고 북쪽에는 폭약을 많이 설치하지는 않았다. 플랫폼 인근이기에 대규모 폭발이 벌어지면 자기들까지 붕괴에 휘말릴 수 있기 때문이지. 앞서 돌입한 제2반의 브라우니는 파괴됐지만, 밴시가 별 손상이 없었던 것도 그 때문이다. 공사 현장 쪽에서 폭약을 터뜨린 건 추격을 늦추기 위한 방편이기도 했다. 이 역시 일석이조. 라드너 경부가 사전에 지적했던 대로 카메라 한 대가 파괴되지 않고 남은 것도 우연이 아니다. 자신들이 미끼를 물었음을 SAT한테 일부러 알려 돌입 작전의 계기를 준 것이다. 모든 것이 적의 계획대로다. 카메라 한 대가 운 좋게 살아남았으니 이용해야만 한다는 심리적 함정에 경찰이 보기 좋게 걸려든 거다."

그때 시로키 이사관 앞에 놓인 내선 전화가 울렸다. 시로키는 곧바로 수화기를 들었다.

"시로키입니다."

단정한 얼굴에 순식간에 그늘이 졌다.

"그렇습니까……. 수고하셨습니다."

심각한 표정으로 수화기를 내려 둔 시로키가 모든 요원들을 향해 말했다.

"범인의 총격에 대파된 순찰차 안에 있던 경찰관 중에 중태였던 순사 두 명이 방금 숨을 거두었다. 이것으로 순직 경찰관 수는 서른일곱 명으로 늘었다."

충격적인 숫자였다. 그 숫자를 듣고 동요하지 않을 경찰관은 없으리라. 한 사건에 휘말려 순직한 경찰관의 숫자로는 틀림없이 전후 최대일 것이다. 경찰 내부에서 소외된 특수부 수사원들도 같은 경찰관으로서 주먹을 불끈 쥐며 분노 섞인 신음을 흘렸다. 스가타조차 묵념을 하듯 눈을 감았다.

미도리는 뻣뻣해진 몸으로 단말기 모니터를 응시했다. 아니, 응시하는 척을 하고 있었다. 마우스를 쥔 오른손이 부들부들 떨렸다. 대규모 테러. 피해자 다수. 싫어도 절로 떠올랐다. 미도리는 라드너 경부를 곁눈으로 힐끔 쳐다보았다.

너무나도 울적한 이곳에서 딱 한 사람, 그녀만이 아무런 변화를 보이지 않았다. 허무의 빛깔로만 채워진 광석 같은 눈동자. 미도리는 혐오감이 들어 고개를 돌렸다.

오키쓰 부장은 안경을 벗어 먼지를 후우, 하고 분 뒤 다시 썼다.

"가짜 신고 전화 한 통. 밀조된 기갑병장 세 기. 불법 체류자 한 명. 폭약과 직접 제작한 제트보드. 고작 이만한 장비로 적들은 경찰의 전력에 엄청난 타격을 입혔다. 최소의 투자로 최대의 효과를 거두었다. 상대는 무서울 만큼 작전 입안 능력이 뛰어나다. 더군다나 용의주도하기까지 하지. 프리랜서 용병을 실행범으로 이용한 점을 봐도 명백하다. 흑막을 쉽게 밝혀낼 수 없겠지. 이 사건은 의심할 여지없이 단순한 범죄가 아니다. 경찰에게 도전을 건 것이다."

실내가 고요해졌다.

"이건 광기다. 광기가 빚어낸 사태다. 광인의 범행이라는 의미가 아니다. 입안자는 지극히 냉정하게 계획을 짰고, 실행자는 그 계획을 정확하게 수행했다. 아마 적지 않은 인간이 연루되어 있겠지. 그들은 아무런 의심도 없이 어디까지나 비즈니스로서 학살을 저질렀다. 그런 비즈니스 기획이 존재할 수 있는 시대. 이 시대야말로 광기다. 적이 누구며, 무엇을 목표로 하는지 알 수 없다. 하나 우리는 법치국가의 근간을 지키는 민주 경찰로서 기필코 이들의 정체를 밝혀내야 한다."

"여러분에게 특히 주의를 당부할 게 있다."

아까부터 무언가 말을 하고 싶어서 초조해하던 미야치카가 반쯤 억지로 끼어들었다.

"지금 들은 정보는 모두 극비다. 절대로 밖으로 흘러 나가서는 안 돼. 이번 폭발은 SAT가 돌입했을 때 범인 일당이 소지하고 있던 폭약이 우연히 유폭되어 벌어졌다. SAT는 큰 희생을 치른 끝에 인질을 구출한 거다. 오늘 경찰청 장관님께서 기자회견 때 그런 취지로 발표하실 거다. 이 점을 각별히 주지해 줬으면 좋겠다."

수사원들 사이에서 웅성거림이 퍼져 나갔다.

"미야치카 이사관님."

유키타니 주임이 벌떡 일어섰다.

"무슨 소립니까? 그건 은폐 아닙니까?"

"모르겠나? 부장님께서 말씀하신대로 경찰의 위신은 기필코 지켜야만 한다."

"본직은 부장님께서 그런 의미로 말씀하신 게 아니라고 이해하고 있습니다만."

"SAT 정예부대가 함정에 걸려 전멸했다는 게 알려진다면 경찰의 체면은 땅바닥에 떨어지게 돼. 그리하면 테러를 어떻게 막나? 그것이야말로 테러리스트들이 바라는 바다."

"하지만 진실을 밝히는 것이야말로 우리 경찰의……."

"자네는 순직한 SAT 대원들한테 한심한 경찰이라는 낙인을 찍고 싶은가?"

"그건……."

유키타니는 말문이 막혔다. 같은 경찰관으로서 그것은 분명 견딜 수 없는 모욕이리라.

“한심한 건 사령부야. 현장 대원들이 아니라.”

스가타 경부가 말했다. 정론이지만 역시 대놓고 목소리를 높여 찬동하는 자는 없었다.

미야치카는 화가 난 눈으로 스가타를 노려보다가 애써 무시하고서 이야기를 계속했다.

“착각하지 마라. 이건 은폐가 아냐. 어디까지나 한시적으로 정보를 막겠다는 거뿐이다. 이번 사건이 벌어진 것만으로 난리가 났다. 이번 사건이 경찰을 향한 테러임이 공표된다면 혼란이 깊어질 것이고, 사태 수습은 더욱 요원해진다. 중대한 국면이다. 신중에 신중을 기해서 대응해야만 해. 수사 속도에 맞춰서 정보를 순차적으로 공표해 나갈 거다. 마지막에는 모든 사실을 있는 그대로 밝힐 예정이야.”

아마 본청이 극심한 혼란에 빠져 있기에 아직 방침을 정하지 못한 거겠지. 각 파벌의 생각이 어지러이 뒤얽혀서 의견을 통일할 수 없는 상황일 것이다. 미야치카 이사관은 무의식적으로 그러한 현실을 반영해서 말한 것이 아닐까? 미도리는 그렇게 생각했다.

나쓰카와 주임도 일어서서 말했다.

“만약에 공표되기 전에 진실이 폭로된다면 경찰이 더 큰 피해를 입지 않겠습니까?”

“다행히도 현장 주변은 봉쇄되어 있었고, 인질들은 전부 차량 안에서 몸을 웅크리고 있었기에 아무도 상황을 파악하지 못했다. 그 점은 걱정할 필요 없어.”

“하지만 범인 측에서 성명을 발표한다면.”

“그래서 상황에 따라 정보를 조금씩 밝히겠다는 거다.”

“다시 말해서 들킬 때까지는 입을 다물겠다는 소리군요?”

“이건 이미 결정된 사항이야! 우리는 잠자코 따르기만 하면 돼!”

결국 미야치카가 화를 버럭 내자 모두가 입을 다물었다. 그것이 속내겠지. 미야치카가 본청파라는 건 연구자 출신인 미도리도 잘 안다. 자신의 경력이 걸려 있으니 당연하겠지만, 그것도 때와 상황을 가릴 줄 알아야 한다.

미야치카도 이내 말이 지나쳤음을 깨달았는지 민망함을 누그러뜨리고자 덧붙였다.

“나쓰카와. 자네도 미래를 생각하고 말을 하게. 무책임한 발언은 외부인이니까 지껄일 수 있는 거다.”

외부인이란 말할 것도 없이 세 사람의 외인 경부를 의미했다. 경찰 내부에서 고립된 특수부 안에서 미야치카는 교묘하게 대립을 부추겼다. 차별은 차별 속에서 태어나는 법이다.

나쓰카와는 조용히 자리에 앉았다. 그도 역시 경찰관이었다. 그 점에서는 나쓰카와도, 다른 수사원들도 미야치카 이사관의 생각과 가까우리라 미도리는 생각했다.

스가타 경부는 그저 쓴웃음을 짓고 있었다. 라드너 경부는 여전히 무표정했다.

시로키가 그들을 옹호하고자 입을 열려고 하니 오키쓰가 제지하고서 말했다.

"미야치카 이사관 말대로 이건 결정 사항이다. 이 사안은 일본의 국제 신뢰도와도 관계가 있다. 이번만큼은 정보를 조작할 수밖에 없어."

미야치카가 흐뭇해하며 고개를 끄덕였다. 하지만 오키쓰는 이어서 말했다.

"우리는 상부의 결정에 따르면 된다. 다만 수사는 별개다."

안경 속에서 오키쓰의 눈동자가 예리하게 번뜩였다.

"수사의 주도권을 어디서 쥘지 지금 본청에서는 한창 옥신각신하고 있겠지. 형사부 수사1과냐, 경비부냐, 혹은 공안이냐. 어느 쪽이든 우리하고는 관계없다. 특수부는 설립 취지에 따라 독자적으로 수사를 계속한다. 범인은 반드시 우리 손으로 검거한다."

수사원들이 수런거렸다.

범인을 우리의 손으로 검거한다. 이보다 수사원들의 사기를 높이는 발언은 없다. 미도리도 실내 분위기가 끓어오르고 있음을 느꼈다.

"현장 조사나 주변인 조사는 수사1과에 맡기면 된다. 합동으로 조사를 해 봤자 어차피 방해나 하겠지. 그보다 가장 중요한 건 왕푸궈의 행방이다. 무슨 일이 있어도 왕푸궈를 잡아서 배후에 있는 클라이언트가 누구인지 불게 해라. 아마 왕푸궈와 클라이언트 사이에 수많은 대리인들이 끼어있을 거다. 하지만 현재로서 배후를 밝혀낼 수 있는 방법은 그거밖에 없다. 왕푸궈를 잡는 건 나쓰카와반이 맡는다. 스가타 경부의 정보를 토대로 왕푸궈가 머물 만한 곳을 찾아 주게. 본청에도 똑같은 정보가 올라갔다. 수사1과, 조직범죄 대책부,

그리고 공안도 전력으로 왕푸궈를 쫓고 있겠지. 결코 빼앗겨서는 안 돼. 특히 공안한테는."

공안에게 빼앗기지 마라……. 그 말에 내포되어 있는 속뜻을 깨닫고서 미도리는 소름이 끼쳤다.

나쓰카와도 창백해진 얼굴로 수첩에 적바림하면서 말했다.

"알겠습니다. 하지만 왕푸궈가 이미 외국으로 도망쳤을 가능성은 없겠습니까?"

"물론 있다. 하나 왕푸궈는 아직 국내, 그것도 수도권에 숨어 있으면서 제2, 제3의 범행을 계획하고 있을 가능성도 있다."

"뭐라고요?"

적바림을 하던 나쓰카와의 손이 멈췄다.

"어디까지나 가능성을 말한 거다. 뭐, 감이라고 하는 편이 더 정확하겠군. SAT 섬멸 계획을 성공시킨 적의 진짜 목적은 아직도 알 수 없다. 하지만 경찰을 향한 테러인 것만은 확실하다. 그렇다면 적이 혼란에 빠져 있는 틈을 이용해 제2, 제3의 공격을 가하는 게 군사적인 정석인 것 같은데……. 스가타 경부, 어떤가?"

"뭐, 군사적으로는 맞습니다. 테러리스트가 그렇게 생각할지는 잘 모르겠지만."

"테러도 똑같아."

라드너 경부가 입을 열었다.

"테러리스트는 자신의 행위를 범죄라고 부르지 않아. 철저히 군사행동이라고 생각하지. 그리고 항상 적을 때려 부술 수 있는 가장 효과적인 수단을 찾는다."

미도리는 그녀를 힐끔 쳐다보았다. 그 시선 속에 비아냥을 담아서. 당신은 잘 알겠지. 왜냐면 당신은…….

라드너 경부가 자신의 시선을 눈치 챘을까? 그녀의 음울한 옆모습에서는 역시 아무것도 읽을 수가 없었다.

"다음으로는 기갑병장과 89식 중기관총의 조달처를 알아내야 한다. 이건 유키타니반이 맡게. 범인들은 가장 많이 유통되고 있는 홉고블린을 이번 범행에서 사용했다. 입수 경로를 좁히는 게 쉽지는 않겠지만 전력을 다 해 주게. 만약에 적들이 정말로 제2, 제3의 범행을 계획하고 있다면 터널 안에 버린 홉고블린을 대신해 새로운 기모노를 조달할 가능성이 있어."

"예."

유키타니가 고개를 끄덕였다. 긴장과 투지가 뒤섞인, 흥분된 표정을 짓고 있었다.

"스즈이시 주임. 바게스트는 얼마나 복구됐나?"

"죄송합니다. 시스템을 점검하는 데 시간이 지체되고 있습니다."

미도리는 벌떡 일어서서 대답했다. 그녀는 앞에 있는 단말기를 조작하면서 말을 이었다.

"26퍼센트 진척됐습니다. 외부장갑은 전부 교체했습니다. 다행히도 킬은 손상을 입지 않았습니다. 킬 회로가 망가졌다면 손쓸 도리가 없었을 겁니다. 기술반은 24시간 태세로 작업을 진행하고 있습니다만, 재기동까지 적어도 2주는 필요할 것으로 예상됩니다."

"범인이 남긴 제트보드는 분석이 끝났나?"

"병행하여 진행 중입니다. 구조 자체는 단순합니다. 특별한 기술도 쓰이지 않아서 제작자를 특정하기는 어려울 것 같습니다."

"알겠네. 작업을 계속 진행해 주게."

"예."

미도리는 긴장 때문에 몸이 더 뻣뻣해진 채로 자리에 앉았다. 오키쓰 부장이 지적한 대로 제2의 테러가 벌어질 가능성이 있으니 바게스트의 복구 작업을 한시라도 빨리 끝마쳐야 했다. 자신이 짊어진 책임이 얼마나 무거운지 새삼스레 통감했다.

그 뒤에도 자세한 상황 분석, 각종 연락 사항의 확인 등으로 회의는 한 시간 넘게 더 이어졌다.

마지막에 시로키가 일어서서 모든 수사원을 둘러보며 말했다.

"이번 사건으로 수많은 경찰들이 순직했다. 하지만 일반 시민들 중에도 적지 않은 사상자가 나왔음을 잊지 마라. 상대는 시민들을 범행에 서슴없이 끌어들이는 비열하기 짝이 없는 범죄자다. 우리는 이 범죄자로부터 시민들을 지켜내지 못했다. 그걸 늘 염두에 두고서 수사를 진행하길 바란다. 오늘 수고 많았다."

심야에 벌어진 수사 회의가 끝났다. 모두가 잰걸음으로 회의실을 나섰다.

"미야치카, 잠깐 나 좀 보지."

동료인 시로키가 부르자 미야치카는 발걸음을 멈췄다.

"뭐야?"

미야치카는 스스로 느낄 만큼 언짢은 기색을 드러내며 돌아봤다. 시로키는 사람들이 다 나갔는지 확인한 뒤 말문을 열었다.

"너, 여기에 배속된 걸 아직도 불만스러워하는 거 아냐?"

"그렇지 않아."

"정말인가?"

불만스럽지 않을 리가 없다. 매일 거울을 마주할 때마다 불만이 그득한 얼굴을 본다. 경력이 중요한 경찰 관료를 조직의 이분자異分子라고 할 수 있는 특수부로 배속시킨 것은 명백한 좌천이다. 적어도 출세 가도를 밟고 있는 동기들은 다들 그렇게 생각한다.

불쌍하군. 그 녀석들은 끝났어…….

동기들이 뒤에서 그렇게 비웃는 모습을 미야치카는 쉽게 상상할 수 있다. 실제로 소문으로 전해 들었다. 경찰 관료에게 경쟁 상대의 탈락은 자신이 출세할 기회가 늘어났다는 의미일 뿐이다.

"시끄럽군. 왜 그런 걸 묻는 거지?"

"너, 그 세 사람을 너무 박해하고 있어."

"네가 말하는 그 세 사람은 드래군에 탑승하는 그 용병들을 말하는 건가?"

"그래."

"너야말로 왜 그 녀석들 편을 들어 주는 거냐?"

"드래군은 특수부의 중추다. 그들한테 더 마음을 열어야 돼."

"돈이면 뭐든지 하는 녀석들이다. 어떻게 우리 경찰관처럼 똑같이 대하겠나?"

정론이다. 다만 경찰 조직 내에서만 통용되는 말이다.

경찰관이기에 시로키도 반론할 수 없었다.

"마음을 열고 나발이고 이쪽에서 말을 걸어도 대화를 피하거나 무시하기 일쑤야. 애당초 저쪽에서 먼저 마음을 닫잖나?"

"분명 그들은 일반인과는 동떨어진 사고방식을 갖고 있어. 평범한 교류는 어렵겠지. 그래도 그들에게 배울 수 있는 점을 고려한다면……."

"어이가 없네. 못 해먹겠군."

미야치카가 등을 돌리려고 하자 시로키가 만류했다.

"잠깐."

"또 할 말이 남아 있나?"

"회의 중에 자네가 했던 얘기 말인데……. 경찰은 분명 종적 사회야. 하지만 미야치카, 그 점을 감안하더라도 자네는 본청의 의향을 너무 중시해."

"본청이 내린 방침을 철저히 따르는 게 당연하지 않은가?"

미야치카는 놀라서 시로키를 물끄러미 쳐다봤다.

"우리 특수부는 기존 부서와 달리 유연하게 움직일 수가 있어. 그 장점을 죽이는 방향으로는 가고 싶지 않아. 수사원들의 동기 부여에도 지장이 생길 거고."

"그렇다고 본청에 대들어서 뭘 어쩌자는 거야? 경찰 조직의 근간을 부정할 생각인가? 우리는 부장처럼 다른 곳에서 오지 않았어. 그 사람만이 특별해."

자신들에게는 부장인 오키쓰마저도 세 사람의 외인 경부와 마찬가지로 '이방인'에 불과했다. 그 역시 경찰관으로서 반론할 여지없는 사실이었다.

"고마에 사건만 아니었다면 이런 인사 조치는 없었어. 특수부 자체도 존재하지 않았을 거다."

흥분한 나머지 미야치카는 경찰의 금기를 건드리고 말았다.

고마에 사건.

가나가와 현경은 기갑병장을 밀조한 혐의가 있는 한국인 범죄자를 예의주시하고 있었다. 도쿄도 고마에시市 길 위에서 그 범죄자는 관할서 경찰의 불신검문을 받게 되었다. 그는 다마가와강 인근 창고로 도망가 숨겨 두었던 기갑병장에 탑승했다. 그리고 불운하게도 근처를 지나던 남자 초등학생을 인질로 잡아 도주했다. 결국 그는 다마가와강을 따라 늘어선 슈쿠가와라 제방 위에서 포위됐다. 그곳은 도쿄도와 가나가와현의 경계선에 위치했다. 경시청과 가나가와 현경은 전통적으로 사이가 대단히 좋지 않았다. 경계에서 옴짝달싹도 못하고 있는 기갑병장을 앞에 두고 경시청과 가나가와 현경은 정면으로 대립했다. 최악의 섹셔널리즘*, 지휘부와 현장과의 괴리 등등 여러 왜곡된 요인들이 뒤얽혀 최악의 사태를 초래했다. 그 결과로 경시청과 가나가와 현경을 통틀어 경찰관 세 명이 순직했다.

* 할거주의(Sectionalism), 조직간 · 조직 내에서 한 부문이나 파벌 등의 입장을 고집하면서 배타적인 자세를 취하는 경향.

기갑병장의 매니퓰레이터 안에서 오랜 시간 잡혔던 인질 아동도 복부 압박으로 내장이 파열돼 사망했다.

이것이 그 후로 경찰관들의 뿌리 깊은 트라우마가 된 '고마에 사건'이었다.

특수부 설립에 관한 법안은 고마에 사건이 발생하기 전부터 진행되고 있었다. 하지만 그 사건 때문에 경찰 조직은 공공연하게 저항할 수가 없었다.

"고마에 사건이라……."

시로키도 회한에 잠겨 있는 것 같았다.

"몇 년이 지났어도 우리 경찰관한테는 불쾌한 기억으로 남아 있는 사건이지."

"덕분에 우리 인생도 묘하게 틀어져 버렸지."

"맞아. 하지만 미야치카……."

시로키가 더 물고 늘어지려는 기색을 보이자 미야치카는 다시 몸을 돌렸다.

"시로키, 정신 차려. 너도 경찰 관료로서 임관했으니 저 위를 봐야만 돼. 너도, 나도 아직은 본청으로 돌아갈 기회가 남아 있어. 앞길이 완전히 막힌 게 아냐. 너라면 장관 자리도 꿈이 아닐 거라고 난 생각해. 이런 데서 썩지 마."

"난 그럴 만한 그릇이 아냐."

"우리 사이에서 겸손은 그만 떨어."

미야치카는 자신의 말투가 옛 시절로 돌아갔음을 느꼈다. 서로

흉금을 터놓았던 그 시절로.

시로키는 단어를 고르듯이 신중하게 말했다.

"네 말대로 출세할 수 있다면 그러는 편이 낫겠지. 지위가 있어야만 할 수 있는 일들이 산더미처럼 많아. 하나 지금은 그런 소릴 하고 있을 때가 아냐. 지금 경찰 조직은 과감하게 변화를 해야 할 때야."

"부장의 생각인가?"

"반쯤은. 솔직히 오키쓰 부장은 아직 속내를 모른다고 해야 하나, 정체를 알 수 없는 부분이 있어. 하지만 그 사람의 말은 맞아. 그런 의미에서 오키쓰 부장은 우리 상관으로서 적임이라고 생각해. 그만큼 별난 사람이 아니라면 아무것도 변화시킬 수가 없어. 시대는 우리의 상상을 아득히 뛰어넘어 움직이고 있어. 이번 사건도 그렇고."

미야치카는 묵묵히 듣고 있었다. 불과 몇 년 전이었다면 용병을 고용해 SAT를 전멸시킨다는 계획을 진심으로 실행할 사람은 없었으리라. 하지만 현실이 되었다.

눈에 보이지 않는 세계의 조류를 읽고 있기라도 하듯 시로키는 골똘히 생각하다가 천천히 입을 열었다.

"일본은 점점 음침한 나라가 되어 가고 있어. 미야치카, 난 말이야. 앞으로 더 이상한…… 그래, 지금까지의 상식으로는 상상조차 할 수 없는 일들이 벌어질 것 같아. 이 일본에서 말이야. 오키쓰 부장이 경찰관으로서 그 사태들을 막아 내려는 생각이라면, 난 그 사람을 따르겠어."

"여전하군, 시로키."

미야치카의 입에서 무심코 그 말이 튀어나왔다.

"전혀 변하지 않았어. 네 이상주의와 그 염려증은 불치병이야."

"불치병이라니 말이 심한데."

"병이라고 부르는 게 싫으면, 그래, 중증 과로라고 치자고. 넌 지쳐 있어."

미야치카는 시로키를 다시 쳐다봤다. 유명 가문의 자손이면서 자신의 동기이자 친구인 어느 남자를.

"맞다, 다음에 편할 때 우리 집에 한번 들러. 이번 사건이 일단락되기 전까지는 어렵겠지만. 네가 오면 구미코가 좋아할 거다. 시로키 아저씨를 또 데리고 오라고 얼마나 성화인지."

무심코 집안 이야기가 나와 버렸다.

"그래? 구미코도 벌써 2학년이겠군. 입학식 때 축하하러 간 게 엊그제 같은데."

"그래, 빨라. 여자애는 특히 철이 일찍 들어. 구미코가 그러더라. 시로키 아저씨는 텔레비전에 나오는 탤런트보다 잘생겼다고 말이야."

"그거 영광이군."

시로키가 빙긋 웃었다. 분명히 누구나 호감을 가질 만한 시원스러운 웃음이었다. 상사의 딸과 일찍 맞선을 보아 자리를 잡은 미야치카와 달리 시로키는 아직 독신이었다.

"또 놀러가겠다고 구미코한테 전해 줘. 그리고 미야치카, 내 얘기도 곰곰이 생각해 줬으면 좋겠군."

"알았어. 너야말로 내 충고를 잊지 마."

"고맙다. 확실히 난 조심성이 부족한 편이지."

"알았으면 됐다."

시로키와 헤어져 복도로 나온 미야치카는 곧장 정면 계단으로 향했다.

그러나 계단에는 발을 내딛지 않고 직전에 왼쪽으로 꺾었다. 끝에 있는 문을 열고서 비상계단으로 나갔다.

주변에 사람이 없는지 확인하고서 휴대전화를 꺼내 발신 버튼을 눌렀다.

"……여보세요. 미야치카입니다…… 밤늦게 죄송합니다…… 예, 지금 막 끝났습니다…… 그게 말이지요……."

이튿날 아침 오전 10시. 침대에서 윗몸을 일으킨 유리는 창밖을 멍하니 쳐다보고 있었다.

햇볕이 잘 드는 것이 유일한 장점인 낡고 좁은 병실에 있었다. 개인실이지만 창밖에는 잡거빌딩의 뒤밖에 보이지 않았다. 거무스름한 벽에 다닥다닥 붙어 있는 에어컨 실외기들은 요상한 빛깔을 한 곤충의 알 뭉치를 연상케 했다.

머릿속에서는 지금도 폭발 직전에 들렸던 무전이 소용돌이치고 있었다. 아라가키 반장과의 교신. 나는 왜 아라가키를 더 능숙하게, 더 일찍 설득하지 못했는가.

모포 끝을 쥐고 있던 두 주먹에 무심코 힘이 들어갔다.

"병문안을 오셨어요."

문을 열고 고개를 내민 담당 간호사는 실내 분위기와 전혀 어울리지 않는 명랑한 목소리로 말했다.

교대하듯 들어온 사람은 상사인 오키쓰 특수부장이었다. 스가타와 라이저도 함께였다.

"출동하기 전에 스가타가 부장님에게 이렇게 물었습니다. 상부의 명령을 왜 순순히 따르냐고."

유리는 상관의 얼굴을 보자마자 물었다.

"부장님은 함정이라는 걸 눈치 챘습니다. 그래서 명령을 따르는 척하면서 우리를, 아니, 드래군을 물러서게 했습니다. 즉 SAT를 방패막이로 삼은 겁니다. 아닙니까?"

"아침부터 흥분하지 말게. 상처에 좋질 않네."

오키쓰가 침대 앞에 서서 타이르듯 말했다.

"대답하십시오."

"아무리 나라도 거기까지 꿰뚫어 볼 통찰력은 없어."

병문안 선물로 들고 온 꽃을 협탁 위에 있는 꽃병에 꽂은 스가타가 무심하게 끼어들었다.

"적의 작전을 전부 꿰뚫어 본 건 아니지만, 대강은 눈치 채지 않았습니까?"

라이저는 가죽 재킷에 왼손을 넣은 채로 문 옆에 서 있었다. 밖을 경계하면서 오키쓰의 얼굴을 곁눈으로 관찰하고 있었다.

유리는 최대한 감정을 억누르며 말을 이었다.

"상부의 명령을 순순히 따름으로써 당신은 가장 중요한 드래군을 온전히 지켰습니다. 제비를 까 보니 결과는 대박이었지요. 꽝은 SAT가 스스로 나서서 뽑아 줬으니. 당신은 대단한 책략가야."

유리는 타박상을 입어 검붉게 변색된 두 손을 더욱 세게 쥐었다.

"아라가키 반장도, 대원들도 전부 죽었어. 다들 진짜배기 경찰관이었지. 늘 현장에 있는 사람들만 죽어 나가."

이어서 스가타가 냉담하게 말했다.

"나도 유리와 똑같은 의견입니다. 부장님. 그래서 난 그때 그렇게 물었습니다. 어쩐지 그런 느낌이 들어서요. 당신은 그 정도쯤은 할 수 있는 인간이거든. 하기야 그만한 지휘관이 아니라면 따를 수 없지만."

스가타는 침대를 돌아봤다.

"쓸데없는 생각을 하면 체력이 소모돼. 네게는 회복에 전념할 의무가 있어. 냉정해져. 그렇지 않으면 다음에 죽는 건 바로 너다."

유리는 혐오와 반감이 섞인 눈초리로 백발의 동료를 노려보았다.

오키쓰는 낯빛 하나 변하지 않은 채로 말했다.

"드래군은 분명 귀중한 장비다. 아니, 장비라기보다 우리가 가진 비장의 패지. 무슨 일이 있어도 절대로 잃을 순 없네. 그러나 내가 같은 경찰관의 목숨을 태연하게 버리는 패로 쓸 만한 사람 같은가?"

그러자 스가타가 코웃음을 쳤다.

"그건 우리도 모르죠. 지휘관은 다들 그런 소리를 하니까."

"뭐, 좋다."

오키쓰는 짐짓 한숨을 내쉬었다.

"그럼 합리적으로 생각해라. 자네들은 고액의 보수를 받고서 경시청에 고용된 병사다. 계약서에 따라 명령대로 움직이면 그뿐이야."

"물론이죠."

스가타가 선선히 대답했다.

"충분히 압니다. 우리 셋 다."

라이저도 무표정하게 고개를 살짝 끄덕인 것 같았다.

유리는 더 이상 말할 기운이 없었다. 그저 고개를 돌려 바깥을 쳐다본다. 거무스름한 콘크리트밖에 보이지 않는 창밖을.

2

사건이 벌어진 지 일주일이 지났다. 보도의 열기는 날이 갈수록 뜨거워졌다. 경찰에게로 노도처럼 쏟아지는 비난은 멎을 기미조차 보이지 않았다.

희생자가 대량으로 나왔는데도 범인을 도주하게 내버려 둔 무능력함, 진전되지 않는 수사, 정보를 공개하지 않는 서투른 대응 등등 날이 갈수록 경찰은 세상의 손가락질만 더 받을 뿐이었다.

사건이 벌어진 지 사흘 뒤에는 히로시게 SAT 대장이 사표를 제출했고 수리되었다. 같은 날 경비부 사노 차장이 강등되었다. 그 외에도 오늘까지 경찰 간부 여덟 명이 징계 조치를 받았다. 경찰은 이 정도에서 마무리 지으려고 했으나 여론이 진정되기는커녕 비난 여론만이 더욱 늘었다.

또한 사건 당일에 현장 일대를 봉쇄했음에도 당국의 명령을 무시하고 몰래 들어간 매스컴 관계자와 주민이 있었던 모양이다. 그들이 몰래 촬영한 현장 사진이 신문과 잡지 지면을 장식했고, 인터넷에도 퍼졌다. 그중에서 특수부의 신형 기갑병장으로 보이는 사진(드래군의 흐릿한 사진)은 일부에서 화제에 올랐다. 군사 전문지가 아닌 일반지에서도 특집으로 다룰 정도였다.

그뿐만이 아니었다. 사건은 전 세계적으로 큰 화제에 올랐다. 일본 경찰의 추태는 각국 주요지의 일면 머리기사로 보도되었다. 이번 사건은 테러 대책을 세우느냐 골머리를 앓는 각국 정부에게 귀중한 사례가 되었다. 또한 일본의 위기 관리 능력이 얼마나 부실한지 증명하는 계기도.

그날 아침, 특수부 청사 내부 휴게실에서 스가타는 벤치에 다리를 꼰 채 앉아서 휴대전화로 통화를 하고 있었다. 요상한 영어로 대화를 나누는 중이었다.

"……오호, 그거 재난이었겠네. 나 참, 무슨 일이 벌어질지 알 수가 없구만. 내가 그쪽에 있었을 때도 소말리아의 기상예보는 맨날 똑같았지. 맑고, 가끔 수류탄, 곳에 따라 집중포화가 쏟아지겠습니다. 레이놀즈 녀석도 말이지……. 어, 죽었어? 레이놀즈가? 그래, 죽었구나. 그토록 주도면밀한 남자였는데…… 정말로 사람 일은 한 치도 알 수가 없네."

자판기에서 산 캔 커피를 들고 있는 그는 잡담을 하는 것처럼 편해 보였다. 하지만 대화 내용은 평범한 일상과는 크게 괴리되어 있으리라. 스스로도 종종 그렇게 생각하곤 했다.

"그래서? 보험은? 녀석한테는 분명 마누라와 자식이…… 있을걸. 군대나 회사의 소개로 가입할 수 있는 보험이……. 그래? 그럼 좋겠는데……. 보험회사는 어떻게든 트집을 잡으니까. 여하튼 녀석들은 그게 자기네들 일이라고 여기니까……."

그때 유리가 들어왔다. 평소와 다름없이 정장을 단정하게 입었고, 검은 가죽 장갑도 끼고 있었다.

그는 스가타를 힐끔 보고서 자판기에 동전을 넣었다.

스가타는 유리를 보고 통화를 끊어야겠다고 마음먹었다.

"뭐, 서로 조심하자고. 다른 녀석들의 근황도 듣게 되면 알려줘……. 미안해, 자고 있었는데……. 나? 이제 일해야지……. 맞아, 이쪽은 아침이라고."

스가타는 통화를 끊고서 유리를 쳐다봤다.

"언제 퇴원했어?"

"어제."

장갑을 낀 손으로 자판기에서 미네랄워터를 꺼내면서 유리는 무뚝뚝하게 대답했다.

"벌써 복귀해도 되는 건가?"

"문제없어."

"그래?"

스가타는 고개를 끄덕이고는 캔 커피를 후루룩 마시며 유리를 관찰했다.

타박상만 입고 뼈가 부러지지 않았다고 해도, 정장 속에 감춰진 그의 몸은 심한 멍투성이일 터였다. 장갑을 낀 두 손에도. 욱씬거리는 통증이 온몸에 남아 있을 것이다. 하지만 태연한 모습에서는 그런 기색을 티끌만큼도 느낄 수가 없었다.

"방금 통화한 상대 말인데, 내 동업자야. 지금 소말리아에 있어. 씨족들 사이에서 분쟁이 또 벌어진 모양이야. 다행이군. 한가할 때 통화를 할 수 있어서."

유리는 노골적으로 흥미가 없다는 표정을 지었다.

"2분 뒤에 회의가 있다."

"알고 있어."

스가타는 들고 있는 캔 커피를 보여 주며 말했다.

"너도 가끔 딴 걸 마셔 보지그래? 스트레스가 쌓였을 때는 당분이 효과가 있어."

아무런 대답도 하지 않고 유리는 발걸음을 돌렸다. 다른 이를 거부하는 등이었다. 유리 미하일로비치 오즈노프는 늘 그랬다.

"이거 맛있는데."

혼잣말을 하고서 캔 커피를 마저 비운 스가타는 유리의 뒤를 따라 일어섰다.

회의실 안은 담배 연기로 자욱했다. 형광등 불빛마저도 연기에 가려져 뿌옇게 보였다. 그 뿌연 빛 아래에서 수사원들은 피곤에 지친 기색이 역력했다.

왕푸궈의 행방을 쫓고 있는 나쓰카와반이 보고했다. 유달리 눈에 띄는 수확은 없었다.

수사원들은 초조했다. 지금 단계에서 지명수배를 내리기는 어려웠다. 하지만 전국의 경찰들이 중요참고인인 왕푸궈의 행방을 쫓고 있었다. 그런데도 실마리다운 실마리는 하나도 건지지 못했다.

유리는 묵묵히 수사원들의 보고를 들었다. 마음속에서 떠오르는 초조함과 부러움을 억누르면서.

돌입 요원인 유리에게는 수사에 참견할 수 있는 권한이 없었다. 그러나 몸 어딘가에 남아 있는 형사의 피가, 이반의 긍지 높은 야원 수캐의 피가 미칠 듯이 들끓었다. 그 심정을 내색하지 않도록 억누르는 데 애를 먹었다.

나쓰카와반에 이어 기갑병장의 조달처를 찾고 있는 유키타니반이 보고했다.

"수도권에서 기모노를 취급하는 대규모 밀수업자는 약 열두 군데. 전부 동남아시아의 밀조업자와 거래를 합니다. 여러 경로에서 부품들을 밀수입한 뒤 국내에서 조립하여 판매하고 있습니다. 하지만 성능에 비해 단가가 낮은 홉고블린은 어느 업자도 적극적으로 취급하지 않는 모양입니다."

유키타니 주임이 수첩을 보면서 보고했다.

"그렇다면 범위를 하나도 좁히지 못했다는 소리군. 유키타니 주임, 그렇지?"

미야치카가 하나 마나 한 발언을 하자 수사원들은 반감을 품었다. 먼 과거를 돌이키며 유리는 마음속으로 웃음을 흘렸다. 모스크바 민경에 있었을 때도 저런 경찰 관료를 많이 봐 왔다.

"예, 그렇습니다만, 여러 밀수업자들 중에 과거에 89식을 취급한 적이 있는 곳은 절반입니다. 그 밀수업자들과 관계가 있는 것으로 추정되는 조직이 있습니다. 바로 허이방和義幇입니다."

허이방. 홍콩을 거점으로 하는 흑사회의 최대 조직 중 하나였다. 요즈음에는 일본에도 진출해 급속도로 세력을 확장하고 있었다. 관계자라면 모르는 사람이 없었다.

"그 정보는 확실한가?"

"확실합니다. 조직범죄 대책부의 정보와도 부합합니다."

"그렇다면 왜 허이방을 들이치지 않았나?"

"말단 구성원을 잡아 봤자 의미가 없습니다. 밀수 부문, 그것도 기모노 담당을 알아내야 할 필요가 있습니다. 녀석들은 조직의 일부분이 잡히더라도 금세 끊어 버릴 수 있도록 횡적 연락을 차단하고 있습니다. 같은 조직원일지라도 다른 구성원이 누군지 모릅니다. 그렇기에 조직범죄 대책부에서도 아직껏 실태를 다 파악하지 못한 겁니다. 저희들도 어떻게든 노력하고 있습니다만, 현재 실마리조차 잡지 못하고 있습니다. 그리고 이건 공안에서 우연히 들은 얘기입니다만……."

유키타니가 머뭇거리자 미야치카는 짜증을 내며 채근했다.

"뭔가? 어서 말해 봐."

"아, 예. 아직 확실하지 않은 정보라고 했습니다만, 외사2과에서는 허이방과 펑 코퍼레이션 사이에 무언가 특별한 관계가 있다고 보고 있는 것 같습니다."

공안부 외사2과는 파키스탄의 동쪽에 있는 여러 나라들, 특히 중국과 북한의 스파이 사안을 다루는 부서였다.

"펑 코퍼레이션?"

"예. 펑 그룹의 일본 지사입니다."

"설마. 외사2과가 착각한 거겠지. 아니면 또 자네가 엉터리 정보를 물었거나."

경찰 내에서 고립된 특수부의 수사원들은 다들 말로 형언할 수 없는 고생에 시달린다. 그들은 전국 경찰에서 뽑힌 형사들이지만, 동료들의 입장에서는 배신자일 뿐이다. 특수부는 경찰 내부의 이분자로 간주된다. 편협한 사고방식을 갖고 있는 경찰 조직은 어지간한 일이 아니면 특수부에게 정보를 넘겨주려 하지 않는다.

그뿐만이 아니다. 때로는 의도적으로 엉터리 정보를 전해 주기도 한다. 명백한 해코지이며 수사 방해다. 특히 공안부가 심하다. 지금까지 공안 때문에 여러 고초를 겪었다. 그래도 특수부 수사원들은 이를 악물며 정보 수집에 애쓰고 있다.

사실이 그러한데도 미야치카는 다른 사람의 일처럼 말하고 있었다. 그에 대한 반감이 수사원들 사이에서 늘어 가고 있음을 유리는 피부로 느꼈다.

"제 오랜 친구한테서 들은 정보입니다. 믿을 수 있는 남자입니다. 외사2과가 넘겨짚은 걸지도 모르겠습니다만, 적어도 저를 함정에 빠뜨리고자 흘린 건 아닙니다."

"하지만 설마."

"아니, 가능성이 있어."

지금까지 가만히 있었던 오키쓰 부장이 입을 열었다.

"짐작 가는 데가 있네. 그 정보는 아마도 맞을 걸세."

확신에 찬 말투였다. 유리는 오키쓰가 외무 관료 출신임을 바로 떠올렸다. 외무성에 몸을 담고 있을 때 오키쓰는 어떤 정보를 포착했던 것인가?

"펑 코퍼레이션과 허이방의 관계를 살펴보도록 하지. 의외로 거기가 지름길일지도 모르지."

시로키 이사관이 당혹스러워하며 발언했다.

"그렇지만 부장님, 유키타니 주임이 아까 보고한 것처럼 허이방을 파고들 만한 실마리조차 현재로서는……."

"사장한테 직접 물어보면 되지. 펑 코퍼레이션 말일세."

수사원 모두가 아연실색했다. 물론 유리도. 평범한 수사 회의에서는 도저히 나올 수 없는 발상이었다.

시로키가 제정신을 차리고서 말했다.

"대체, 어떻게……. 현재 펑은 경제산업성의 지원을 받아 홍콩 재벌과 합동 프로젝트를 한창 추진하고 있습니다. 섣불리 건드린다면 그거야말로……."

"걱정하지 말게. 그저 면담만 할 뿐이야. 약속은 내가 직접 잡지. 다만 스가타 경부가 가도록."

모두가 일제히 스가타를 쳐다봤다.

본인도 역시 놀라워하는 기색이었다.

"아뇨, 제가 가겠습니다."

유키타니가 분연히 말했다. 시로키도 고개를 끄덕였다.

"저도 그게 좋다고 생각합니다. 스가타 요원은 돌입 요원이지 수사원이 아닙니다. 사정청취는 유키타니 주임이 가장 적임자입니다."

"스가타 경부와 한 계약에는 수사원으로서의 임무도 포함되어 있다. 스가타, 그렇지? 혹시 몰라서 확인을 좀 하겠네."

"그럴 필요 없습니다. 계약서는 머릿속에 있습니다. 분명 그런 조항이 있습니다."

깍지 낀 손을 뒤통수에 대고 있던 스가타는 손을 풀고서 몸을 앞으로 내밀었다.

"하지만 시로키 이사관의 말대로 사정청취는 형사가 더 잘하지 않겠습니까? 포로 신문이라면 나도 잘하지만."

"그렇다면 오즈노프 경부도 동행시키도록 하지. 둘이서 다녀오게. 괜찮겠지? 유리 미하일로비치 오즈노프 경부?"

"예."

유리가 곧바로 대답했다. 형사다운 일이었다. 마음속에서 환희가 희미하게 일었다. 그리고 복잡한 당혹감도.

나란히 앉아 있는 수사원들을 제쳐 두고 그 명령을 수락했으니 특수부 안에서 유리의 처지는 더욱 성가시게 될 것이다.

"납득할 수 없습니다. 왜 저는 안 되는 겁니까? 설명을 부탁드립니다."

유키타니가 포기하지 않고 따졌다. 나쓰카와 및 다른 수사원들 사이에서도 반발이 퍼져 나갔다. 유리는 위험한 징후임을 느꼈다.

"이유는 간단하다. 펑 사장은 스가타가 가면 만나 줄 것이다. 그뿐이야."

수사원들은 어이가 없다는 표정을 지었다.

"약속이 잡히는 대로 날짜와 장소를 통보하겠다. 이상."

그 말만 하고서 오키쓰는 아무 일도 없다는 듯이 일어섰다.

"스가타!"

상관이 퇴석하자마자 미야치카와 시로키, 그리고 수사원들이 스가타를 에워쌌다.

"스가타 경부, 자네는 펑 사장과 아는 사이인가?"

"아니."

시로키가 묻자 스가타는 앉은 채로 대답했다.

"사실인가? 정말로 모르나?"

미야치카가 거듭 따졌다.

"정말이래도."

스가타가 평소답지 않게 당혹스러워했다. 아무래도 사실인 모양이었다.

"그럼 왜 부장님이 그런 말씀을 하신 거지?"

"오히려 내가 묻고 싶은 말이군."

그들의 대화를 곁눈으로 보면서 유키타니와 나쓰카와가 유리에게 다가갔다.

"오즈노프 경부."

유키타니가 말문을 열었다.

"방금 그 이야기, 경부는 어떻게 생각합니까?"

유리는 아무 말 없이 두 사람을 쳐다봤다.

걱정했던 일이 또 벌어졌다.

이런 국면에서 수사원들은 꼭 자신에게 의견을 물어본다. 외부인에 대한 완고한 거부감은 여전하다. 하지만 그들이 특수부의 세 외부인 중에서 간신히 공감할 수 있는 사람은 전직 경찰관인 유리뿐이다. 즉 그들은 유리의 의견을 묻는다기보다 같은 경찰관으로서 자신들의 뜻에 동의해 달라고 요구하는 것이다. 유리는 그 속내를 잘 안다. 뻔히 보일 만큼.

"글쎄. 내가 알 리가 있나."

유리는 무뚝뚝하게 대답하고서 걸어 나갔다. 등 뒤에서 나쓰카와와 유키타니의 차가운 시선이 느껴졌다. 이것으로 자신이 더욱 고립되었음을 인식했다.

그들이 원하는 답을 들려주고 싶었다. 경찰관으로서의 일체감, 동료 의식이 얼마나 편안한지 잘 안다. 몹시도 그리울 정도다. 하지만 이제 자신은 경찰관에게 마음을 여는 법을 잊었다. 일찍이 경찰에게 배신을 당했기에.

3

이틀 뒤. 오후 2시. 유리는 스가타와 함께 마루노우치에 있는 평코퍼레이션 본사 빌딩을 찾았다.

"평 사장을 부탁해."

유리가 입을 열기 전에 스가타가 먼저 프런트 여성 직원에게 말했다.

사납게 생긴 데다가, 머리까지 허옇게 센 젊은 남성의 모습을 보고 여성 직원들이 겁을 먹었다. 그때 억세게 생긴 경비원 넷이 잰걸음으로 다가오더니 2인 1조로 스가타와 유리를 에워쌌다.

"잠시 저쪽으로."

"뭐야?"

"저쪽으로 따라오시죠. 소란을 피우면 저희 규정대로 대응할 겁니다."

"약속을 하고 왔는데."

"자, 저쪽으로."

기름기가 흐르는 우람한 남자가 감정을 누르며 거듭 지시했다. 가슴에는 '시큐리티 리더'라고 적힌 ID카드가 달려 있었다. 표정은 없었지만, 눈동자에서 범상치 않은 살기가 느껴졌다.

"이 녀석들 느닷없이 한바탕할 기센데?"

익살을 부리는 스가타의 팔을 그 남자가 레슬러처럼 굵은 팔로 잡았다.

"저쪽으로. 지시를 따르지 않으면……."

그렇게 말하던 남자의 말문이 막혔다. 체격 차이가 현저한데도 스가타의 몸이 꿈쩍도 하지 않았다.

"너, 저항하는 거냐?"

남자는 얼굴을 붉히며 험악하게 말했다.

스가타는 히죽 웃었다.

"너야말로 날 방해하면 공무 집행 방해죄로 끌고 갈 거다."

"뭐라고?"

"우린 경찰이야."

"헛소리 마. 어딜 봐서……."

스가타가 신분증을 내보였다.

"특수부, 스가타 경부."

경비원들은 믿기지 않는다는 얼굴로 입을 헤벌렸다.

유리는 한숨을 내쉬었다.

"사람을 겉모습으로만 판단하는 건 좋지 않은 습관이야……. 비켜."

스가타는 경비원을 밀치고서 프런트 책상에 팔꿈치를 댔다.

"더 설명하지 않아도 되겠지? 사장을 부탁해."

여성 사원은 황급히 내선 전화를 들었다.

사장실은 꼭대기인 27층에 있다고 했다.

초장부터 분란을 겪어 짜증이 솟은 유리는 스가타와 함께 엘리베이터에 올랐다.

역시 이 남자와 조사를 하러 오는 게 아니었는데…….

유리의 이런 속내를 아는지 모르는지 스가타는 태연하게 말을 걸었다.

"여기 경비원들 말이야. 죄다 주먹깨나 쓰다가 콩밥을 먹고 온 녀석들인 것 같은데?"

"그렇겠지."

이 자리에 없는 라이저를 포함해 세 명의 외인 경부는 각자 모국어가 달랐다. 하지만 세 사람만 있더라도 근무 중에는 일본어로 대화하는 것이 암묵적인 규칙이었다.

"나 같은 용병이 근무하는 국제 경비 기업에도 경찰관 출신이 많은데, 저것들은 경찰도, 군인도 아냐. 냄새로 알 수 있지. 저딴 놈들한테 경비를 맡기다니. 이 기업이 얼마나 속이 새카만지 알 수 있지."

"스가타."

"왜?"

"넌 겉모습에 좀 더 신경을 써야겠어."

스가타는 아무 말 없이 어깨를 들썩였다.

엘리베이터 문이 열리자 비서로 보이는 중년 여성이 기다리고 있었다.

"이쪽으로. 사장님께서 기다리고 계십니다."

발음이 약간 어눌했다. 중국계인가? 여성은 앞서서 안내를 했다. 쓸데없는 소리는 일체 하지 않았다.

"이쪽으로 들어오시죠."

안내를 받아 사장실에 들어갔다. 모던한 실내장식이 돋보이는 커다란 공간이 나왔다. 방 안에서 하얀 빛이 흘러넘치고 있었다. 군더더기가 하나도 없는, 철저히 계산된 디자인이 돋보였다. 창가에서 새어든 빛이 방 안 구석구석을 비추며 생활감을 남김없이 살균하고 있는 것 같았다.

방의 넓이에 비해 간소한 책상에 앉아 있던 남자가 일어서서 두 사람을 맞이했다.

"……과연, 그렇군."

그는 들어온 두 사람을 힐끔 보고는 유쾌하게 고개를 끄덕였다. 일본어가 유창했다. 일본에서 오랫동안 사업을 해 왔다는 걸 알 수 있었다.

공표된 그의 나이는 36세. 척 봐도 고급스러운 수제 정장을 입고 있었다. 화려해 보이지도, 고지식해 보이지도 않았다. 품격이 충분히 느껴졌다. 전형적인 동양의 고전 미남이라고 할 수 있을 것 같았다. 가늘고 긴 눈매가 인상적이었다.

"실례했습니다. 프런트 보안 직원이 한 사람은 경찰 같은 냄새를 풍기지만, 다른 사람은 대단히 수상쩍다고 보고를 하더군요."

경찰 같은 냄새. 유리는 그 말을 들은 순간 씁쓸해했다.

"제가 이 회사의 CEO인 펑지원馮志文입니다. 어서 앉으시지요."

그는 창가에 있는 소파에 앉으라고 권했다. 홍콩에서도 둘째가라면 서러운 재벌의 혈통답게 태도가 세련됐다.

역시나 디자인이 모던한 소파에 다가간 스가타는 손등으로 유리창을 가볍게 두드렸다.

"오호, 방탄이군? 꼭대기 층의 창문은 죄다 방탄인가? 돈 좀 꽤나 썼겠어."

"아뇨, 의외로 별로 안 듭니다."

펑은 부드럽게 받아넘겼다. 유리는 그에게 명함을 건넸다.

"경시청 특수부 유리 오즈노프 경부입니다. 이쪽은……."

"스가타 도시유키 경부님이지요? 오키쓰 부장님한테 들었습니다."

펑은 소파에 앉으며 말을 이었다.

"로비에서 저희 직원이 결례를 범한 것 같더군요. 제가 대신 사과드립니다. 약속된 손님들이 오실 거라고 미리 일러 뒀습니다만."

"개의치 마십시오. 오해를 산 우리 책임입니다."

"오해고 뭐고, 난 아무 짓도 안 했다고."

스가타가 항의하자 펑은 사근사근하게 웃었다.

"음료라도 드시겠습니까? 옆방에 홈바가 있습니다. 원하시는 게 거의 다 있을 겁니다."

"아뇨, 근무 중이라서……. 그것보다 펑 사장님은 오키쓰 부장님과 아는 사이입니까?"

"아뇨, 만나 뵌 적은 없습니다."

"진짜?"

"예. 예전에 전 스가타 경부님과 계약하고자 SNS, 그러니까 '솔저 네트워크 서비스'를 통해 의뢰했습니다만, 간발의 차로 오키쓰 부장님께서 먼저 채어 가셨습니다. 그때는 상당히 분했지요. 그래서 라이벌이 어떤 인물인지 신경이 쓰여서 조사를 좀 해 봤습니다. 저쪽에서도 이쪽을 조사하신 것 같더군요."

평과 스가타가 무심코 얼굴을 마주했다. 평은 의아해하는 스가타의 얼굴을 보고 약간 놀란 듯했다.

"혹시, 모르셨습니까?"

"전혀."

스가타는 소파에 깊숙이 몸을 묻고서는 머리 뒤로 두 손을 깍지 꼈다.

"그렇군……. 그래서 내가 가면 만나 줄 거라고 했던 거구먼."

평은 금세 무슨 사정인지 파악한 듯했다.

"오키쓰 부장님은 제 성격과 사고방식을 읽고서 당신을 보내신 것 같군요. 제가 스가타 씨 같은 프로페셔널에게 남다른 흥미와 관심을 갖고 있으니 기회가 생긴다면 틀림없이 직접 만나고 싶어 할 거라고. 과연 그 사람답군요."

평은 유쾌해하며 소리 내어 웃었다.

"민간 기업인인 당신이 용병과 계약할 필요가 있습니까?"

유리는 전혀 웃지 않고 질문했다.

"기업 비밀이라 자세히는 말씀드릴 수가 없습니다만, 당사의 모기업인 평 그룹은 몇 년 전부터 어느 나라로 진출할 계획을 세웠습니다. 그곳의 정치 상황이 대단히 불안정해서 보안 전문가로서 일류 군사 관계자를 고용하려는 겁니다."

"그럼 민간 군사 기업과 계약하면 되잖아? 액트라이드나 블랙폴

스도 있고."

스가타는 말을 하다가 무언가가 떠오른 듯했다.

"아, 펑 그룹은 오래전부터 액트라이드 사와 계약을 맺었었지."

"맞습니다. 하지만 전 기업이 아니라 활동에 제약이 없고, 또한 신뢰할 수 있는 개인과 새롭게 계약을 맺고 싶었습니다. 기왕이면 최고의 인재와 일을 하고 싶어서 여러모로 조사를 했지요. 결국 스가타 씨, 당신을 점찍었습니다."

"활동에 제약이 없는 개인을 고용해서 대체 무슨 일을 시키려고 했을까?"

스가타가 비아냥거렸으나 펑은 꿈쩍도 하지 않았다.

"글쎄요. 그 역시 기업 비밀이라 죄송합니다. 그것보다 스가타 씨, 어떻습니까? 지금이라도 저희 쪽으로 와 주실 수 없습니까? 경시청에서 얼마나 받기로 하고 계약을 하셨는지는 모르겠지만, 그 곱절을 드리겠습니다. 물론 현 클라이언트에게 지불해야 할 위약금도 우리가 부담합니다."

얼핏 헤드헌팅처럼 보이지만, 입장을 생각하면 명백히 매수라고 할 수 있었다.

유리는 동료를 곁눈으로 봤다.

"오호, 그거 나쁘지 않네……. 으음, 나쁘지 않아."

얼굴을 보니 아주 마음에 없는 것 같지는 않았다. 설마 싶어서 유리는 이맛살을 찌푸렸다. 설마 제안을 받아들일 생각인가?

"저희는 당신을 그만큼 높게 평가하고 있습니다. 어떻습니까? 고려해 주실 수 없겠습니까?"

"으음……."

스가타는 한 손으로 아무렇게나 난 턱수염을 매만지면서 말했다.

"구미가 당기는 얘기이긴 한데, 우리 업계에서는 신용이 최고야. 어지간한 상황이 아니라면 도중에 클라이언트를 갈아 치울 수는 없어. 위약금을 지불해 정당하게 계약을 해지하더라도 업계에서는 돈만 주면 얼마든지 배신하는 남자라고 평가하겠지. 그럼 다음에 영업을 할 때 불리해져. 애당초 경시청과 한 계약에는 도중에 해지할 수 없다는 조항이 있지."

"그렇습니까? 아쉽군요."

펑이 선선히 물러서자 스가타는 미련이 남은 얼굴로 당부했다.

"미안하군. 혹시 적당한 사람을 구하지 못한다면 내년에 다시 한 번 불러 줘. 그때는 자유의 몸일 테니까."

스가타는 지금 진심인가? 그의 언동이 진심인지 농담인지 구별하기 어려웠다. 속내를 읽을 수 없다는 점에서 유리에게 오키쓰나 스가타나 똑같은 사람이었다.

그때 펑과 마찬가지로 고급스러운 정장을 입은 젊은 남자가 커피를 가져왔다.

"비서인 관關입니다."

펑이 소개하자 그 남자는 고개를 가볍게 숙였다.

유리는 아무 말 없이 그의 옆모습을 훑었다. 도저히 감출 수 없는 음험한 기운이 느껴졌다. 프런트 경비원들이 내뿜던 살기 따윈 발치에도 못 미치는 어두운 무언가가.

커피를 탁자에 내려놓은 뒤 관은 목례를 하고서 출입문 근처로 물러났다. 그리고 나가지는 않은 채 벽에서 대기했다.

"걱정하지 마십시오. 제가 가장 신뢰하는 부하입니다. 제1비서이지요."

"그렇습니까? 평 사장님이 그리 말씀하신다면 상관없습니다만."

"관이라고 했나? 여간내기가 아닌데?"

스가타는 컵을 입으로 옮기면서 의미심장하게 중얼거렸다.

"무슨 말씀이신지?"

"이 커피 말이야. 아마추어가 도저히 낼 수 없는 맛이야. 냄새만 맡아 봐도 알 수 있지."

평이 쓴웃음을 지었다.

"스가타 경부님은 의외로 커피 애호가인 모양이군요……. 자, 그럼."

평은 서서히 등을 폈다.

"이제 용건을 듣도록 하지요. 오키쓰 부장님의 말에 따르면 저한테 뭔가 묻고 싶은 게 있으시다고?"

"예, 그럼 거두절미하고 묻도록 하겠습니다……."

유리가 질문을 하려고 하자 스가타가 끼어들었다.

"거두절미하고 묻겠는데 당신, 허이방과 무슨 관계야?"

유리는 아연실색하며 스가타를 쳐다봤다.

"오호."

펑은 흥미롭다는 듯한 태도를 보였다.

"갑자기 묻는 걸 보니 상당히 조사를 하신 모양이군요."

"뭐, 그렇지."

터무니없는 허세였다.

"하나 그게 사실이든 아니든 전 부정할 수밖에 없잖습니까? 그 이외의 대답은 논리적으로 있을 수 없지요. 스가타 경부님, 알고 묻는 거겠지요?"

"아니, 꼭 그렇지도 않지."

"가령 제가 그 허이방인지 뭔지 하는 것들과 관계가 있다면 어찌할 작정입니까?"

"실은 저번에 벌어진 그 지하철역 사건에서 범인들이 사용했던 기갑병장의 출처를 지금 조사하고 있는데, 혹 당신이 알지 않을까 해서 말이야."

"스가타!"

유리가 황급히 제지했다. 스가타의 질문은 허용된 범위에서 벗어났을 뿐만 아니라 수사 그 자체를 망치려 하고 있었다.

"그렇게까지 말씀하시는 걸 보니 무언가 확증이 있겠지요?"

"있지."

뭐라고…….

유리는 스가타의 옆모습을 물끄러미 쳐다봤다.

"너무 서글서글한 지휘관은 믿을 수 없어. 반드시 꿍꿍이가 있어. 내가 경험한 바에 따르면 그래. 그러니 당신에게도 꿍꿍이가 있어."

"정말로 재미있는 사람이군요. 당신은."

펑은 스가타의 말에 몹시 감명을 받았다는 표정을 지었다.

"그럼 예를 들어 그쪽의 시로키 경시님도 꽤 신사인 것 같더군요. 스가타 경부님은 그를 신용하지 않으신다는 겁니까?"

"당연하다……고 말하고 싶지만, 그 사람은 지휘관이 아냐. 2인자인 부관에게는 이 법칙이 통용되질 않지."

저쪽에서 먼저 승부를 걸어 왔다. 스가타의 노림수는 이것이었나? 유리는 몸을 앞으로 내밀었다.

"펑 사장님, 당신이 우리와 면회하는 데 응한 이유는 단순히 스가타에게 흥미가 있어서가 아니군요?"

유리는 펑을 똑바로 응시했다. 이반의 긍지 높은 야윈 수캐의 눈으로.

"아무래도 펑 사장님은 특수부에도 흥미가 있는 모양이야."

"당연하지요. 지금 세간은 그 사건 때문에 들끓고 있지 않습니까? 대중들은 경시청 특수부에도 엄청난 관심을 보이고 있습니다. 저 역시 예외는 아니지요."

"농담 따먹기는 슬슬 그만해 줬으면 하는군요. 난 옆에 있는 동료만큼 성격이 별나지 않습니다. 장난이나 하려고 여기 온 게 아닙니다."

"농담 따먹기? 말은 무뚝뚝하게 하시는데, 그 단어는 참 재미있군요. 아시아의 뒷골목에서 오랫동안 몸을 담아 왔다 이겁니까?"

"……."

"유리 미하일로비치 오즈노프. 전 모스크바 경찰 형사. 재직 중에 살인 및 다른 혐의로 지명수배를 받아 외국으로 도망침. 아시아 암흑가 회사들을 전전하다가 일본으로 흘러들어 옴."

공기가 얼어붙은 것처럼 침묵의 시간이 흘렀다.

유리는 할 말을 잃었다. 검은 장갑을 끼고 있는 두 손이 바들바들 떨렸다. 야윈 개가 물속에 빠졌다.

손에 쥔 패 중 하나를 꺼낸 펑은 여유를 보였다. 스가타는 견제를 하듯이 벽에 서 있는 관을 힐끔 쳐다봤다.

몇 초 뒤에 유리가 입을 열었다. 평소처럼 냉정한 말투였다. 형사로서 수사를 하고 있다는 의식이 겨우 동요를 억눌렀다.

"정확하게 말하면 현재 지명수배는 풀렸습니다."

"그것도 압니다. 지명수배는 철회됐지만, 사실상 명예 회복은 이루어지지 않았다는 사실도."

펑은 한 손을 들어 관에게 신호를 주었다.

"책상 위에 있는 파일을 줘."

관은 아무 말 없이 파일을 집어든 뒤 펑에게 건네주고서 다시 벽으로 물러섰다.

펑은 파일을 훌훌 넘기며 말했다.

"물론 자료는 데이터로 보관하고 있습니다. 하지만 전 종이에 적힌 내용을 읽는 걸 좋아해서……. 보면 볼수록 아주 흥미로운 조직이군요. 특수부는."

그는 스가타와 유리의 시선을 충분히 의식하면서 즐기듯이 파일을 넘겼다.

"경시청 특수부 폴리스 드래군. 형사부나 공안부, 어느 부서에도 속하지 않은 전속 수사원과 돌입 요원을 데리고 있는 특수 부서. 통칭 '기룡경찰機龍警察'."

그가 다시 고개를 들었다.

"알고 계셨습니까? 암흑가에서 그렇게 부른다는 걸."

"그런 모양이더군."

스가타는 고개를 끄덕였다.

"베이징어로는 '지롱징차机龙警察'라고 발음합니다. 유명하지요."

"범죄자들한테 유명해 본들 뭐가 기쁘겠어."

"아무리 상부의 결정이라고 해도 이런 무모한 조직은 도저히 창설될 수가 없었지요. 하나 그 계기를 마련해 준 게 바로 '고마에 사건'이었지요. 그렇죠?"

고마에 사건. 일본 경찰의 악몽. 펑은 거리낌 없이 그 단어를 입에 담았다.

"이 사건을 계기로 경찰 내 저항 세력은 목소리를 잃게 됐고, 거센 여론에 등 떠밀려 법안은 가결됐습니다. 새롭게 창설되는 부서는 주요 취지에 따라 경찰청 직속에 둬야 한다는 의견이 많았습니다.* 하지만 결국 경시청 안에 설치됐지요. 경찰청 관할에 두면 운용하기가 어렵다는 것이 그 이유였습니다. 하지만 새 조직의 장을 맡

* 경시청은 도쿄도를 관할하는 경찰 조직이다. 나머지 지역은 경찰청이 관할한다.

은 오키쓰 경시장의 입김이 크게 작용했다고들 합니다. 그렇습니다. 오키쓰 슌이치로. 그 사람이 열쇠를 쥐고 있는 인물입니다. 애당초 그는 경찰 관계자도 아닙니다. 일본에서는 보통 관료가 경찰청에서 외무성으로 가는 경우는 있어도, 외무성에서 경찰청으로 가는 경우는 거의 없다고 하더군요. 꽤 파격적인 이동이지요. 오키쓰 부장님은 외무성에 갓 들어갔을 때부터 여러 나라를 전전하며 영사관에 부임했습니다. 동기들은 그의 부임지는 알고 있었지만 거기서 대체 무슨 일을 했는지는 전혀 모르더군요. 그 사람은 대체 뭐하는 사람입니까?"

"그 사람이 수수께끼에 휩싸여 있다는 건 대체로 동의해."

커피를 입에 대면서 스가타는 당연하다는 얼굴로 말했다.

"그럼 두 분도 오키쓰 부장님의 경력을 잘 모르시는 겁니까?"

"질문을 하러 온 쪽은 우리입니다."

경고를 하긴 했지만, 유리는 지금 상황을 잘 이해하고 있었다. 질문은 진즉에 시작됐다. 쌍방 모두. 그리고 필요로 하는 답의 윤곽을 서로 상대방에게서 캐내려고 했다.

"상관의 과거를 몰라도 작전 행동에는 영향이 없지. 그렇지만 우리에게도 호기심이 있지. 뭔가 알아내면 슬쩍 알려 줘."

"좋습니다."

"부탁 좀 해. 나도 여러 유형의 지휘관을 봐 왔지만, 그 사람은 좀 독특하거든."

"무서울 만큼 수완이 대단합니다. 전국의 경찰들 중에서 특히 젊고 유능한 수사원들을 추려서 최정예 수사반을 꾸렸습니다. 유키타니 주임과 나쓰카와 주임은 아주 우수한 인재지요. 더욱이 특수부 요원들은 모두 다른 부서의 동기들보다 계급이 더 높습니다. 가장 말단이 순사부장이지요. 그만큼 경찰 내부의 반발도 컸을 테고요. 젊은 요원들을 선발한 건 조직의 폐습을 배제하려고 했던 걸까요……. 아, 한 잔 더 드시겠습니까?"

"그러지."

"괜찮습니다."

스가타와 유리가 동시에 대답했다. 스가타와는 대조적으로 유리는 컵에 손도 대지 않았다.

포트를 들고 다가온 관이 스가타의 컵에 커피를 가득 따라 주고서 물러났다. 무표정한 척 애를 쓰고 있지만 그는 관객처럼 보였다. 절정에 치달은 복싱 시합, 혹은 투견을 보는 관객의 얼굴.

"신형 특수 장비에 탑승할 돌입 요원으로 두 분을 선발한 것 역시 파격적입니다. 나머지 한 사람은 라이저 라드너 경부이지요. 아름다운 분이더군요. 그분의 경력만은 파악이 잘 되질 않습니다. 뭐, 언젠가 알게 되겠지요……. 그리고 가장 큰 수수께끼는 바로 이겁니다."

펑은 들고 있던 파일을 펼쳐 탁자 위에 올려 두었다.

파일 속에는 지금까지 미디어에 노출된 드래군의 각종 스냅사진들이 첨부되어 있었다. 전국 일간지의 일면을 장식한 사진. 인터넷에서 퍼진 영상을 인쇄한 것. 해외 군사 전문지의 표지. 스가타와 유리가 처음 보는 사진도 있었다.

"그렇습니다. '드래군'입니다."

유리는 고개를 들었다. 이걸 노리고 있군…….

"차세대형 특수병장 '드래군'. 세간에서는 차세대 기갑병장으로서 제4종이나 제5종으로도 일컬어지고 있지만, 당치도 않습니다. 기갑병장과 드래군은 설계 사상이 뿌리부터 다릅니다. 전혀 다른 물건이지요. 차세대기가 아니라 신세대기라고 해야 맞을까요? 문제는 거깁니다. 기존 기술을 아득히 초월하는 기체를 일본 경찰은 어떻게 느닷없이 소유하게 된 겁니까? 도저히 이해할 수가 없더군요. 부품 대부분은 기존 제품을 쓰거나 제조업체에 발주를 넣어 특수 제작케 하지만, 가장 중요한 시스템은 베일에 싸여 있지요. 정비나 점검도 모두 안에서만 합니다. 관계자 및 개발 과정도 전부 극비. 대체 뭡니까?"

"펑 사장님. 질문은 우리가 한다고 말했을 텐데요?"

"알려 주면 뭐 어때?"

스가타는 커피 잔을 들고서 말을 이었다.

"내가 아는 것만이라도 괜찮다면."

"스가타 경부님, 진심입니까?"

"단, 조건이 있어."

"말씀하시지요."

"이 커피를 끓이는 방법과 교환하도록 하지."

펑이 엉겁결에 미소를 지었다. 벽에서 대기하고 있는 관의 표정은 변함이 없었다.

"좋습니다. 나중에 관에게 시켜 편지로 알려 드리겠습니다."

"조건이 성립됐군. 자, 드래군이 언제, 어디서, 누구의 손으로 만들어졌는지, 그리고 경시청은 어떻게 손에 넣었는지 알고 싶은 거겠지?"

"예."

"이봐, 스가타!"

유리는 동료에게 호통을 쳤다. 설마 진심으로 기밀을 누설할 생각인가?

"귀찮으니까 뭉뚱그려서 대답하겠어. 잘 들어……. 나도 전부 몰라. 끝."

"……."

"아는 건 다 대답했어. 우리는 드래군의 탑승 요원으로 경시청과 계약했어. 지급된 장비를 이용해 임무를 수행하지. 그뿐이야. 지급된 장비의 개발 역사 따윈 계약서에 나와 있지도 않아."

"괜찮습니다."

무슨 영문인지 펑은 납득한다는 얼굴이었다.

"아무래도 당신은 진실을 말한 것 같군요."

"스가타, 무슨 생각이야?"

유리는 더욱 성을 냈다. 모르는 범위를 알려 주는 건 경우에 따라 큰 정보가 될 수도 있었다.

"그러고도 네가……."

"경찰이냐고? 그렇게 따지고 싶은 건가?"

유리는 말문이 막혔다.

“계약서에 나와 있는 비밀 엄수 의무에 저촉되는 말은 안 했어. 즉 아무 문제도 없어.”

“계약이 전부가 아냐.”

“전부야. 너 역시 나와 똑같은 입장이야. 아니면 넌 자기가 본토박이 일본 경찰이라고 말하고 싶은 건가?”

유리는 이미 할 말이 없었다.

“계약이라고 하니 궁금증이 하나 떠오르는군요. 스가타 경부님.”

평이 무심한 투로 물었다.

“저 말고도 꽤 좋은 조건을 제시한 클라이언트가 있었을 텐데, 당신은 어째서 굳이 조건이 열악한 경시청과 계약을 하신 겁니까?”

“그 질문은 아까의 거래 조건 안에 들어 있지 않아.”

“답변을 하지 않겠다는 겁니까?”

“뭐, 굳이 말하자면 당신과 같아.”

“저와 같다?”

“‘드래군’이야.”

“아아…….”

이해가 된다는 얼굴로 평이 고개를 끄덕였다.

“그 물건은 틀림없이 전 세계의 차기 주력 병기가 되겠지. 이번 계약으로 난 필연적으로 드래군 운영에 관한 전문가가 될 수밖에 없어. 경력에 큰 도움이 되지.”

“확실히 그렇겠군요. 하지만 그뿐만이 아닐 겁니다. 다른 이유가 또 있겠지요?"

"글쎄. 일단 그것도 당신이 말하는 '특수부의 수수께끼' 중 하나에 넣어 두라고."

"그러도록 하지요……. 아, 이런이런."

유리의 시선에 퍼뜩 생각이 난듯 펑이 말을 이었다.

"처음에 여쭤 봤어야 했는데. 오즈노프 경부님은 저번 사건에 휘말려 입원하셨다고 들었습니다. 몸은 어떻습니까?"

"보다시피 지금은 멀쩡합니다."

"그럼 다행입니다만……. 아, 그렇지."

펑은 관에게 눈짓을 보냈다. 고개를 끄덕이고서 옆방으로 들어간 관은 이내 무언가를 갖고 나타났다. 술병과 종이가방이었다.

"약소한 겁니다만 이건 제가 드리는 퇴원 선물입니다. 부디 받아주십시오."

관은 술병을 종이봉투에 넣고서 공손하게 내밀었다.

"미안하지만 이건……."

스가타가 거절하려 하자 유리는 제지하고서 종이가방을 받았다.

"마음을 써 주셔서 아주 감사합니다."

관이 뒤에서 펑에게 뭐라 귓속말을 했다.

"……알았다."

펑은 고개를 살짝 끄덕이고서 두 사람 쪽으로 고개를 돌렸다.

"죄송합니다만 다음 일정이 있어서 오늘은 이쯤해서 끝내야 할 것 같습니다."

유리는 스가타와 동시에 일어섰다.

“커피 맛있었어. 잘 마셨어.”

“실례했습니다.”

유리는 눈인사를 하고는 방에서 나왔다. 스가타도 그 뒤를 따랐다.

“아, 스가타 경부님.”

펑이 스가타를 불러 세웠다.

“내년에 반드시 또 의뢰를 할 겁니다. 그때 잘 부탁드립니다.”

“잘 부탁해. 그 말 잊지 말라고.”

스가타는 무시근하게 말하고서 방을 뒤로했다.

관은 마지막까지 두 사람에게 아무 말도 하지 않았다.

청사로 복귀하던 도중에 유리가 운전하는 검은 임프레자WRX의 조수석에서 스가타가 말을 툭 내뱉었다.

“안 받을 줄 알았는데…… 뜻밖이군.”

유리는 그저 앞유리만을 보고 있었다.

“퇴원 선물이라고 해도 자칫 뇌물로 오해를 살 수가 있잖아? 네가 그렇게 선선히…….”

“녀석이 내게 준 건 퇴원 선물이 아냐. 단서지.”

의아해하며 유리를 쳐다보던 스가타는 종이가방 안에서 병을 꺼냈다.

‘подарок.’

라벨에 ‘파다라크’라고 적혀 있다. 별다를 것 없어 보이는 평범한 보드카였다.

운전대를 쥔 채로 유리는 병을 곁눈으로 힐끔 봤다.

"역시. 틀림없어."

스가타는 병을 찬찬히 보면서 말했다.

"안에 담긴 게 술이 아닌가?"

"술이야. 보드카지."

"라벨에 뭔가 있는 건가……. 러시아어 암호?"

"아냐."

"그럼 뭐야?"

"상트페테르부르크에 야카리라는 밀수 조직이 있었어. 3년 전에 와해되긴 했지만. '파다라크'는 그 조직이 적발되기 전에 위장용으로 유통시켰던 브랜드야."

"오호……."

"퇴원 선물이라면서 사연이 복잡한 이런 술을 내줬다. 그럼 무슨 메시지가 있다고 보는 편이 타당하겠지."

"즉 야카리와 거래를 했던 일본의 업자를 찾아보라는 뜻인가?"

"아마."

"과연. 부장이 제대로 내다봤군. 우리가 드래군을 갖고 있는 것만으로 악당 쪽에서 알아서 선물을 들고 찾아왔군."

스가타는 병을 보다가 고개를 들었다.

"하지만 녀석은 수사의 눈을 다른 쪽으로 돌리게 하고자 이 술을 줬을지도 모르지. 그렇지 않다면 굳이 단서를 알려 줄 이유가 없어."

"이유라면 있다. 하나는 경찰이 자기들의 조직, 즉 허이방을 쓸데없이 들추고 다니는 걸 막기 위해. 또 하나는 자신들과 적대하는 업자를 우리의 손을 빌려 박살내기 위해. 그리고 또 하나는……."

"우리에게 빚을 지우기 위해?"

"그래. 펑은 이상하리만큼 특수부에 집착하고 있어. 우리에게 빚을 지우면 미래에 어떤 이득이 되리라 계산했겠지."

"그걸 알면서도 넌……."

"저쪽에서 멋대로 빚을 지웠다고 착각하고 있을 뿐이야."

앞쪽 신호가 깜빡이다가 노란색으로 바뀌었다. 유리는 브레이크를 밟으면서 말을 툭 내뱉었다.

"난 그저 퇴원 선물로 술을 받았을 뿐이다."

"범죄조직의 의리에 대해서는 난 잘 모르지만, 그 말은 안 통하겠지. 인의나 예절 같은 걸 엄청 따지는 녀석이니."

"내 알 바 아냐. 난 형사다. 녀석들은 범죄자고. 공통점은 둘 다 쓰레기라는 거지. 쓰레기에게 신뢰를 기대한 쪽이 잘못한 거다."

스가타는 아무 말 없이 유리의 옆모습을 봤다. 차가운 푸른 눈동자는 신호를 똑바로 쳐다보고 있었다.

스가타는 그 눈을 본 기억이 있다. 일찍이 여러 번 봐 왔던 눈이다. 그런 눈빛을 지닌 남자는 전장에 무척 많았다.

유리는 지금 붉은 신호를 쳐다보고 있다. 스가타는 그 너머에 무엇이 있는지 잘 안다. 바로 '과거'다.

끝없이 이어지는 초록 밀림은 기억 속에서 그 짙음을 더해 갔다. 온몸에 휘감기는 불쾌한 습기도.

—코러스가 어지간히도 많구만…….

구릉의 경사면을 다 오르기 전부터 '쿠이나크'의 집음 장치는 수많은 총성을 잡아 냈고, 통신기 스피커에서는 지원을 요청하는 아군의 비명을 전하고 있었다.

—제때에 갈 수 있을까…….

제2종 기갑병장 쿠이나크에 탑승한 스가타는 밸런스 제어에 유의하면서 속도를 높였다. 진동하는 콕핏의 딱딱한 조종석이 등에 파고들었다. 목덜미가 뻣뻣해졌다. 하지만 조종석에서 몸을 일으켜 기지개를 펼 수도 없었다. 콕핏은 조종간이 달린 관이라 불릴 만큼 비좁았다. 여유 공간은 전혀 없었다. 폐소공포증이 있는 사람은 단 1초도 버티지 못하리라. 흥건히 배어나온 땀이 군복을 적셨다.

초록색을 기조로 수풀처럼 위장 도색한 기체는 열대우림 속을 야생동물처럼 이동했다.

동티모르, 바우카우현縣. 부임하자마자 출동 명령을 받았다.

스가타가 배속된 부대의 1분대가 시가지에서 반정부 게릴라와 교전을 벌인다고 했다. 다른 분대는 50킬로미터나 떨어져 있어서 도저히 제시간에 갈 수가 없었다. 지휘관인 네빌 대위는 기지에서 뒤섞인 정보를 파악하는 데 쫓기고 있었다. 출격이 가능한 기갑병장은 단 한 기. 대위는 기지에 얼굴을 처음으로 내민 스가타에게 무표정하게 단독으로 출동하라 명령을 내렸다. 이미 지원에 나섰다는 다국적 치안부대와 합류하는 것을 전제로 내려진 명령이지만, 그들의 발은 느리고 합류 지점은 정해지지 않았다.

우군友軍이 도착하지 않았을 경우에는 임기응변으로 대응하라.

네빌의 명령이 무엇을 시사하는지 명확했다.

'기갑병장은 기존의 군사 상식을 크게 깨부수는 운용이 가능하다.' 세계 각지에서 군사 관계자들의 인식이 바뀌기 시작할 무렵이었다. 그래도 평범한 상황에서는 있을 수 없는 명령이었지만, 스가타는 거부하지 않았다. 전장에 '있을 수 없는' 명령 따윈 없다. 모든 것이 있을 수 있다.

다국적 치안부대는 역시 도착하지 않았다. 상당히 늦어질 듯했다. 전투 지역에 도착한 지원군은 스가타의 쿠이나크 한 기뿐이었다.

—앞서 설명을 들은 것보다 훨씬 더 혹독한 '직장'이잖아?

무더운 날이었다. 바깥 습기가 기갑병장의 장갑 속으로 깊이 스며들었다. 찜통 같은 콕핏 안에서 스가타는 미치기 일보 직전이었다.

구릉 정상에 도달했다. 열대우림 틈새로 아래를 내려다봤다. 하얗게 칠해진 삼사 층짜리 건물 사이에 간소한 구조의 상점이 여기저기 있었다. 다닥다닥 붙어 있는 빌딩들은 종종 중세 성벽처럼 보이기도 했다. 끝없는 내전에 피폐해져 콘크리트 시체들을 훤히 내보이고 있는 흔하디흔한 시내, 흔하디흔한 전장.

그리 멀리 떨어지지는 않았다. 직선거리로 약 200미터. 경사가 급한 수풀지대를 내려가면 시내가 나온다.

여러 지점에서 총화銃火가 번쩍였다.

늦지 않았다. 하지만…….

적의 병력은 사전에 들은 것보다 훨씬 많았다. 흙색 리저드 패턴으로 도장된 제1종 기갑병장 '노움'. 세련됨과 거리가 상당히 멀고 투박한 쿠이나크보다 훨씬 컸다. 겉모습은 땅딸막하고 둔중해 보였다.

성능으로는 제2종인 쿠이나크가 더 뛰어나다. 하지만 머릿수에는 장사가 없다. 현재도 교전을 벌이는 아군 쿠이나크의 숫자는 약 열 기인데 비해 적군 노움의 숫자는 카메라가 잡고 있는 범위에서만 헤아려도 대략 세 배는 되었다.

외장 어댑터로 오른쪽 매니퓰레이터에 고정시킨 바렛M82A1 세미 오토매틱 라이플의 총구를 아래쪽으로 내밀고서 조준 시스템과 연동시켰다. 목표는 정면 빌딩 옥상에서 중기관총을 난사하고 있는 노움이었다.

방아쇠에 손가락을 걸었다. 발사. 콕핏 디스플레이에 12.7mm×99탄을 맞고 구멍이 크게 뚫린 노움의 등이 보였다.

뒤이어 옆 빌딩 옥상에 있는 노움 한 기를 쏘았다. 그리고 시내 중앙광장을 이동하는 두 기도 쏘았다.

스가타는 담담하게 방아쇠를 계속 당겼다. 저격한 기체가 여섯 기를 넘었을 때 정면 빌딩의 뒤에서 수많은 하얀 연기가 피어올랐다.

상공에서 포탄의 비가 무차별적으로 쏟아졌다.

반사적으로 몸을 날렸다. 시내를 향해 경사면을 타고 미끄러졌다. 주저하고 있을 여유는 없었다.

등 뒤에서 열대우림이 날아가 버렸다. 폭풍爆風이 불어 닥쳤다.

성벽 밖으로 요격을 나온 노움 세 기가 스가타의 쿠이나크를 향해 Kord중기관총으로 퍼부었다.

널찍한 초지 경사면에 엄폐물은 아무것도 없었다. 스가타는 필사적으로 레버를 조작해 경사면을 활강하면서 총구를 적에게 겨누었다. 보정할 수 없는 흔들림 때문에 도저히 조준이 되질 않았다. 진동이 꼬리뼈부터 정수리를 꿰뚫고 지나갔다. 내장이 믹서 안에서 뒤섞이는 기분이었다. 혀를 깨물지 않도록 이를 꽉 악물었다. 디스플레이 안에서 상하좌우로 마구 흔들리던 조준용 도트가 순간 선두 기체와 겹쳐졌다.

발사……. 노움의 가슴에 맞았다. 나머지 두 기가 화들짝 놀라서 산개했다. 당연했다. 이족보행형 기갑병장으로 경사면을 활강하려면 상당한 숙련이 필요했다. 하물며 활강하면서 정확하게 사격할 수 있으리라 상상이나 했을까.

두 번째 기체를 저격했다. 급소에서 빗겨 맞았지만 적기는 균형을 잃고 경사면을 따라 굴러 떨어졌다.

세 번째 기체가 눈앞에 엄습했다. 저격을 포기했다. 왼쪽 어깨장갑을 내밀며 정면에서 부딪쳤다. 적기는 피하지 못했다. 두 기체가 허공에 붕 떴다. 노움은 경사면에 내동댕이쳐졌다. 스가타의 기갑병장은 노움을 위에서 덮치고는 오른쪽 매니퓰레이터에 달린 총구를 적기의 가슴 해치에 댔다. 발사.

침묵한 노움에게서 떨어져 재빨리 활강을 재개했다. 경사면을 다

내려와 시내에 들어섰다.

골목에서 골목으로. 적 부대의 배후로 돌았다. 색적장치의 상태가 좋질 않았다. 조정 작업을 급히 마치고서 곧바로 출격했기에 어쩔 수가 없었다.

옆에서 갑자기 노움이 튀어나왔다. 날숨처럼 내뱉은 서로의 배기가스가 닿을 만한 거리였다. 노움은 중기관총으로 쿠이나크를 겨누려고 했다. 하지만 1625mm에 달하는 총신이 좁은 골목의 벽에 걸렸다. 그 순간을 놓치지 않고 스가타의 쿠이나크가 M82A1 총신으로 상대의 총신을 쳐냈다. Kord중기관총의 12.7mm×107탄이 골목에 마구 뿌려졌다. 콘크리트에 탄흔을 뚫었다.

스가타의 쿠이나크는 적의 총신을 한 손으로 붙잡은 채로 왼쪽 대퇴부에 테이프로 붙여 둔 검은 군용 나이프를 왼쪽 매니퓰레이터로 잡아떼었다. 총길이가 90센티미터에 가까운 기갑병장용 나이프였다. 스가타의 손에 가장 익은 나이프를 기갑병장의 몸집에 맞춰 복제한 물건이었다. 물론 재질은 전혀 달랐다. 기갑병장의 장갑도 꿰뚫는 특수 합금으로 칼날이 만들어졌다.

재빨리 적의 가슴에 나이프를 꽂았다. 비명을 지르듯 삐걱거리다가 노움은 활동을 정지했다. 탑승자의 피가 뚝뚝 떨어지는 나이프를 뽑고는 그저 쇠뭉치가 된 노움을 차서 쓰러뜨린 뒤에 계속 전진했다.

안테나를 수납하고서 다리 부위를 움츠려 실내 전투 모드로 전환했다. 구릉 위에서 점찍어 두었던 상업빌딩의 뒤쪽 반입구로 들어갔다.

휑뎅그렁한 빌딩이었다. 통로 창문을 보니 총을 난사하고 있는 노움이 있었다. 차량탑재형 중기관총을 물총처럼 마구 쏘아 대니 그 쾌감에 도취된 모양이었다. 쿠이나크가 접근했는데도 알아차리지 못했다. 경험이 일천한 신병이리라. 뒤에서 은밀히 접근해 나이프로 숨통을 끊었다.

저격에 유리한 위치를 확보하고자 넓은 계단을 올라 꼭대기인 4층으로 향했다.

계단을 다 오르기 직전에 노움과 맞닥뜨렸다. 위에서 아래를 겨누고 있던 중기관총의 총구에서 재빨리 벗어난 뒤 왼쪽 매니퓰레이터로 쥔 나이프로 적기의 배를 찔렀다.

꼭대기 층에 올라왔다. 나이프를 바닥에 꽂고서 오른쪽 매니퓰레이터에 고정되어 있는 M82A1의 탄창을 교환했다. 제1종보다는 향상됐다고는 해도 기갑병장의 투박한 매니퓰레이터로는 탄창을 교환하는 데 시간이 걸린다. 2분에서 4분쯤 걸리는 게 평균이다. 숙련된 스가타는 1분 만에 교환을 끝마치고서 다시 나이프를 쥐고 창가로 나아갔다.

창문이 깨져 있는 커다란 창틀을 통해 바깥 상황을 관찰했다. 바로 앞에 보이는 도로에서 쿠이나크 한 기가 네 기나 되는 적기를 상대로 기묘한 백병전을 연출하고 있었다.

—저건, 뭐야……?

쿠이나크는 길이가 3미터가 넘는 굵은 철봉을 자유자재로 휘두르면서 주변의 적들을 농락하고 있었다. 땅을 때리고, 하늘을 가르고, 적의 팔을 날려 버리고, 다리를 쳐 버렸다. 마치 중국 무술의 곤棍을 보는 것 같다. 노움 한 기는 왼쪽 매니퓰레이터가 꺾이고, 머리가 분쇄되었다. 단순한 무기이지만 근접 전투에서 그 효과는 대단했다.

기갑병장이라 생각할 수 없는 민첩한 행동에 시선을 빼앗겼다. 아마 독자적인 기술로 짠 프로그램을 기체에 설치하고서 각 부위를 그에 맞춰 조정했으리라. 물론 프로그램을 설치했다고 해서 기갑병장이 그대로 움직여 주지는 않는다. 오히려 정상적인 동작을 저해할 것이다. 경험에 근거한 미세 조정과 요점을 숙지한 섬세한 조종술이 꼭 필요하다. 아래에 보이는 쿠이나크 탑승자는 그 어려운 조종을 멋들어지게 해내고 있었다.

소문으로 들었다. 기갑병장의 무기로 철봉을 쓰는 용병의 소문. 외인부대의 용맹한 전사, 왕푸귀. 아마 그 녀석이리라.

순식간에 적 세 기를 고철 덩어리로 만들어 버린 쿠이나크는 철봉을 쳐들고서 남은 한 기에게 다가갔다.

그 뒤에 새로 난입한 적 두 기가 철봉을 든 쿠이나크를 향해 총구를 겨누었다.

스가타는 창밖으로 기체를 내밀고서 M82A1을 연사했다. 새로 난입한 두 적기에 잇달아 구멍이 뚫렸다.

쿠이나크는 망나니처럼 철봉으로 마지막 적기를 냅다 찔렀다. 노움의 흉부 해치가 찌그러지면서 안에 탑승한 병사의 피가 틈새에서 뿜어져 나왔다.

쿠이나크는 철봉을 내리고서 이쪽을 올려다봤다.

"디아볼루스인가……. 오늘 부임한다고 듣긴 했는데."

스가타의 콕핏에서 통신이 들렸다. 중국인 특유의 억양이 섞인 영어였다.

스가타가 그렇다고 응답하자 그는 웃으며 이렇게 말했다.

"좋은 나이프를 갖고 있군."

스가타가 쥔 군용 나이프에서 피가 뚝뚝 떨어졌다. 철봉을 든 쿠이나크의 카메라는 그 검붉은 칼날을 찍고 있었다.

"정말로 좋은 나이프야……."

4

니시신주쿠 3번가. 워싱턴 호텔 근처의 카페에서 스가타는 자기 앞에 나온 커피 잔을 들었다.

호텔에서 지인을 만나고 귀가하던 도중에 산책을 할 겸 어슬렁거리다가 어느 찻집을 발견했다. 고풍스러운 모양새가 마음에 들었다. 파리의 뒷골목에 있을 법한 분위기를 풍겼다.

입구가 보이는 벽 쪽 자리에 앉았다. 뒤에 있는 비상구는 가게에 들어오면서부터 확인해 뒀다. 몸에 밴 습관 중 하나였다.

한낮은 아직 덥지만 역시 가을은 가을이었다. 저녁이 되자 갑자기 서늘해졌다. 냉커피를 주문할 생각이었는데 으스스해서 마음이 바뀌었다. 메뉴판에 만델링 린똥 스페셜이 보여서 무심코 주문했다.

향을 즐기면서 한 모금 들이켰다. 나쁘지 않았다. 하지만 가게 주인이 로스팅에 서툰 것 같았다. 단맛과 쓴맛, 그리고 특유의 맛의 균형이 살짝 무너졌다.

만델링은 인도네시아의 대표 커피다. 엄밀하게 말하자면 수마트라섬 북부에서 재배되는 아라비카종을 가리킨다.

커피를 음미하고 있으니 인도네시아에서 보냈던 나날이 절로 떠올랐다. 아름다운 추억은 결코 아니었다.

동티모르에서도 커피는 중요한 수출 작물 중 하나다. 많은 농민들이 커피를 재배하며 생계를 잇는다. 그러나 끝없는 내전으로 많은 농장들이 유린되고 황폐해졌다. 그 과정을 진절머리 날 만큼 많이 봐왔다. 스가타 본인이 기갑병장으로 짓밟은 커피 농장도 무수히 많다. 비탄에 잠긴 농장주의 얼굴도 선명하게 기억하고 있다.

잔을 내려 두고 주머니에서 휴대전화를 꺼내 메일을 확인했다. 몇 통을 유심히 읽었다. 그중에 두 통을 읽자마자 지웠고, 다른 두 통을 각각 세 군데로 전송했다. 그 직후에 새로운 메일 한 통이 날아들었다. 발신자의 주소를 확인하자마자 메일을 열어 문장을 눈으로 훑었다. 어떤 이름에 시선이 멈췄다. 과거와 현재를 잇는 이름. 스가타의 미간이 꿈틀거렸다.

번호를 선택해 전화를 걸었다.

상대방이 곧바로 받았다.

"스가타냐? 빠르네."

"메일 읽었어. 사실인가?"

"백 퍼센트는 아냐. 그래도 네가 엄청 궁금해할 것 같아서."

"그야 엄청 궁금하지. 어디서 입수한 거야?"

"굿맨의 '숍'이지. 다른 곳에서도 아는 녀석이 있었어."

"그래?"

"도움이 됐나?"

"뭐라 할 말이 없군. 개인적으로는 도움이 안 되는 정보이길 바랐는데."

"아무래도 내가 좋은 정보를 물어다 준 것 같구만."

"빚을 졌어. 다음에 사례를 꼭 하지."

"기대하겠어."

"내년에 파리에서 보자. 라 크리니에르에서 또 한잔할까?"

"레이놀즈가 죽었다는 얘기를 들었나?"

"들었어. 시신은 아직도 모래에 파묻혀 있다더군."

"너도 조심해. 죽을 거면 빚을 갚고서 죽고."

"그러지."

통화를 끊고는 잔을 들어 입으로 가져갔다.

만델링의 그윽한 맛은 어느새 날아가 버렸다. 쓴맛만이 남아 있었다.

"외사1과에 따르면 '야카리', 즉 '닻'을 의미하는 명칭의 밀수 조직은 3년 전에 러시아 당국의 소탕 작전으로 사실상 파멸했다. 이는 오즈노프 경부의 정보와도 일치한다. 자세한 내용은 자료를 참고하도록."

수사 회의 석상에서 시로키는 술병을 책상 앞에 두고서 발언했다. 모두의 시선은 그 술병에 쏠려 있었다.

평소답지 않게 흥분했음을 자각한 시로키는 스스로를 경계했다. 신중하고 또 신중해야 했다.

오키쓰가 빈정거리듯이 슬쩍 웃으며 말했다.

"펑 코퍼레이션이 퇴원 선물로 준 술병. 브랜드명인 '파다라크'는 선물을 뜻하지. 문자 그대로 펑이 바라지도 않은 선물을 줬군."

"부장님, 잠시만."

미야치카가 오키쓰의 말을 끊었다.

"그 술병은 범죄 조직과의 관계가 의심되는 인물이 준 겁니다. 설령 스가타, 오즈노프 경부의 보고가 사실이라고 해도 펑과 허이방의 관계는 의심할 여지가 없습니다."

"설령이 뭐야? 설령이."

작은 목소리로 투덜거리는 스가타를 미야치카가 곁눈으로 째려봤다.

"전 펑이 수사에 혼선을 주고자 술병을 주었을 가능성을 부정할 수 없다고 봅니다."

"미야치카 이사관의 말대로 저 역시 신중하게 판단해야 한다고 생각합니다만."

시로키는 곧바로 말을 보태어 동료를 지지했다.

"자네들의 의견은 지극히 당연하네. 하나 모처럼 얻은 단서이니 파헤쳐 볼 가치는 있다고 생각하는데."

"그건 그렇지만……."

"단서의 신빙성을 항상 의심하면서 우리는 여러 가능성을 쫓는다. 나쓰카와반, 유키타니반은 합동으로 야카리와 접점이 있는 밀수업자를 알아내도록. 현재 활동하는 업자는 물론, 이미 해산한 조직을 포함해 모든 관계자들을 대상으로 삼는다. 단 지금까지 벌여 온 수사도 계속한다. 두 반에서 인원을 추려서 후속 수사에 임하도록."

오키쓰의 지시에 시로키는 수긍했다. 미야치카도 납득한 듯했다.

"안 그래도 인원이 빠듯한데 사람을 더 빼라고 하니 부담이 크겠지. 그러나 반드시 해내야만 한다. 지금 우리는 아무리 가능성이 희박한 실마리일지라도 전력을 다해 접근할 수밖에 없다."

"부장님."

스가타 경부가 불렀다. 고개를 틀면서 손을 들고 있었다.

"뭔가?"

"실은 미덥지 않은 실마리가 하나 더 있긴 한데……. 아니, 실은 실마리인지 아닌지도 잘 모릅니다만……."

"말해 보게."

오키쓰가 허락하자 스가타는 일어섰다.

"용병 동료가 일러 준 정보입니다. 아니, 정보라기보다 그저 소문인데……. 우리는 개인 사업자라서 정기적으로 정보를 꼭 교환해야 하거든요. 이라크 기지 생활의 애로 사항부터 군사 기밀에 가까운 정보까지 온갖…….”

미야치카가 짜증을 내며 재촉했다.

“요점만 빨리 말해라. 요점만.”

“어떤 남자가 일본에 입국했다고 합니다. 다른 동업자에게도 물어봤는데, 확실한 것 같습니다.”

“군인인가?”

“엄밀히 말하면 전직 군인이죠. 크리스토퍼 네빌 대위. SEALs(미 해군 특수작전부대) 출신의 용병인데, 동티모르 정부군의 외인부대에서 저와 왕 형제의 상관이었습니다.”

“오호.”

오키쓰는 그 이야기가 재미있는지 눈을 가늘게 떴다. 흥미가 생긴 듯했다.

“저, 왕푸귀, 그리고 네빌. 동티모르에서 같은 부대에 있었던 세 사람이 이 시기에 같은 곳에 등장한다. 중동이나 아프가니스탄 같은 분쟁 지역이라면 모를까, 일본에서……. 어떻게 생각합니까?”

“‘우연을 믿지 마라.’ 외무성의 철칙 중 하나다.”

“우리 업계에서도 마찬가지입니다.”

스가타가 고개를 끄덕였다.

“네빌은 전쟁 사업에서 발을 빼긴 했지만, 아무리 망령이 들었어도 일본에 관광을 하러 올 인물이 아니라고요. 교토에서 불상 앞에서 절을 하거나 아키하바라에서 가전 제품을 구입할 리도 없고.”

“전직 군인이라고 했지? 지금은 민간인인가?”

"건실하게 살고 있느냐는 의미입니까? 당치도 않죠. 서류상으로는 틀림없이 민간인이겠죠. 전쟁터에서는 발을 뺐지만 대신에 손을 더럽히는 돈벌이를 시작했습니다. 군 경력을 내세워 질 떨어지는 패거리에게서 일감을 받죠. 퇴물 군인이 악당이 됐다는 겁니다."

시로키는 스가타의 말투에 경멸하는 기색이 섞여 있음을 느꼈다.

"의뢰를 받아 범죄에 가담한다는 점에서는 왕푸궈와 똑같지만, 왕푸궈는 현역 병사고 더욱이 1급입니다. 네빌과는 다르죠."

"기량이 차이가 난다는 뜻인가?"

"물론 네빌은 왕푸궈의 수준에 미치지 못하죠. 그래도 지휘관으로 임명될 정도의 경력은 있습니다. 뭐라고 해야 하나? 그래, 병사로서의 긍지 말입니다. 아무리 실력이 뛰어난 베테랑일지라도 우리 기준에서 녀석은 전선에서 탈락한 낙오병에 불과합니다."

오키쓰는 새 시가릴로 케이스를 꺼내며 말했다.

"신랄하군."

"당연하죠. 병사와 청부 살인자는 모두 똑같은 살인자입니다. 그 둘을 구별하는 건 오직 직업의식뿐이라고요. 프로로서의 마음가짐 말이죠. 그게 없으면 그 사이의 경계는 순식간에 사라져 버립니다."

"왕푸궈도 그걸 잃었다는 건가?"

"그런 셈이죠."

스가타는 솔직하게 동의했다.

"그래서 그뿐인가?"

"그뿐입니다."

"그렇군."

시가릴로 함을 덮은 셀로판을 손톱으로 벗기며 오키쓰가 말했다.

"현 단계에서 크리스토퍼 네빌이라는 인물이 본 사건에 관여했다고 판단할 만한 근거가 없다."

그는 함에서 뽑은 시가릴로에 성냥으로 불을 붙였다.

"……그렇지만 캐볼 만한 가치는 있겠군."

스가타는 상관의 얼굴을 물끄러미 쳐다봤다.

"우연을 믿지 말라는 거군요?"

"그렇다."

"부장님."

"뭔가?"

"외무성은 어지간히도 치열한 곳인 모양이군요. 제가 잘 아는 전장처럼."

연기 뒤로 보이는 오키쓰의 눈이 웃었다. 그러고는 그가 이내 엄한 목소리로 모두에게 말했다.

"앞으로의 수사 방침은 지금 말하는 세 가지다. 하나, 나쓰카와, 유키타니반은 야카리와 관련이 있는 밀수업자를 밝혀낸다. 둘, 기존 수사를 계속 진행한다. 셋, 크리스토퍼 네빌의 소재와 목적을 확인한다. 세 번째는 스가타 경부가 담당하도록. 괜찮겠지?"

"뭐, 어쩔 수 없군요. 먼저 말을 꺼낸 사람이 잘못이죠. 정보망을 이용해서 알아보도록 하겠습니다."

스가타가 상관 앞에서 건방진 투로 말하자, 아니나 다를까 미야치카가 이맛살을 찌푸렸다.

"스가타 경부는 네빌에 대한 자료를 오늘 중에 작성할 것. 또한 시로키 이사관은 ICPO, FBI에 해당 인물을 조회해 달라고 요청하게."

회의가 끝났다. 수사원들이 빠른 걸음으로 흩어져 갔다.

탁자 위에 남겨진 보드카 술병을 시로키가 아무 말 없이 들어 올렸다.

적어도 수사의 실마리가 보이기 시작한 듯했다.

시로키는 내심 생각했다. 혹시 모르니 공안의 외사1과에도 네빌에 대해 이야기를 해 두도록 하자. 경찰청 경비국의 외사정보부에도. 그런 타 부서와의 교섭은 스가타 경부에게는 무리, 아니, 염두에 두지도 않았으리라. 그 부분은 자신이 보조하면 된다.

다시금 라벨을 본다. '파다라크'.

선물이라…….

단순히 호의를 보이고자 줬을 리가 없다. 그러나 설령 악의를 갖고 줬을지라도 현재로서는 유일한 단서임은 틀림없었다.

회의를 마친 수사원들 중 절반은 계단을 뛰어 내려갔고, 나머지 절반은 엘리베이터 홀로 향했다. 엘리베이터 두 대가 남자들을 가득 채우고서 문을 닫았다. 엘리베이터 홀에 남은 사람은 미도리와 라이저, 두 사람뿐이었다.

미도리는 곁눈으로 라이저를 봤다.

라이저는 묵묵히 엘리베이터를 기다리고 있었다. 그 옆모습에서는 여전히 허무 말고 다른 것은 읽을 수가 없었다.

자신의 시선을 느끼고 있는 걸까? 못 느끼는 걸까? 경찰관이면서도 수사를 해 본 경험이 전혀 없는 미도리는 그조차 단정할 수가 없었다.

미도리는 애써 감정을 싣지 않고 말을 걸었다.

"라드너 경부님."

라이저가 돌아보았다. 역시 아무 말이 없었다.

"밴시의 조준 시스템을 다시 조정해야 됩니다. 도와주실 수 있겠습니까?"

"알았다."

"모레 오전 11시가 어떻겠습니까?"

"상관없다."

"그럼 모레 연구소로 와 주십시오."

라이저는 고개를 끄덕였다.

엘리베이터 한 대가 돌아와 문을 열었다.

두 사람을 태운 엘리베이터가 내려가기 시작했다.

침묵이 흐르고 있다. 미도리는 큰마음을 먹고 말했다.

"회의 중에 웃으시던데요?"

조작 패널의 층수 표시 램프를 쳐다보던 라이저가 대꾸했다.

"내가?"

"예. 스가타 경부님이 전 상관을 비판했을 때."

"아아……."

라이저의 입가가 희미하게 움직였다.

그래, 그거야…….

그 표정이 웃음처럼 보인 거야. 미도리는 새삼 생각했다.

"낙오병."

"예?"

라이저가 느닷없이 말을 내뱉자 미도리는 무심코 되물었다.

"스가타는 네빌을 전선에서 탈락한 낙오병으로 불렀어. 똑같다고 생각했다. 내 처지와."

"……."

"그랬나? 내가 웃고 있었나?"

라이저가 중얼거렸다. 처음으로 눈치 챈 것처럼.

1층에 도착했다. 엘리베이터 문이 열렸다.

밖으로 나온 라이저는 그대로 뒤도 돌아보지 않고 걸어가 버렸다.

미도리는 얼어붙은 것처럼 꼼짝도 할 수 없었다.

엘리베이터 문이 다시 닫혔다.

"얼라인먼트 조정 데이터를 이쪽으로 보내 주세요. 그리고 VSD도 다시 확인해 주시고요."

단말기 모니터를 쳐다보면서 미도리는 부하 기술자에게 지시를 내렸다.

모니터에 표시된 데이터 열이 흐릿하게 보였다. 책상 위에 늘 놔두는 안약을 집은 뒤 근무용 안경을 벗고서 눈에 떨어뜨렸다.

경시청 특수부 청사의 지하. 연구소와 공장이 일체화된 광대한 시설에서 미도리가 지휘하는 기술반은 밤낮을 가리지 않고 바게스트 수리에 매진하고 있었다. 인원이 한정되어 있다고 해도 평범한 기갑병장의 수리 작업이었다면 이토록 신경을 갉아먹는 작업은 불필요했으리라. 하지만 드래군은 다르다. 신중에 신중을 기해 다뤄야만 한다. 왜냐면…….

드래군의 개발 과정을 아는 자는 특수부 기술반에도 없기 때문이다. 연구 자료도 전혀 없다. 이상할 만큼 엄정한 심사를 거쳐 경시청에 채용된 그들이 특수부 청사 지하에 소집됐을 때 드래군 세 기는 이미 그곳에 '있었다'.

"킬 2차 점검을 모두 끝냈습니다. 이제부터 3차 점검의 항목a로 넘어갑니다."

뒤에서 목소리가 들리자 미도리는 안경을 고쳐 쓰고서 돌아보았다. 기술자 중 하나인 시바타 겐사쿠였다.

"수고하셨습니다."

시바타 겐사쿠는 미도리보다 두 살 연상이다. 팔과 다리가 가늘고, 비쩍 마른 남자다. 기술 말고는 흥미가 없는 전형적인 테크놀로지스트. 미도리와 마찬가지로 드래군이라는 최고의 장난감(그렇게 말하기에는 꺼림칙한 물건이지만)에 홀려 있다. 이런 인물이 아니라면 드래군의 정비는 꿈도 꿀 수가 없다. 또한 그렇기에 신뢰할 수 있다.

"나 참. 킬龍骨을 해석만 할 수 있다면 이런 번거로운 과정은 생략할 수 있을 텐데요. 이거 정말 뼈마디가 쑤시네요. 제 뼈가 쑤시는지

용골龍骨이 쑤시는지는 모르겠지만."

시바타가 투덜거렸다. 기술반에서 흔히 입에 담는 실없는 농담이었다.

드래군의 핵심은 '킬'이라 불리는 중추 유닛에 결합되어 있는 통합 제어 소프트웨어다. 드래군의 척추에 해당하는 위치에 심어진 킬의 3차원 분자 구조로서 컴파일되어 있는 이 소프트웨어가 있기에 드래군은 경이적인 고성능을 발휘할 수 있다. 킬 이외의 부품은 최신 기술이 적용되긴 했으나 복제나 교환이 가능하다. 이른바 킬이야말로 드래군 그 자체이며 나머지는 전부 소모품에 불과하다. 하지만 가장 중요한 그 킬을 부수지 않고 해석해 보려는 시도는 전부 실패로 끝났다.

"그게 가능하다면 이렇게 고생할 일도 없죠. 자칫 실수를 하면 모든 것이 끝장이니까."

"잘 압니다. 제 뼈는 쑤시든 부러지든 상관없지만, 킬은 절대로 부러뜨려서는 안 되죠."

시바타는 미도리의 얼굴을 들여다보며 말을 이었다.

"주임님, 이제 좀 쉬시는 게 어떻겠습니까? 안색이 좋지 않아 보입니다."

그렇게 걱정하는 시바타의 안색 역시 건강이라는 말과 거리가 상당히 멀었다. 미도리는 모니터 구석에 뜬 시각을 힐끔 봤다. 5:25am…….

아침인지 저녁인지 순간 구분하지 못했다. 마지막으로 밥을 먹은

게 언제였더라? 자신이 지금 공복인지 아닌지조차 모호했다.

"벌써 닷새째죠? 여기서 숙식하며 작업에 매달린 지."

"글쎄요……."

집으로 돌아가지 못한 기간을 귀로 들었지만 와 닿지가 않았다. 드래군과 관련된 데이터를 가지고 나가는 건 엄격하게 금지되어 있었다. 어쩔 수 없이 연구소에서 숙식을 할 수밖에 없었다. 청사 위층에는 수사원용 취침실이 있고, 지하 연구소에도 기술자를 위한 취침 시설이 마련되어 있었다.

미도리는 주임 전용 사무실에 간이침대를 들여놓고 거기서 기거했다. 최소한의 생필품도 비치되어 있었다. 사실상 사무실이 자택이나 마찬가지였다. 도저히 젊은 여성의 삶이라고 할 수 없었다.

"주임님이 쓰러지면 우리가 곤란해집니다. 저건 우리만으로 감당할 수 있는 물건이 아니니까요."

시바타는 해체 중인 바게스트를 보며 말을 이었다.

"자자, 우리를 위해서라도 빨리 귀가하십시오."

미도리는 시바타의 마음씀씀이에 늘 위안을 얻는다.

"고맙습니다. 그러도록 할게요."

미도리는 책상 위에 너저분하게 널려 있는 메모를 그러모으고서 일어섰다.

"아, 만약에 계측치에 변화가 있으면……."

"압니다. 곧바로 연락하겠습니다. 걱정하지 말고 뒷일은 맡겨 주십시오."

시바타는 못 말리겠다는 표정으로 채근했다.

휘청거리며 청사를 나온 미도리는 약 한 시간 뒤에 고코쿠지 인근의 맨션에 도착했다.

신키바역에서 전철을 타고 유라쿠초선을 쭉 타고 가기만 하면 되기에 편했다. 출근 시간 전이라 여유롭게 좌석에 앉을 수 있었다.

그 사건의 여파가 여전히 유라쿠초선에 남아 있었다. 차량 안에는 테러에 경계하라는 안내문이 적힌 스티커가 여기저기에 붙어 있었다. 몹시 피곤해서 그런 스티커를 신경 쓸 겨를도 없었다. 좌석에 앉자마자 곧바로 잠에 빠진 바람에 하마터면 역을 지나칠 뻔했다.

오토록이 설치된 정문을 지나 바로 옆에 있는 우편함에서 터질 만큼 꽉 차 있는 우편물들을 꺼냈다. 대부분이 다이렉트메일이나 전단지였다. 뜯어보지도 않고 옆에 있는 쓰레기통에 던져 버렸다.

1층에 있는 집 현관문을 열고는 메고 있던 커다란 가방을 내려놓았다. 방 하나와 부엌 하나가 있는 흔한 집이었다. 밀려드는 습기와 먼지 냄새에 아랑곳하지 않고 4평짜리 거실에 발을 내디뎠다. 책상과 컴퓨터, 그리고 침대가 있었다. 청사에 있는 개인 사무실과 별반 다르지 않았다.

창문을 열고 있을 때 부엌에 방치해 둔 휴대전화가 울렸다. 늘 갖고 다니는 업무용이 아니라 개인용 휴대전화였다.

한숨을 내쉬고서 휴대전화를 들었다.

"예, 스즈이시입니다."

"미도리, 너, 지금까지 어디에 있었던 거야?"

게이코 이모였다.

"어디라니요? 당연히 직장이죠."

연구소에서 근무하고 있을 때는 개인용 휴대전화는 받을 수가 없다. 숙모도 이미 잘 아는 사실이다.

"몇 번이나 걸었는데도 받질 않더구나. 아무리 경찰이라고 해도 젊은 처녀가 며칠씩이나 집을 비우는 게 대체 말이 되니?"

미도리는 아무 말 없이 인상을 찌푸렸다. 철야 작업으로 뒤틀려 버린 신경이 끊어져 버릴 것 같았다.

"기일에 가장 중요한 네가 안 오면 어떡하라는 거니. 와 주신 분들한테 설명하는 데 애를 먹었어. 쓰네오 씨가 미도리는 왜 안 왔냐고 어찌나 캐묻던지."

게이코 이모는 세상을 떠난 어머니의 언니로 미도리에게는 가장 가까운 친척이었다.

"정말로 죄송해요. 근데 연락은 했을 텐데요."

"연락? 그거 딸랑 한 통화?"

"어쩔 수 없잖아요. 경찰은 할 일이 많아요. 이모도 지하철 농성 사건을 잘 아시잖아요?"

"그야 알지. 근데 너까지 집으로 돌려보내지 않는 건 이상하잖아? 넌 형사도, 경관도 아니잖니?"

이모에게는 자신의 일에 대해 말하지 않았다. 그리고 말할 수도 없었다. 직무 규정. 비밀 엄수 의무. 설령 그런 제한이 없더라도 어떻게 말해야 좋을까? '전 가족을 죽인 테러리스트가 탑승하는 정비를 점검하고 있어요.' 하고 말해야 되나?

"도대체 넌 그렇게 훌륭한 학교를 나와 유학까지 다녀왔고, 박사 학위까지 땄으면서 왜 경찰에 들어간 거니? 평범한 회사에 들어갔으면 얼마나 좋아. 그런 사건을 겪었으니 세상을 위해 경찰에 들어가고 싶다는 그 마음도 안다만, 너 정도의 경력이면 일류 기업에 갈 수 있지 않아? 연구 시설도 훌륭하다고 하고, 월급도……."

"이모, 용건만 말씀하세요."

장황하게 이어지는 이모의 말을 억지로 끊는다.

"용건? 넌 내가 얼마나 걱정하는지 모르니?"

잘 안다. 그렇기에 아무 말도 할 수 없다.

"유코와 데루마사 씨도 저승에서 울고 있을 거야. 히토시도. 홀로 살아남은 딸이 이렇게 박정하게……."

"죄송해요. 피곤해요. 이제 끊어요. 또 연락할게요."

"앗, 잠깐만……."

개의치 않고 통화를 끊고서 전원을 껐다.

부모님의 이름이 나오지 않길 바랐다. 오빠의 이름도.

가족을 어떻게 잊겠는가? 그 참극은 잊히려야 잊히지 않았다. 한시도 잊지 않고 근무를 해 왔다.

휴대전화를 내팽개치고서 침대에 쓰러졌다.

순식간에 곯아떨어졌다. 꿈 없는 잠 속으로.

꿈에서 깼다. 끝없이 이어질 것 같은 악몽에서.

고향의 꿈이었으며, 선혈鮮血의 꿈이었다. 꿈속에서 고향의 하늘은 잿빛으로 무겁게 침전되어 있었다. 거리는 총탄이 빗발치는 폐허였다. 떠올리고는 실소했다. 이건 꿈도 뭣도 아니었다. 그저 현실일 뿐이었다.

침대 위에서 라이저의 온몸은 땀으로 흠뻑 젖어 있었다. 피로를 자각했다.

「G선상의 아리아」. 꿈속에서 또 들렸다. 우아해야 할 그 선율은 흉악하게 일그러져 라이저를 갈가리 찢고서 연옥의 화염이 되어 그 몸을 태운다. 꿈에서도 귀는 막을 수 없다.

꿈은 밤마다 끝없이 자신을 괴롭힌다. 이것이 벌이라면 환희하며 기꺼이 받으리라. 하지만 가슴에 남은 답답함은 환희와 동떨어져 있다.

윗몸을 일으켜 땀으로 젖은 셔츠를 벗어 버렸다. 칙칙한 베이지색 커튼 틈새로 햇볕이 새어 들었다. 저 먼지투성이 커튼은 여기 들어올 때부터 걸려 있었다. 한 번도 걷어 본 적이 없었다. 커튼을 걷으면 틀림없이 상쾌한 경치가 펼쳐져 있을 테니.

운하와 마주한 다마치의 어느 고미다락. 높은 천장에서 낡은 팬이 천천히 돌고 있었다. 해체하기 직전에 업자가 도산한 바람에 방치된 건물이라고 들었다. 주거인은 자신뿐. 주변에도 해체를 기다리는 노후 건물들뿐이었다. 오키쓰 부장이 마련해 주었다. 물론 단순한 호의가 아니었다. 이곳에서 지내면 설사 설치된 폭탄이 터지더라도 피해가 최소한(자기 혼자)에 그치리라.

몽마夢魔는 왔으나 사신은 오지 않았다. 이토록 기다리고 있건만.

베개 밑에서 총을 꺼낸다. S&W M629V컴프.

일본에서는 경찰관이 휴대, 사용할 수 있는 권총은 종류가 한정되어 있다. 또한 엄격하게 관리되고 있다. 자택으로 가지고 가는 것은 꿈도 꿀 수 없다. 하지만 특수부 돌입반에 소속된 세 외인은 특례를 인정받아 제각기 손에 익은 핸드건을 늘 휴대할 수 있다.

경찰법 제67조 3항 '국민 및 경찰관 본인의 생명을 보호하고자 특별히 중대한 필요성이 있는 경우에 한한다.' 또한 경직법警職法 제7조 제4항도 총기 휴대의 근거가 된다.

법이 개정된 덕분이었다. 라이저는 S&W의 커스텀 부문 퍼포먼스 센터에서 커스텀한 총을 지정했다. 이 총을 즐겨 쓰는 자는 IRF에서도 라이저 말고는 없었다. 조직에서 부여한 라이저의 '역할'을 생각해도 대단히 특이한 선택이라고 할 수 있었다.

6인치 스테인리스 배럴에 커튼 틈새로 새어든 햇빛이 반사되어 아름답게 반짝였다. 검은 그립을 쥐고서 총구를 턱에 댔다. 탄이 가득 장전된 상태였다. 잠들기 전에 확인하는 습관이 몸에 배어 있었다. 그대로 방아쇠를 당기면 모든 것이 끝난다. 44매그넘이 뇌리에 숨어 있는 몽마를 날려 버린다. 그것이 허락되기를 얼마나 바랐던가. 총탄으로 몽마를 없앨 수는 있어도 죄는 없어지지 않는다.

M629를 침대 위에 내던지고서 일어섰다. 이 모든 것은 눈을 뜰 때마다 반복하는 무의미한 의식일 뿐이었다.

적막한 실내. 침대와 협탁. 다리가 하나뿐인 의자에 아무렇게나 걸쳐진 가죽 재킷과 바닥에 벗어 던진 데님바지. 붙박이 옷장. 그 외에는 아무것도 없었다.

부엌에 미네랄워터 몇 병이 굴러다니고 있었다. 오렌지 몇 개도. 그뿐이었다. 냉장고조차 없었다. 이곳은 살아간다는 행위를 방기해 버린 인간이 현세에 잠시 머무는 거처였다.

욕실에서 찬물을 뒤집어쓰면서 생각했다. 생각하지 않으려 해도 생각났다. 자신의 과거, 자신의 잘못, 자신의 죄.

찬물이 악몽의 잔재를 씻어 내려갔다. 하지만 그뿐이었다. 땀과 마찬가지로 악몽은 밤마다 끝없이 솟는다. 이 물이 성수일지라도 똑같으리라. 신의 부재를 매일 증명하는 것 같은 현실 속에서도 신을 더욱 믿을 수 있는 자는 행복하다. 신은 없다. 일찍이 자신은 그걸 증명하며 돌아다닌 존재였다. M629V컴프가 그 증거다. 목사의 십자가는 젊은 아가씨의 목걸이처럼 단순한 액세서리에 지나지 않는다. 하지만 은빛으로 빛나는 M629의 논플루트 실린더는 세계의 진상을 똑똑히 보여 주었다. 44매그넘은 이정표로서 기능했다.

자신은 현실을 옳은 방향으로 바꿀 작정이었다. 어리석게도.

그 목적을 위해 M629를 써 왔다. 몇 번이고, 몇 번이고…….

M629V컴프. 또다시 똑같은 생각을 했다. 찬물을 맞으며 머리를 흔들었다. 자살. 그것은 허락되지 않는다. 허락돼서는 안 된다. 완고하게 다짐했다. 그런 미적지근한 벌로 용서받을 수 있는 죄가 아니었다.

일본 경찰과의 계약은 바라지 않았던 요행이었다. 의미 있게 죽을 곳을 마련해 준다고 하기에 수락했다. 드래군이라는 마물魔物에 제 몸을 바치고서 범죄자와의 싸움에서 희생되는 것도 좋으리라. 그것이 속죄가 될지 안 될지는 문제가 아니었다. 부풀대로 부풀어 버린 큰 죄 앞에서 자잘한 속죄 따위가 무슨 의미가 있겠는가.

드래군. 마물이라 부르기에 걸맞다. '그것'은 그만한 보상을 탑승자에게 요구한다. 그걸 알고도 계약할 자는 거의 없으리라. 자신에게는 안성맞춤이었다. 라이저는 오키쓰라는 남자의 안목에 경의를 표했다.

그나저나 자신이 경찰관이라니. 지금까지 여러 경찰들을 죽여 왔던 자신이 말이다. 웃을 수밖에 없는 얄궂은 이 운명도 신이 없는 현실이 보여 준 악의의 하나다.

IRF의 처형인이 오는 것이 먼저인가, 드래군과 함께 전장에서 죽는 것이 먼저인가.

사신이냐, 마물이냐, 어느 쪽이든 좋았다. 자신을 저승으로 안내해 주기만 한다면.

미도리의 얼굴이 갑작스레 떠올랐다. 드래군이 마물이라면 그 여자는 마물을 조종하는 마법사인가?

샤워를 끝내고 목욕 수건으로 머리를 닦으며 속으로 중얼거렸다.

참 귀여운 마법사가 다 있군…….

특수부 청사 지하 7층의 연구소에서 그날도 시바타 기술관은 다른 동료와 함께 드래군 정비에 여념이 없었다. 하얀색을 기조로 한 확 트인 이 공간에서는 해체 수리 중인 바게스트, 그리고 정비 중인 피어볼그와 밴시의 작업 상황을 한눈에 전망할 수 있었다.

청사 지상에서 일하는 일반 직원과 달리 기술반 직원들은 복장도 각양각색이었다. 기술자처럼 작업복을 입은 사람이 있는가 하면 과학자처럼 하얀 가운을 걸친 사람도 있었다. 또한 남녀를 불문하고 오픈셔츠나 트레이닝복처럼 수수한 사복을 입은 사람도 많았다. 상사인 스즈이시 주임은 늘 경시청 지급품인 남색 스태프 점퍼를 입고, 시바타는 하얀 가운을 걸쳤다.

"시바타 씨, 저기."

옆에 있던 동료 기술관이 작은 목소리로 불렀다. 시바타는 뒤를 돌아봤다.

엄중한 보안장치가 달려 있는 게이트 안쪽에 라이저 라드너 경부가 서 있었다.

맞아, 오늘은…….

시바타는 오늘 밴시의 조준 시스템을 조정할 예정이라는 걸 떠올렸다.

바삐 돌아다니는 기술자들은 그 누구도 그녀에게 말을 걸려고 하지 않았다. 또한 그녀도 무표정하게 멀뚱히 서 있었다.

"여기, 잠깐 부탁해."

시바타는 나머지 작업을 동료에게 맡기고서 황급히 달려 나갔다.

"경부님, 기다리게 해서 미안합니다. 우리 쪽에서 불러 놓고서 실례를."

시바타는 라이저를 데리고 안쪽으로 되돌아갔다.

"자, 주임님께서 기다리고 계십니다."

가장 안쪽에 놓인 공용 책상에서 미도리가 단말기를 들여다보며 작업을 하고 있었다. 시바타는 그녀의 등을 향해 말했다.

"주임님, 라드너 경부님께서 오셨습니다."

미도리는 일사분란하게 키보드를 두드리고 있었다. 무언가를 입력하는 중이었다. 피아니스트처럼 손놀림이 유려했다. 가끔은 격렬하게, 가끔은 고요하게.

시바타는 돌아볼 생각을 하지 않는 상사를 다시 불렀다.

"주임님."

미도리가 돌아봤다. 라이저를 보고 살짝 목례를 했다. 그 시선에서는 늘 도발하는 것 같은 기색이 느껴졌다.

"조준 시스템을 조정할 준비를 다 마쳤습니다. 이쪽으로 오시죠."

미도리는 일어서면서 인사도 빼먹고 말했다. 라이저도 지극히 간단하게 응답했다.

"알았다."

앞선 미도리를 따라 라드너 경부가 걸어 나갔다. 시바타도 그 뒤를 이었다.

전용 행어에 고정된 밴시 앞에서 미도리가 멈춰 섰다.

기체의 각 부위는 개방되어 있었다. 무수히 많은 코드가 주변에 설치된 기계에 접속되어 있었다. 두 손에 달린 사격용 내장 어댑터에도 총 모양을 한 측정용 장치가 장착된 상태였다. 등에 장착하는 옵션 장비는 지금은 떼어 냈다.

"부탁드립니다."

미도리는 개방되어 있는 밴시의 해치를 가리켰다.

라이저는 아무 말 없이 가죽 재킷을 벗고서 탁자에 아무렇게나 던졌다. 덜컹, 하고 묵직한 소리가 났다.

재킷 아래에 살짝 삐져나온 금속을 보고 시바타는 숨을 삼켰다. 총이었다.

내부를 훤히 드러낸 밴시에게 다가간 라이저는 뱀브레이스에 두 팔을 넣고서 그립을 쥐었다. 동시에 머리를 감싸는 셸을 닫았다. 그녀의 망막에 투영된 시야 영상이 탁자 위 모니터에도 비춰졌다.

코드에 접속된 단말기로 향하는 미도리의 옆얼굴도 모니터에 떴다. 금세 조정용 영상으로 전환됐다. 열 개쯤 되는 광점이 무작위로 돌아다니다가 잠깐 멈추고서는 반짝거렸다.

미도리는 마이크를 들고서 파이프 의자에 앉았다.

"경부님. VSD장치에 문제는 없습니까?"

마이크 옆에 있는 작은 스피커에서 라이저의 목소리가 나왔다.

"없다."

"타깃 포인트가 떠 있을 겁니다. 정지한 타깃을 포착하면 방아쇠를 당겨 주십시오."

"알고 있다. 평소처럼 하면 되겠지."

"5초 뒤에 시작합니다. 잘 부탁합니다."

"라저."

탁자 위에 늘어선 여러 모니터에 데이터가 어지럽게 표시되었다. 그 데이터에 맞춰서 미도리는 미세 조정을 했다.

모니터를 뒤에서 들여다보면서 시바타는 감탄을 흘렸다. 엄청난 동체 시력. 보통 사람을 초월하는 반사 신경. 드래군의 탑승 요원으로 선발될 만했다.

그리고……. 시바타는 미도리의 옆모습을 쳐다봤다. 약간의 오차를 놓치지 않고 곧바로 조정해 나가는 주임도 대단했다.

나이 어린 상사가 새삼 존경스러웠다. 두 사람의 움직임은 오랫동안 합을 맞춰 온 야구의 배터리*를 떠올리게 했다. 그만큼 두 사람은 잘 맞았다. 다른 기술자들도 작업을 멈추고서 밴시 주변으로 몰려들었다.

"스즈이시 주임."

"뭡니까?"

스피커에서 라이저의 목소리가 들리자 미도리는 조정 작업을 하면서 대답했다.

"채링크로스의 생존자라고 하던데, 사실인가?"

시바타를 비롯한 전원이 그 말에 얼어붙었다.

'채링크로스 참극'. 영국 전체를, 아니, 전 세계를 전율케 한 런던에서 벌어진 대규모 테러. 절대로 내뱉어서는 안 되는 금기어였다. 이 지하층…… 스즈이시 미도리가 이끄는 기술반에서는.

---

* 포수와 투수.

"사실입니다."

미도리는 태연하게 대답했다. 키보드를 두드리던 미도리의 손가락이 한순간 흐트러졌다.

"부모님과 오빠가 죽었습니다. 저만 살았습니다."

"그렇군."

시바타와 직원들은 숨을 죽이며 두 사람의 대화를 들었다.

라이저 라드너 경부의 경력을 자세히 알지는 못했다. 하지만 테러리스트인 것 같다는 이야기는 들었다. 더구나 IRF 출신. 그래서 모든 직원들은 라이저를 대하는 미도리의 태도에 공감하고 있었다. 사사로이 대화를 나눌 때도 결코 그 화제를 언급하지 않았다.

"라드너 경부님."

"뭐지?"

"당신은 실행범이었습니까? 채링크로스에서."

"심문하는 건가?"

"잡담입니다."

각 부위가 훤히 드러나 있는 밴시의 작동음. 미도리가 키보드를 두드리는 소리. 그 이외의 소리는 이 공간에서 사라졌다. 기침조차 할 수가 없었다. 시바타는 두 사람을 보고는 무섭다고 생각했다. 두 사람은 그런 대화를 하면서도 똑같은 속도로 조정 작업을 계속하고 있었다.

"대답해 주십시오."

"아니다."

"사실입니까?"

"채링크로스 사건에는 관여하지 않았다."

"하지만 다른 사건과는 관계가 있지요?"

"……."

"몇 명을 죽였습니까?"

"……."

"대답할 수 없습니까?"

기기 중 하나가 프로그램 종료를 알리는 알람을 울렸다.

매끈한 작동음이 들리더니 밴시의 상부 해치가 열렸다.

아무 일도 없었던 것처럼 라이저가 얼굴을 내밀며 해치에서 내려왔다.

"다 끝났습니다. 나머지는 우리가 해야 하는 작업이니 돌아가셔도 좋습니다."

미도리 역시 지금까지의 대화를 다 잊어버린 것처럼 말했다.

"재확인 작업을 해야 하니 모레 다시 한 번 와 주십시오."

"알았다."

미도리는 옆에 놓인 라이저의 가죽 재킷을 들어 올렸다. 그러고는 그 무게에 놀란 것 같은 표정을 보였다. 안에 꽂혀 있는 M629를 본 모양이었다.

미도리가 총을 물끄러미 보고 있자 라이저가 말했다.

"탄은 들어 있다."

나직한 목소리였다.

"쏘고 싶다면 쏴도 좋다. 네게는 쏠 자격이 있고, 내게는 맞을 이유가 있다."

"……."

꿈쩍도 하지 않은 채 두 사람은 아무 말 없이 서로를 바라보았다.

시바타는 심장이 쿵쾅거려서 숨쉬기가 답답할 지경이었다. 속히 말려야 했다. 하지만 의지와는 달리 몸이 움직여 주지 않았다.

라이저의 말에 대답하지 않고 미도리는 들고 있는 가죽 재킷을 건넸다.

"모레는 오전에 와 주십시오. 오후에는 바게스트 동력부를 점검해야 돼서 시간을 낼 수가 없네요."

"알겠다."

라이저 역시 자연스럽게 재킷을 받아들고는 몸을 홱 돌려 게이트로 향했다.

모여든 기술자들이 황급히 좌우로 물러서 길을 터 주었다.

사람들의 주목을 받으면서 라이저는 게이트를 지나 사라졌다. 한 번도 뒤를 돌아보지 않았다.

"시바타 씨."

라이저가 사라진 게이트를 쳐다보며 미도리는 옆에서 식은땀을 훔치고 있는 시바타에게 중얼거렸다.

"저, 분해요."

"예……."

'그 마음 압니다.' 하고 시바타가 말하려고 했을 때 미도리는 고개를 가로저었다.

"아니에요."

"예?"

"세 드래군 중에서 밴시는 최대의 화력과 대량 살상 능력을 갖고 있어요. 전 그 기체를 증오합니다. 그런데도 가장 애착을 갖고 있어요. 정비하는 데 가장 품이 드는 그 기체에."

시바타는 오히려 그녀의 그 마음을 더욱 이해할 수 있었다. 같은 기술자이기에.

"그리고…… 전 알아요."

미도리는 안타까워하며 말을 이었다.

"밴시에 탈 수 있는 사람은 그 여자밖에 없어요……. 말로는 잘 설명할 수 없지만, 그걸 알겠어요."

"……."

"이런 제 자신이 분해요."

아마도 거짓이 아닐 그 술회를 듣고 시바타는 돌려줄 만한 말을 찾지 못했다.

새벽부터 내리기 시작한 비는 오후가 됐는데도 그치지 않았다. 부슬부슬 내리는 빗줄기가 참배객들의 우산을 차갑게 때렸다.

시나가와구, 도립 환경문화홀. 순직한 SAT 대원들의 합동 장례식장이다.

사건의 규모, 그리고 순직자의 숫자에 비해 장례식은 조촐했다.

동료들끼리 지내는 밀장密葬에 가까운 규모다. 매스컴 취재진들도 거의 보이지 않았다. 사건과 관련된 모든 것을 최대한 가리고 싶어 하는 경찰의 바람이 느껴졌다. 신속하게 치러졌어야 할 장례식이 그럴싸한 핑계 때문에 오늘까지 연기된 이유도 매스컴을 꺼려서였다.

대각선 맞은편 인도에 서 있는 유리는 우산을 쓰고서 접수처 앞에서 줄을 선 참배객들을 바라보고 있었다. 다부진 몸에 꽉 끼는 검은 상복을 입은 남자들이 줄을 서고 있었다.

임무를 수행하다가 순직한 경찰관들의 장례식이다. 원래는 그들을 더욱 성대하게 보내 주었어야 하건만……. 참배객들은 모두 그렇게 외치고 있는 것 같았다. 울분을 가슴에 담고서 그들은 참고 있었다. 자기들 SAT의 추태 때문에 경찰 전체가 곤경에 처했다는 부담감. 영광스러운 경시청 경비부의 역사에 씻을 수 없는 오점을 남겼다는 원통함. 지금은 자기들끼리 동료를 조용히 보내 줄 수밖에 없다고 여기는 듯했다.

차가운 빗줄기에 동화된 유리의 검은 정장 안으로 그들의 심정이 가차 없이 스며들었다. 몸을 부들부들 떨게 하는 이 한기가 짜증스럽고 괴로웠다. 일찍이 몇 번이나 맛봤다. 이 한기는 러시아에서만 느낄 수 있는 게 아닌 모양이었다.

역시 오는 게 아니었나? 빗속에 서서 다시 생각했다. 합동 장례식에 특수부 사람은 부르지도 않았다. 갈지 말지 엄청나게 망설였다. 결국 유리는 발걸음을 할 수밖에 없었다.

큰마음을 먹고서 접수 텐트를 향해 발을 내딛었다. 횡단보도를 건너 줄을 섰다.

앞에 서 있는 사람은 유족으로 보이는 몸집이 작은 노인이었다. 키가 유리의 3분의 2밖에 되지 않았다. 그래도 등을 꼿꼿이 펴고 있었다. 경찰관의 등이었다. 경찰관을 아들로 둔 아버지의 등. 유리는 한탄했다. 그리고 떠올렸다. 옛 동료들의 아버지를. 하나같이 똑같았다. 경찰관이 된 아들을 자랑스러워하며 여생을 살아가는 강건한 등. 유리의 아버지도 그랬었다. 사냥개는 태어났을 때부터 사냥개다. 경찰관도 그러한가? 인간이 경찰관이 되는 것이 아니라 경찰관의 자질을 타고난 자가 경찰관이 되는 것인가?

접수 텐트를 때리는 빗소리가 공연히 귀에 거슬렸다. 유리의 순서가 돌아왔다. 접수 일을 보던 젊은 남자가 곤혹스러워했다. SAT 대원인가? 눈동자가 푸른 백인을 보고 이내 특수부에서 고용한 용병임을 눈치 챘으리라. 혹은 현장에서 유리의 얼굴을 본 것인가?

그 남자는 뭐라고 하려고 했으나 옆에 있던 동료로 보이는 남자가 눈짓으로 제지했다. 유리는 아랑곳하지 않고 펜을 들어 이름과 소속을 일본어로 적고서 부의금을 밀었다. 주저하는 남자를 대신해 옆에 있던 동료가 아무 말 없이 받았다. 앞으로 나아가는 유리의 등 뒤에서 목소리가 들렸다.

"예법 하나는 잘 알고 있구만."

"자기가 일본 경찰이라도 된 것 같은가 보지?"

유리를 알아본 자는 다들 이맛살을 찌푸리며 동료의 소맷자락을 잡아당겼다. 서로 얼굴을 마주하고서 작은 목소리로 속닥거렸다.

경찰관이라는 족속은 근성까지 똑같은가? 유리는 멈추지 않고 계속 나아갔다.

식장 안에는 경시총감, 경찰청 장관을 비롯해 쟁쟁한 사람들이 모여 있었다. 밀장에 가까운 장례식이라고 해도 순직한 경찰관들의 합동 장례식에 지도부가 참석하지 않을 수는 없었으리라. 조직에서 온갖 행사들은 차질 없이 치러져야만 한다. 특히 조직이 위기 상황에 처했을 때에는.

강등된 사노 전 경비부 차장도 어딘가에 있으리라.

정면 단상에는 남자들의 영정이 꽃에 휩싸여져 늘어서 있었다. 가운데에 아라가키 반장의 얼굴도 있었다. 수염이 없어서 바로 알아보지 못했다. 몇 년 전에 찍은 사진인가? 정말 그 사나운 아라가키가 맞는가? 상상이 되질 않았다. 사진 속에는 긴장하며 웃고 있는 앳된 얼굴이 담겨 있었다.

그 사진을 보다가 문득 떠올랐다.

모스크바 민경의 경찰들이 모이는 술집에 걸려 있던 사진들.

늠름한 제복을 차려입은 그 준엄한 얼굴들. 가게 안에서 어깨동무를 하고서 보드카 병을 높이 쳐든 남자들의 웃음. 가게 앞에서 찍은 단체 사진. 레슬링 대회 때 찍은 기념사진. 사건 해결을 크게 보도한 신문기사 스크랩.

햇병아리 시절에 선배 형사와 함께 처음으로 그 술집에 발을 내딛은 유리는 모스크바 민경의 역사를 말해 주는 여러 사진에 눈길을 빼앗겼다.

그 사진들에 섞여 난로 위에 남몰래 걸려 있는 작은 사진이 있었다. 어느 시대에 찍은 것인지는 알 수 없었다. 빛바랜 옛날 사진이었다. 구식 제복과 제모를 착용하고 사명감과 책임감, 그리고 번쩍이는 자긍심을 가슴에 품고서 뺨을 부풀리고 있는 젊은이가 찍혀 있었다. 술집 창업자의 아들이라고 선배가 알려 주었다. 그 사진을 찍은 이듬해에 순직했다는 사실도.

아라가키의 영정은 그 젊은이의 얼굴과 닮았다.

지금까지 전혀 알아차리지 못했다.

일본인과 러시아인. 인종도, 시대도 전혀 달랐다. 하지만 두 사람은 닮았다. 적어도 유리의 눈에는 그리 보였다.

수염이 난 아라가키 반장이 줄곧 마음에 걸렸던 진짜 이유는 먼 옛날에 봤던 그 사진 때문인지도 몰랐다. 그 시절에는 자신 역시 푸르른 이상을 가슴에 한가득 품으면서도 앞으로 나아가야 할 불확실한 미래 때문에 벌벌 떨던 애송이였다. 앞줄 가장자리에 앉아 있던 남자가 유리를 돌아봤다. 사직한 히로시게 전 SAT 대장이었다. 그 눈빛에는 자기혐오와 열등감이 뒤섞여 있었다. 증오로 바뀐 감정을 유리에게 보내고 있었다. 히로시게는 이내 눈길을 돌려 버렸다. 복잡하게 굴절된 그의 증오는 끝없이 확대될 것이다. 경찰 전체에 퍼져 나가리라.

심란한 마음으로 유리는 식장 구석에서 행사를 지켜봤다.

동료의 영정을 쳐다보는 경찰관들. 고개를 푹 숙이고서 흐느끼는 유족 여성. 무슨 일이 벌어진지 모른 채 지루해하고 있는 어린아이들. 누군가가 죽은 이들의 숭고한 용기를 칭송하는 추도사를 읊고 있다. 몇 번이나 봤던 광경이었다. 다른 점은 자신만이 연대감의 고리에서 배제되어 있다는 것이다. 지금 자신은 식장에 섞여든 이물질에 불과했다.

참석자들은 전부 앞을 바라보고 있을 텐데도 주변의 시선이 온몸을 찔렀다. 도저히 배길 수가 없었다.

나직이 중얼거리는 목소리가 들렸다.

"우릴 감히 방패막이로 삼다니."

무심코 주변을 둘러봤다. 목소리의 주인은 알 수 없었다.

또다시 희미한 목소리가 들려왔다.

"자기가 경찰관인 줄 착각하고 있군. 들개인 주제에."

들개? 그 말이 맞다. 사냥개의 견사에 섞여든 들개다.

유리는 슬그머니 일어서 식장을 뒤로했다. 이번에는 또렷하게 들렸다.

"소금 뿌려, 소금."

이런 상황에서 '소금'이 무얼 뜻하는지 유리는 잘 안다.

접수 텐트 앞을 지났다. 아까 전과 다른 대원이 서 있었다. 홀로 나가는 유리를 아무 말 없이 전송하고 있었다. 그 시선이 등 뒤에서 느껴졌다.

빗줄기가 약해졌다. 하지만 더욱 으스스해졌다. 우산을 펼 마음도 들지 않아 유리는 비를 맞으며 역으로 걸어 나갔다.

역시 오는 게 아니었다.

5

펑지원이 평한 대로 유키타니와 나쓰카와는 '참으로 우수'했다.

"야카리와 접점이 있는 것으로 확인된 조직이나 개인 중에 과거 반년 이내에 '기모노'를 취급했던 업자는 다음 세 군데입니다. 베트남인 조직. 타이완 범죄자가 요시이파 잔당과 합류한 조직. 그리고 러시아인 실업가인 이고르 아르카데비치 이즈볼스키입니다."

오후 5시. 나쓰카와반이 보고했다.

"이즈볼스키라는 남자는 야카리의 유력 구성원이었던 아나톨리 이바노비치 파민친의 조카임이 확인됐습니다. 보석 상태로 상트페테르부르크에서 거주 중인 숙부와 현재도 연락을 주고받고 있는지는 알 수 없었습니다. 이즈볼스키의 직업은 무역상입니다. 삿포로와 도쿄에 사무실을 두고 있습니다만, 작년에 기모노 부품으로 전용할 수 있는 전자장치를 수출하려 했다는 혐의로 홋카이도 경찰에 체포됐습니다."

나쓰카와반의 구라모토 수사원의 설명에 맞춰 정면과 각자의 앞에 있는 단말기 디스플레이에 후덕한 중년 러시아인의 삼면 사진과 관련 자료가 표시되었다.

"이때는 사원 둘이 송치되었고, 이즈볼스키 본인은 체포를 면했습니다. 하지만 홋카이도 도경에서는 이즈볼스키가 대규모 밀수와 관계가 있는 것으로 확신하고 있습니다."

뒤이어 나쓰카와반 야마오 수사원이 일어섰다.

"다음으로 타이완인과 일본인의 합동 조직에 대해 말씀드리겠습니다. 현재는 설립 초기에 함께 했던 구舊 요시이파 조직원들은 모두 쫓겨난 상태입니다. 사실상 타이완인이 조직을 접수했습니다. 현재 자기들 조직을 류탄사流彈沙라고 자칭하고 있을 정도입니다. 자료를 봐 주십시오. 조직을 통솔하고 있는 인물은 순저웨이孫哲偉입니다. 타이완 흑사회 톈양멍天陽盟의 하부 조직의 일원으로 보입니다. 순저웨이를 제외하고 현재 밝혀진 구성원들의 얼굴과 전과, 그리고 취급한 것으로 추정되는 밀수품 목록은 대략 다음과 같습니다."

디스플레이에 몇 장에 달하는 목록이 떴다. 다양한 품목들을 보고 수사원들 사이에서 한숨이 새어 나왔다.

"보시다시피 현재 밀수업계에서 류탄사가 세력이 가장 크다고 할 수 있습니다. 조직범죄 대책부에서도 중요하게 관리하고 있는 모양입니다."

이번에는 나쓰카와반의 후나이 수사원이 보고했다.

"마지막으로 베트남인 조직에 대해 말씀드리겠습니다. 현재 판명된 구성원은 총 22명입니다. 업계에서는 신참에 속하는 업자입니다. 특정한 조직 이름도 없습니다. 일부러 이름을 짓지 않은 것으로 추측합니다."

남자들의 사진과 조직도가 디스플레이에 떴다.

"리더인 구엔민히엔을 비롯해 고닥토, 구엔딘즌 등 조직을 총괄하는 간부 다섯 명은 전부 전과가 없습니다. 4~5년 전에 합법적으로 입국했습니다. 일본에서 활동 기반을 닦아 놨으니 베트남에서 불법 입국자를 모아 조직을 확대할 것으로 보입니다. 야카리가 적발되기 반년 전부터 한 달 전에 걸쳐 구엔민히엔은 상트페테르부르크를 수시로 다녔습니다. 야카리와 흥정이 잘 되었다면 아마 이 시기쯤에 물건이 넘어왔을 테지요. 야카리가 적발된 뒤에 구엔민히엔이 러시아에 드나든 흔적은 찾아볼 수 없었습니다."

뒤이어 유키타니반의 고이즈미 수사원이 보고했다.

"나쓰카와반에서 보고했다시피 유통량은 류탄사가 월등합니다. 이에 비해 베트남인 조직은 규모가 영세합니다. 하지만 점유율은 작다고 해도 베트남인 조직이 기모노 유통 루트를 일부 확보하고 있는 것은 확실합니다. 작년에 고다이라시에 소재한 조직폭력단 관련 시설에서 여러 기모노 부품을 압수한 적이 있기에 조직범죄 대책부에서도 예의주시하고 있는 모양입니다. 하지만 입건은 하지 못했습니다. 현재까지 체포된 사람이 한 명도 없기에 업계 안에서는 신뢰를 받고 있는 모양입니다."

이어서 유키타니 주임이 보고했다.

"야카리와 관련이 없는 다른 밀매 경로도 계속 조사하고 있습니다만, 이쪽은 하나씩 막히고 있는 상태입니다. 현재로서는 수확이 없습니다. 모든 경로를 다 훑어보기까지 시간이 더 걸릴 것 같습니다."

오키쓰 부장이 기술반에게 질문했다.

"센다역에서 회수된 홉고블린과 제트보드는 타이완제라고 단정할 수 있겠는가?"

현재 빠질 수가 없는 작업을 지휘하고 있기에 결석한 스즈이시 주임을 대신해 시바타 기술관이 대답했다.

“아뇨, 가능성은 높다고 할 수 있겠지만, 다른 지역에서 밀조된 것으로 보이는 부품도 상당수 섞여 있습니다. 솔직히 말씀드려 단정할 수가 없습니다.”

“류탄사에 수사 인력을 집중하는 건 역시 현 단계에서는 어려운가…….”

오키쓰는 그렇게 중얼거리고서 명료하게 지시를 내렸다.

“기존 수사도 병행하면서 이고르 이즈볼스키, 타이완인 조직, 베트남인 조직을 감시하는 데 중점을 둔다. 나쓰카와반을 중심으로 수사 인원을 편성하고, 유키타니반은 나쓰카와반을 지원하면서 무기 밀매 시장 전체 동향을 파악해 주게.”

마지막으로 스가타 경부가 보고를 했다.

“역시 네빌은 일본에 있습니다.”

“확실한가?”

“예, 돈이 꽤 들긴 했지만.”

“정보료?”

“그렇습니다.”

“경리에게 청구서를 보내게.”

“괜찮겠습니까? 액수가 상당하다고요. 게다가 영수증도 없고.”

“필요하고, 또한 적정하다고 인정되면 지급한다. 그렇지 않으면 각하하면 될 일이지.”

미야치카가 불쾌하다는 투로 물었다.

"어이가 없군. 대체 어디서 정보를 샀다는 건가?"

"옛날 지인이지."

"지인? 설마 담합한 건 아니겠지?"

"그만 좀 해. 랭글리 사람이야."

"랭글리 사람?"

어리둥절해하던 미야치카가 이내 눈을 희번덕거리며 외쳤다.

"CIA를 이용했다고!"

"퇴직했으니 전직 CIA지."

다른 수사원들도 경악했다. 거대 정보 기관의 연줄을 이용했을 줄이야. 상상도 못 했다. 만약에 이것이 사실이라면 스가타에게 지불된 계약금이 얼마든 결코 비싸다고 할 수 없으리라.

모든 시선이 자신에게 쏠린 것을 느낀 스가타가 황급히 덧붙였다.

"오해하지 마. 어디까지나 개인과 개인 사이의 거래였어. 민간 경비 기업은 CIA가 하청을 준 일도 많이 받아서 해. 민간 경비 기업의 계약 사원, 즉 용병은 현지에서 클라이언트 측 담당자와 함께 임무를 수행하지. 중동에서는 하루 종일 얼굴을 마주해. 그래서 전직 CIA 요원은 많이 알아. 뭣하면 다른 국가의 정보 기관 출신자를 소개해 줄 수도 있어."

"자네의 친구는 다음에 소개를 받도록 하고, 이제는 네빌의 국내 소재지를 알아내야겠군."

오키쓰가 연기를 내뿜으며 말했다.

"계속해서 알아보겠습니다."

"이번에는 어디에 부탁할 작정이지? 전직 MI6?"

미야치카가 빈정거리자 스가타가 진지한 얼굴로 말했다.

"굳이 지명을 한다면 접선해 보지. 도쿄에 꽤 있다고 하니까."

"이제 됐어. 알겠다."

"아는 지인이 없어서 누군가의 소개를 받아야 돼. 사사로이 빚을 지고 싶지는 않으니 소개료를 지불하는 게 좋겠지. 그러면 경비가 꽤 들겠지만. 아, 그리고 흔히들 MI6라고 하는데, 정식 명칭은 SIS고……."

"알겠다고 했잖아!"

미야치카가 새된 목소리로 호통을 쳤다.

수사 회의가 끝난 뒤 나쓰카와반과 유키타니반은 서로의 역할 분담과 인원 편성을 확인한 뒤 비로소 해산했다.

마지막까지 남았던 두 반의 주임은 거의 같은 시각에 각자 퇴근했다.

청사 정문에서 우연히 유키타니와 맞닥뜨린 나쓰카와는 자연스럽게 그와 어깨를 나란히 하며 신키바역으로 걸어 나갔다. 두 사람 모두 키가 180센티미터 전후였다. 스가타 경부나 오즈노프 경부만큼 크지는 않지만, 경찰관 특유의 위압감도 풍기기에 나란히 걸으면 꽤 눈에 띌 터였다.

두 사람 모두 체격이 단단했다. 굳이 차이점을 든다면 나쓰카와는 근육질이고, 유키타니는 상당히 말랐다.

"나쓰카와, 넌 그 세 가지 경로를 어떻게 보고 있지?"

"뭐, 야카리와의 관련성을 생각한다면 러시아인이 가장 유력하다고 할 수 있겠지."

두 사람은 길을 걸으며 회의를 보완하듯이 의견을 나누었다. 그야말로 예단이고, 사견에 지나지 않지만, 단둘이 있을 때는 그런 이야기도 편하게 나눌 수 있었다.

"유키타니, 넌 어때?"

"지금까지 모은 정보로 미루어 보면 우선은 타이완인이 유력하지. 그다음은 베트남인. 이즈볼스키일 가능성은 가장 희박하다고 봐."

"왜?"

"기모노의 입수 경로를 보면 알 수 있지. 분명 러시아에서 홋카이도를 거쳐 들여오는 루트가 있긴 하지. 하지만 이번 범행에 쓰인 홉고블린의 부품 분석표를 보니 범인들은 아마 다른 경로를 이용했을 거야."

대체로 형사들은 알아낸 정보나 속내를 서로에게 잘 드러내지 않는다. 다른 동료를 따돌리고 범인을 검거하는 것이 이 직업의 동기부여로 작용하고 있을 정도다. 하지만 나쓰카와와 유키타니의 의식은 다른 형사들과 상당히 다르다. 특수부라는 독특한 환경이 소속 수사원들의 의식에 영향을 준 측면도 있겠지만, 그보다 두 사람은 스스로가 자각하는 것보다 훨씬 '진지'하다. 두 사람에게는 경찰 조직이나 수사 방향에 대한 공감대가 있다. 오키쓰의 권유를 받아들여 특수부에 들어가기로 결의한 것을 봐도 확연히 알 수 있다.

역 앞 로터리의 등불이 보일 즈음, 나쓰카와는 동료에게 권했다.

"저녁밥도 아직 안 먹었으니 가볍게 한잔 어때?"

나쓰카와는 오늘 밤에 서로 근무가 없다는 걸 미리 확인해 뒀다.

"글쎄."

유키타니는 잠시 생각하고서 말했다.

"상관없는데, 어디서?"

"'기노타' 어때?"

"기노타? 오랜만이군."

그는 정겨워하며 중얼거렸다.

두 사람은 신호등 바로 앞에서 왼쪽 샛길로 들어갔다. 골목 모퉁이를 세 번 꺾으면 협소한 잡거빌딩 1층에 자리한 허름한 일품요리점이 나온다.

'기노타'라고 적힌 노렌을 지나 카운터로 곧바로 향했다.

카운터석 이외에 탁자가 네 개밖에 없는 비좁은 가게 안에 다른 손님은 없었다.

"어서 오세요."

싹싹하게 인사하며 카운터 안에서 나온 40대 여주인의 낯빛이 두 사람을 보고 미묘하게 바뀌었다.

"밥 두 공기와 모듬회, 그리고 안주거리를 알아서 내주십시오."

나쓰카와가 주문했다. 유키타니와 둘이서 자주 왔을 때 꼭 먹는 코스였다.

경찰관이 모이는 가게는 정해져 있다. 어떤 특징이나 공통점이 있는지는 정확하게는 모르겠다. 분위기와 겉모습 말고도 입지나 주인과의 인연도 관련이 있다. 기노타는 그런 가게 중 하나였다.

"예."

여주인인 요시에는 무슨 까닭인지 무표정하게 고개를 끄덕이고서 냉장고로 향했다.

"정말 오랜만이군요."

"그렇습니까?"

나쓰카와는 반가워하며 말했으나 여주인은 역시 무뚝뚝하게 대꾸했다. 예전에는 성가실 만큼 '낫짱, 유키짱' 하고 말을 걸었었는데.

흥이 조금 깨진 나쓰카와는 유키타니의 얼굴을 쳐다봤다. 그래도 앞에 나온 맥주잔을 들며 건배했다.

"수고했어."

"수고했다."

두 사람은 단숨에 맥주를 비우고서 한 잔씩 더 주문했다.

체육인처럼 생긴 나쓰카와는 금세 볼이 붉어졌지만, 유키타니의 하얀 살갗은 더욱 하얘졌다. 하얀 얼굴에 영롱함이 더해져서 더 남자다워졌다.

"넌 참 좋겠어. 아무리 마셔도 얼굴에 티가 나질 않으니."

"그렇지도 않아."

"아니긴 뭐가 아냐. 술을 마셔도 일을 하러 나갈 수가 있고, 여자들이 싫어하지도 않지. 좋기만 하네."

"얼굴에는 티가 안 나도, 마음에는 티가 나."

유키타니가 불쑥 중얼거리자 나쓰카와는 자신이 너무 흥분했음을 깨달았다.

"미안."

"아니, 내가 잘못했어. 쓸데없는 소리를 했군……. 아, 닭똥집과 넙치회 좀 주십시오."

유키타니는 벽에 붙어 있는 작은 칠판을 훑어보며 주문했다.

"내가 쏘는 거야. 맛있게 먹어."

"서로 한턱내지 않기로 약속했잖아?"

"사양하지 마. 나도 먹을 거니까."

유키타니는 평소처럼 푸근하게 웃으며 말했다. 많은 부하들과 시민들이 흠모하는 웃음이었다.

나쓰카와는 알고 있다. 현재 여직원들의 인기를 시로키 경시와 양분하고 있는 유키타니가 경찰관이 되기 전에는 꽤 험악한 삶을 살았다는 것을.

두 사람 모두 온화한 미남이지만, 시로키는 천생 신사인데 비해 유키타니는 가끔 애달픔이 엿보였다. 자라 온 환경의 차이 때문이라고 나쓰카와는 남몰래 느끼고 있었다. 경찰 간부 시험 출신과 비출신의 차이가 아니었다. 엘리트 관료와 현장에서 갖은 고초를 겪는 형사의 차이도 아니었다.

선택받은 엘리트인 경찰 간부들은 당연히 인생에 봄바람만 불 것이라고 여길 만큼 나쓰카와는 세상 물정을 모르지 않는다. 경찰 관료는 경찰에서 압도적 다수를 차지하는 현장 경찰관이 상상조차 할 수 없는 고초(설령 그것이 국민을 지킨다는 경찰의 본분에서 괴리되어 있을지라도)를 강요받고 있음을 나쓰카와는 알고 있다. 얼핏 나약하게 비춰질 만큼 이상을 추구하면서도 가슴속에 굳건한 의지를 숨기고 있는 시로키 이사관을 나쓰카와는 우러러보고 있다.

시로키와 유키타니의 차이. 그것은 분명 인간의 본질에 뿌리박고 있는 무언가였다. 나쓰카와는 그런 생각을 하면서 맥주잔을 입으로 가져갔다.

나쓰카와는 남쪽 지방에서 자란 것처럼 보이지만, 실은 이와테현 출신이다. 한편 유키타니는 야마구치현의 시모노세키 출신이다. 중학교 시절부터 유도의 길만 걸어왔던 나쓰카와는 성격이 멧돼지처럼 저돌적이다. 그에 비해 유키타니는 늘 신중하고 견실하다. 성격의 차이는 수사에서도 뚜렷하게 드러난다. 이토록 다르기에 두 사람은 술잔을 기울일 만큼 의기투합했는지도 모른다.

"각오는 했지만 참 빡빡하군. 이번 사건이 특수하다고 해도 말이야."

카운터로 나온 넙치회를 간장에 찍으면서 유키타니는 그다지 힘들어 보이지 않는 투로 말했다.

"우리 녀석들은 진즉에 한계를 넘었어. 겨우겨우 해내고 있지. 나쓰카와, 너희 반은 어때?"

"우리? 우리 반에는 체력으로 버티는 데 이골이 난 당찬 녀석들뿐이야. 나가떨어지려면 아직 멀었어."

"반장과 닮은 건가?"

"그렇고말고. 하지만 사람이 부족한 건 사실이야. 그것만은 어떻게 좀 해 줬으면 좋겠군."

"부장님도 어떻게든 인원을 늘리려고 애를 쓰고 있지만, 여러모로 어려워 보여."

"부장님의 눈은 참 까다로우니까. 그 사람 눈에 차는 인재는 전국 경찰 중에 그리 많지 않을걸."

"그뿐만이 아니지."

유키타니는 목소리를 낮췄다.

"상부에서는 특수부의 규모를 더는 키우고 싶어 하지 않는 모양이더군. 오히려 축소시켜야 한다는 목소리가 있을 정도야."

"헛소리들을 하는군."

나쓰카와는 성을 내며 맥주잔을 내려 뒀다.

"이번 사안만 해도 우리가 수사1과보다 한두 걸음 앞서고 있잖아? 별로 인정하고 싶지는 않지만, 외부에서 온 용병 녀석들의 공적도 커. 범인들의 신원도 우리 드래군이 있었기에 밝혀낸 거잖아."

그때 미닫이문이 열리더니 여러 손님들이 떠들썩하게 들어왔다.

"오오, 자리가 있다, 있어."

뒤를 돌아본 나쓰카와와 유키타니의 얼굴을 보고 들어온 손님들은 입을 다물었다.

사복 차림이지만 모두 경찰관이었다. 개중에는 운동복을 입은 자도 있다. 다 합쳐서 일곱 명. 그 모두가 카운터석에 앉아 있는 두 사람을 응시하며 출입구 부근에 멀뚱히 서 있었다.

"뭐야, 고야마잖아."

나쓰카와는 그중 한 사람에게 말을 걸었다. 우람한 남자가 조용히 고개를 숙였다. 하지만 눈은 치뜬 채로 이쪽을 노려보았다.

"잘 지내나?"

"예, 뭐."

고야마라고 불린 운동복 차림의 우람한 남자가 낮은 목소리로 대꾸했다.

"어서 오세요. 자자, 어서들 앉으세요. 맥주부터 드려야지요? 곧바로 내드릴 테니, 자, 어서요."

황급히 뛰쳐나온 여주인은 일곱 손님을 탁자석으로 안내했다. 마치 다른 사람처럼 싹싹했다. 일곱 남자는 어쩔 수 없이 두 탁자에 나눠서 앉았다.

"아는 녀석인가?"

유키타니가 작은 목소리로 물었다.

"후배야. 고등학교 시절."

"고등학교라면 이와테현?"

"그래. 유도부에서 활동할 때 함께 인터하이까지 나갔었지. 내가 경찰관이 되니 저 녀석도 덩달아 경찰관이 되더군. 아마 지금 가쓰시카서 생활안전과 소속일 거야."

후배가 귀여워서 어쩔 줄 몰라 하는 말투였다. 나쓰카와는 살짝 창피했다.

하지만 고야마는 불온한 눈초리로 이쪽을 노려보고 있었다. 동행한 여섯 명도 마찬가지였다. 탁자에 나온 맥주잔에는 손도 대려 하지 않았다. 다들 귀와 손에 두터운 굳은살이 박여 있었다. 유도를 하고 있다는 걸 한눈에 알 수 있었다.

나쓰카와와 유키타니는 묵묵히 잔에 남은 맥주를 마셨다.

특수부 청사 말고도 신키바 일대에는 경찰 관련 시설이 여럿 있다. 경시청 항공대, 경시청 술과術科 센터, 경시청 무도관. 그리고 가장 큰 시설인 경시청 제7방면 본부가 있다. 이 지역에서는 일반 음식점에서 경찰관과 얼굴을 마주할 확률이 대단히 높다. 특수부 관계자는 당연히 그 사실을 알기에 평소에는 신키바에 있는 가게를 이용하질 않는다. 오늘 밤 나쓰카와와 유키타니는 방심했다고 할 수밖에 없다.

완전히 김이 빠진 맥주와 안주를 기계처럼 입에 넣고 있지만, 등 뒤로 일곱 사람의 시선이 따가울 만큼 느껴졌다. 가게 안은 불온한 공기로 가득해졌다. 여주인은 조리대에서 큰 접시에 회를 담으면서도 이따금씩 불안해하며 가게 안을 힐끔힐끔 쳐다봤다.

"나쓰카와 씨."

끝내 고야마가 일어섰다.

"뭐야?"

젓가락을 두고서 나쓰카와가 서서히 돌아봤다.

"미안하지만, 돌아가 주실 수 없겠습니까?"

"무슨 소리야?"

"여긴 경찰관 전용 가게라서."

"고야마, 이상한 소리를 하는군? 나도 경찰관이야."

"전 그렇게 생각하지 않습니다."

"그럼 난 대체 뭐지?"

"……."

"입이 없나? 말해 봐."

"배신자입니다."

고야마는 얼굴을 시뻘겋게 물들이며 단언했다. 다른 여섯 사람도 일제히 일어섰다. 의자가 요란하게 뒤집어졌다.

"선배, 아니, 나쓰카와 경부보님. 경부보가 됐지요? 계급이 올랐지요? 시험도 보지 않았죠? 당신네들은 출세를 위해서 동료를 버리고 나간 배신자죠?"

"이 새끼, 한 번 더 지껄여 봐."

나쓰카와가 앞으로 나가려고 하자 유키타니가 눈짓으로 제지했다.

고야마의 동료들이 버럭 외쳤다.

"다 들었어. 센고쿠에서 SAT보다 뒤늦게 돌입해 현장을 엉망으로 만들었다면서?"

"SAT를 방패막이로 삼았다는 소문도 있다고. 그래도 너희들이 경찰이냐?"

"부끄러운 줄 알아라."

고야마를 선두로 일곱 사람이 덤벼들었다.

"선배……."

고야마는 상기된 목소리로 말을 이었다.

"선배는 줄곧 제 목표였습니다. 선배가 유도를 하자고 권해 준 덕분에 제 인생은 바뀌었습니다. 아무 쓸모도 없던 제가 인터하이에서 상위권에 들어 고향 신문에도 실렸지요. 선배가 경찰이 됐다는 소리를 듣고 저도 경찰이 됐습니다. 그런데 대체 이게 뭡니까? 경찰은 다들 똑같이 고생하지 않습니까? 처우에 대한 얘기가 아닙니다. 수사를 할 때도 특수부만은 맨날 예외가 통합니다. 그런 게 어딨습니까? 다들 애써 지켜 온 규칙도 어기기 일쑤고, 관할을 지키지 않고 허구한 날 월권을 하고. 특수부는 뭐든 해도 됩니까?"

"고야마!"

"옛날에 선배는 그런 사람이 아니었습니다. 언제나 동료들을 생각하는 사람이었습니다. 당신은 이제 그 옛날의 나쓰카와 선배가 아냐."

"고야마, 이 자식!"

얼굴을 시뻘겋게 물들이며 주먹을 불끈 쥔 나쓰카와보다 먼저 유키타니가 앞으로 나왔다.

"하고 싶은 말은 그뿐인가?"

그의 하얀 얼굴이 하얗다 못해 파래졌다.

나쓰카와는 야단이 났다는 걸 직감했다. 평소와 다른 유키타니가 나왔다…….

"그만해, 유키타니."

"존경하는 선배한테 배신당했다? 어리광 좀 그만 부리지? 나쓰카와의 꽁무니만 졸졸 따라간 것 같은데, 네놈은 나쓰카와의 등조차 똑바로 보지 못한 것 같군."

유키타니가 갑작스레 위압스럽게 말하자 고야마는 약간 겁을 먹은 것 같았다. 하지만 이내 정색하고서 대들었다.

"당신이 뭘 알아?"

"잘 알지. 응석만 부리는 꼬맹이들은 하나같이 면상이 똑같거든. 지금 네 얼굴이 딱 그래."

"뭐라고!"

일곱 경찰관이 격앙했다.

"네놈들의 그 어리숙한 생각이 경찰을 좀먹고 있는 거라고. 이제 현실을 깨닫는 게 어떠냐?"

"이 녀석!"

고야마가 유키타니의 옷깃을 잡았을 때…….

"그쯤 해 둬!"

뒤에서 소리가 들렸다.

어느새 들어왔는지 미닫이문 안쪽에 몸집이 작은 초로의 남자가 서 있었다.

"이와 선생님……."

놀란 나쓰카와가 목소리를 높였다.

"이제 그만들 해라. 너희들이 난동을 부리면 이 작은 가게는 박살이 나 버릴 거다."

고야마는 맥없이 탁자로 돌아갔다.

유키타니는 냉엄한 표정을 풀지 않고 갑작스레 나타난 남자를 지그시 쳐다보았다. 이윽고 그는 고개를 깊이 숙였다.

"오랜만에 뵙습니다. 숙부님."

"숙부가 아니지."

"오랜만에 뵙습니다. 이와이 계장님."

초로의 남자…… 경시청 경무부 교양과의 이와이 신스케 경부는 유키타니의 숙부였다.

"너희에게 할 얘기가 있다. 계산은 내가 할 테니 밖에서 기다려."

유키타니와 나쓰카와는 순순히 고개를 끄덕였다. 두 사람은 여주인에게 묵례를 하고서 가게를 나갔다.

나쓰카와가 미닫이문을 닫으려고 했을 때 가게 안에서 이와이가 젊은 경찰관들에게 호통을 치는 모습이 보였다.

"네놈들은 나중에 쪼아 줄 테니 그때까지 여기서 얌전히 기다려."

고야마를 비롯한 경찰관들은 초등학생처럼 몸을 움츠리고서 고개를 푹 숙였다.

"이와이 씨, 정말 살았습니다."

마지막에 여주인이 안도해하며 내쉰 한숨 소리가 들렸다.

이와이는 유키타니와 나쓰카와를 데리고서 신키바역 앞에 있는 패밀리레스토랑에 들어갔다.

"커피 셋."

여종업원에게 신속하게 주문을 마친 이와이에게 나쓰카와는 다시 고개를 숙였다.

"오랜만입니다. 이와 선생님. 정정하셔서 다행입니다."

"오냐."

옛날에 나쓰카와는 경찰 유도 대회에 출장했을 때, 유도 지도실의 수석 사범이었던 이와이의 눈에 들어 지도를 받은 적이 있었다. 올림픽을 염두에 둔 특별 지도였다. 선발에서 떨어지긴 했지만 나쓰카와에게 이와이는 은사였다.

한편 유키타니는 앞에 나온 커피에 손도 대지 않은 채 줄곧 고개를 숙이고 있었다.

"아까 기노타에서 나올 때 여주인이 내게 부탁을 하더구나. 너희 두 사람이 가게에 오지 못하게 말해 달라고."

원래 기노타는 이와이가 데리고 가서 처음 알게 된 가게였다.

"너희들 입장에서는 매몰찬 얘기다만 여주인의 말도 맞다. 잘 알지? 거긴 경찰들 덕분에 유지가 되는 가게다. 특수부 사람이 얼굴을 내밀면 다른 경찰관들은 얼씬도 하질 않아. 그 가게의 입장에서는 사활이 걸린 문제지."

"하지만 이와 선생님……."

이와이는 반론하려는 나쓰카와를 막았다.

"아까 그 소동이 좋은 예다. 난 지금도 유도 지도원을 하고 있지. 오늘 밤도 젊은 녀석들을 무도관 도장에 모와서 훈련을 시키고 왔다. 땀을 적당히 흘리고서 녀석들한테 먼저 기노타에 가 있으라고 했는데……. 때가 좋질 않았구먼."

"면목 없습니다."

"이봐, 나쓰."

"예."

"고야마가 네 후배라고?"

"예. 마음이 착한 녀석입니다."

"동시에 마음이 좁은 녀석이지. 그렇지?"

"예."

"녀석의 처지에서 생각해 봐라. 특수부 주임님의 후배라는 이유만으로 가쓰시카서에서 처지가 난처해졌다."

"처지가 난처해졌다고요?"

"확실히 말해 줘야 알겠나?"

이와이는 한숨을 가볍게 내뱉고서 말을 이었다.

"서에서 괴롭힘을 당하고 있다."

"이럴 수가……."

어린애들의 이야기가 아니다. 어엿한 어른의 세계다. 그것도 법과 질서를 지키는 경찰의 이야기. 그곳에서 음습한 괴롭힘이 자행되고 있다.

그게 바로 경찰임을 나쓰카와는 진절머리가 날 만큼 잘 안다.

"그 녀석은 집단 안에서만 살아갈 수 있다. 경찰관은 다들 그렇지. 그렇기에 경찰은 돌출 행동을 용납하지 않는다. 나쁘게 말해서 모난 돌은 정을 맞는다는 게 경찰의 규칙이다. 좋게 말해서 서로서로 돕고 사는 게 경찰이라는 거지. 그쯤은 너도 잘 알 것 같은데?"

"잠시만요."

유키타니가 고개를 들었다.

"후배를 위할 줄 아는 나쓰카와가 왜 비난을 받아야만 합니까? 비난받아야 할 사람들은 가쓰시카서 녀석들이겠지요."

"이봐……."

나쓰카와는 옆에 있는 동료를 쳐다봤다.

청소년 시절, 비행을 저지르던 유키타니를 갱생시킨 사람이 다름 아니라 숙부인 이와이라고 들었다. 또한 그 연유로 유키타니가 경찰관의 길을 택했다고도 들었다.

"시로, 너도 지금은 경부보군. 유키타니 시로 경부보, 난 솔직히 말해서 낙담했다. 난 네가 특수부에 들어갈 줄은 생각도 못 했다. 단호히 거절할 줄로만 알았지. 그건 거부하는 게 경찰로서 옳았다. 실제로 수사 2과의 사사하라, 너도 알지? 그 녀석은 특수부에 들어오겠냐는 요청을 딱 잘라 거절했다며 본청에서 아주 으스대더구나. 또한 다들 경찰관의 귀감이라며 우러러보고 있지."

"그게 뭐 어떻다는 말입니까?"

"난 네가 훌륭한 경찰관이 돼 주길 바랐을 뿐이다."

"저희가 훌륭하지 않다는 말입니까?"

"당연하지. 어디서 굴러 들어온 말 뼈다귀인지 모르는 놈들이 경찰수첩과 총을 들고 설치지 않느냐. 아무리 법이 바뀌었다고 해도……."

"바뀐 건 법뿐만이 아닙니다. 세상입니다. 이 세상에 있는 범죄와 사람의 마음이 바뀌었습니다."

"궤변 늘어놓지 마라."

이와이가 일갈하자 유키타니는 입을 다물었다.

나쓰카와는 두 사람의 대화를 조마조마 지켜봤다.

유키타니는 고지식하고 거친 경찰관인 숙부에게 갚을 길 없는 은혜를 입었다. 또한 마음속으로 존경하고 있었다. 그러한 숙부가 자신의 심정을 이해하질 못하고 호통을 쳤으니 마음이 복잡할 터였다.

나쓰카와도 마찬가지였다. 이와이는 자신의 자질을 높이 사 주고, 단련시켜, 선수 후보에 추천해 주었다. 유도가로서의 실력과 인덕을 겸비한 이 은인에게만은 도저히 대들 수가 없었다.

"듣거라. 난 인사과 사람이 아니지만, 같은 경찰이니 얘기는 듣고 있다. 인사과 녀석들은 특수부가 어떤 공적을 세워도 승진은커녕 표창장도 줄 수 없다, 기필코 묵살시키겠다고 씩씩대고 있다더구나. 너희는 남들보다 빨리 출세하고자 특수부에 들어갔는지 모르겠다만, 그 기대가 빗나간 것 같구나. 더 성가신 건 인사1과의 감찰이다. 녀석들은 너희들이 실수를 하기를 벼르고 있다고 한다. 주차 위반이나 노상방뇨는커녕 길거리에서 담배를 피우는 것도 위험할 정도야."

"숙부님, 아니, 이와이 계장님."

"거기에 있어 봤자 미래는 없다. 어차피 상부의 상황이 바뀌면 언제든 폐지될 거다. 경무부장도 그러더구나. 지금도 늦지 않았다. 어서 돌아오거라, 시로. 나쓰, 너도 마찬가지야. 인사과에는 내가 어떻게든 얘기를 해 두마. 그러면 너희들에게 해가 되는 일은 없을 게야."

"……."

"특수부에서 나오면 어딜 가든 좌불안석이겠지만 걱정하지 마라.

사람들은 금세 과거를 잊어버릴 게야."

"부장님께서 그러시더군요."

"부장?"

"우리…… 특수부 오키쓰 부장님 말입니다."

유키타니는 눈을 치뜨고서 숙부를 쳐다봤다. 평소와 달리 그의 하얀 얼굴은 차갑게 얼어붙었다.

"시로, 그 얼굴은 뭐냐. 마치 옛날의……."

"부장님께서 그러셨습니다. 경찰은 동맥경화에 걸렸다고. 전 완전히 동감하지 않습니다. 지금도 마찬가지죠. 동맥경화가 아닙니다. 일본 경찰은 치매에 걸린 겁니다. 제 자신의 임무가 무엇인지, 무얼 우선해야 하는지 몽땅 잊어버렸단 말입니다."

만 엔짜리 지폐를 탁자에 놓아 두고서 유키타니는 일어섰다.

"막차가 올 시간이라 이만 실례합니다. 오랜만에 뵐 수 있어서 좋았습니다. 이와이 계장님."

유키타니가 목례를 하고서 잰걸음으로 가 버리자 나쓰카와도 일어섰다.

"이봐, 유키타니."

그는 당황해하며 이와이에게 고개를 숙였다.

"저도 실례하겠습니다. 얼굴만 봐서는 모르시겠지만, 저래 봬도 오늘 꽤 취했습니다. 제가 술을 먹였습니다. 부디 용서해 주십시오."

씁쓸해하며 커피 잔을 든 이와이를 남겨 두고 나쓰카와는 동료의 뒤를 쫓아갔다.

"이봐, 잠깐, 유키타니!"

게이요선 신키바역 플랫폼에서 나쓰카와는 침울해하는 유키타니의 옆에 나란히 섰다. 그의 표정도 침울해 보였다.

"미안하군. 집안 얘기에 휘말리게 해서."

겸연쩍은지 유키타니가 사과했다.

"개의치 마. 이와 선생님은 내게도 가족 같은 분이야. 애당초 그건 집안 얘기가 아냐. 우리 이야기, 아니, 경찰 전체의 이야기였어."

"그렇군."

"더욱이 이와 선생님께서는 우리를 걱정해 준 거야."

"그래서 분한 거야. 여러모로."

유키타니는 그렇게 중얼거리고서 갑자기 화제를 바꾸었다.

"네 후배 일은…… 신경 쓰지 마."

"고야마? 아아, 괜찮아. 면전에서 당돌한 소리를 늘어놓는 건 어찌어찌 참았는데. 어쩐지 내가 정말로 경찰 동료들을 배신한 것 같아서…… 녀석의 말도 이해가 되고……."

"나쓰카와!"

"알고 있어. 괜찮다고 했잖아."

"그럼 됐지만……."

"고야마는 말이야. 저래 뵈어도 근본은 순수하고 귀여운 녀석이야. 유도부 시절 때도 남들보다 곱절로 진지하게 연습에 임했었지. 녀석도 언젠가 알아줄 거야. 우리가 경찰관으로서 해야 할 일을 한다면 분명 알아줄 거라 믿는다."

유키타니는 잠자코 어둠이 깔린 선로를 쳐다봤다.

그는 한동안 무언가를 생각하다가 문득 몸을 돌려 동료에게 말을 걸었다.

"이봐, 나쓰카와."

"왜?"

"내 얼굴…… 지금은 어떻게 보이지?"

유키타니의 진지한 얼굴을 나쓰카와는 지그시 쳐다봤다.

"늘 보는 경찰관의 얼굴."

유키타니는 안도했다.

"다만 결점을 말하자면……."

나쓰카와가 이어서 말했다.

"너무 예쁘장하게 생겨서 폭력단 녀석들이 척 보자마자 얕잡아 볼 것 같군."

"그건 나도 어쩔 수가 없어. 네 그 우락부락한 얼굴이 참 부러워."

플랫폼으로 미끄러지듯 들어온 게이요선 전철의 소음이 두 사람의 웃음을 지워 버렸다.

6

"이 자식, 대체 무슨 꿍꿍이냐!"

광대뼈가 불거진 거뭇거뭇한 중국인이 백인 장교의 멱살을 잡았다.

"뭐하는 거야. 이거 못 놔!"

호주 군대 제복을 입은 장교가 시뻘게진 얼굴로 저항했다.

"감히 우리한테 장난질을 해!"

중국인이 조잡한 영어로 외쳤다.

무전기에서 들렸던 그 목소리였다.

불과 한 기의 지원군 덕분에 기세를 되찾은 외인부대는 격전 끝에 게릴라를 격퇴하는 데 성공했다.

커다란 철봉을 휘두르던 쿠이나크의 조종사는 역시 왕푸궈였다.

기체에서 내린 스가타는 살아남은 병사들을 향해 한 손을 들어 보였다.

저 사람이…… 저 사내가…… 아아, 맞아…… 디아볼루스야…… 틀림없어, 소문대로야…… 아냐, 소문 이상의 실력이야…….

살아남은 병사들이 저들끼리 속닥거렸다.

왕푸궈만이 아무 말 없이 스가타를 쳐다보고 있었다.

지원군인 다국적 치안부대가 도착한 건 그때였다.

"전투 경위를 보고서로 작성해 보고해라. 부차적인 피해도 상세히 적도록. 책임자의 이름과 발언 내용을 명확하게 기입하는 것도 잊지 마라."

치안부대의 호주인 지휘관이 태연하게 말했다. 뒤늦게 왔으면서 해명도 하지 않고, 적을 격퇴한 병사들에게 경례도 하지 않았다. 그들을 군인으로 보지 않는 것이다. 전장을 어슬렁거리는 하이에나처럼 취급하고 있었다. 정규군이라면 모를까, 하이에나를 상대로 체면을 차릴 마음조차 없는 모양이었다.

'부차적인 피해'는 전투에 휘말린 민간인 사상자를 의미하는 군사 용어였다. 호주인이 신경 쓰는 건 국제적인 비판뿐이었다.

애당초 다국적부대는 동티모르군의 상부 조직도 뭣도 아니었다. 외인부대에게 보고를 하라고 명령을 내릴 수가 없었다. 호주인 지휘관의 언동에서는 동티모르 전체를 얕잡아 보는 오만함이 느껴졌다. 그리고 그들은 그런 기색을 숨기려고도 하지 않았다. 진짜 전장은 언제나 매스컴이 잡는 카메라 프레임 밖에 존재했다.

"웃기는 소리 마!"

왕푸궈가 격앙하며 달려들었다.

"우린 다 알아. 네놈들이 일부러 늦게 왔다는 걸!"

"트집 잡지 마라!"

상대가 험악하게 대들자 지휘관은 멈칫했다.

트집이 아니겠지. 스가타는 속으로 중얼거렸다. 지원을 요청받은 시점에서 다국적군은 스가타보다 먼저 도착해야만 하는 위치에 있었다.

다국적 치안부대라고 해도 주력은 호주군이었다. 다른 참가국은 말레이시아, 뉴질랜드, 포르투갈. 하나같이 동티모르의 자원에 눈독을 들이는 대머리독수리들이었다. 유엔의 통제 따윈 없는 거나 마찬가지였다. 늦게 도착한 이유 따윈 얼마든지 날조할 수 있었다. 그들은 이미 수많은 민간인이 다치거나 죽은 전장에 들어갔다가 티끌만 한 책임이라도 물을까 봐 회피한 것이다. 쓸데없는 소모전은 동티모르 정부가 멋대로 고용한 외인부대에게 맡기면 된다. 어떻게든 책임을 회피하고, 손실을 최소화하면서 동티모르 정부에 대한 발언력을 유지하는 것이 호주…… 이 지휘관의 바람일 것이다.

"그만해. 푸궈."

"진정해, 형!"

동료 용병들이 황급히 만류했다. 그중 한 사람은 왕푸궈의 동생인 모양인지 얼굴 생김새가 무척 닮았다.

"넌 미쳤어!"

"머리 좀 식혀!"

호주군 병사들도 두 사람을 떼어 놓으려고 했다. 하지만 지휘관의 멱살을 잡은 왕푸궈의 완력과 집념은 무시무시했다.

거뭇거뭇한 얼굴과 핏발이 선 눈. 강렬한 인상이었다.

"이봐, 아군끼리 쓸데없는 싸움은 그만두라고."

짐짓 느긋한 목소리로 타이르며 스가타는 두 사람 사이에 끼어들었다.

"가만히 있어도 더운데 왜 힘을 빼고 있어? 적당히 하고 나랑 맥주나 마시자고."

스가타는 왕푸궈의 팔을 붙잡았다.

퍼뜩 놀란 왕푸궈는 핏발이 선 눈으로 스가타를 쳐다봤다.

스가타는 한 손으로 그의 팔을 쥔 채 강렬한 시선을 정면으로 받아 냈다.

병사들이 숨을 삼키며 두 사람을 주시했다. 그때 왕푸궈가 서서히 힘을 뺐다.

“내 말을 알아줬나? 그거 다행이네.”

스가타는 여전히 느긋해 보였다.

“당장 놔! 이 멍청이가!”

지휘관이 왕푸궈의 손을 홱 뿌리쳤다. 그런데 그 순간 그의 몸이 갑자기 힘을 잃었다.

쓰러지기 직전에 스가타가 겨우 부축했다.

“어라? 왜 이래? 정신 차려 보쇼.”

지휘관은 흰자위를 드러내며 의식을 잃었다.

“야단났구만. 이거 열사병이야. 이렇게 더우니 그럴 수밖에……. 이봐, 나 좀 도와줘. 너희들 대장이잖아?”

호주군 병사에게 기절한 지휘관을 맡기고서 스가타는 용병대를 돌아봤다.

“자, 빨리 철수해서 맥주나 마시자. 맥주 값은 네빌 대위님 앞으로 달아 놓고 말이야.”

용병들이 아무 말 없이 스가타를 응시하고 있었다.

“왜 그래?”

“너, 아까 녀석의 급소를 팔꿈치로 쳤군.”

왕푸궈가 입을 열었다.

“글쎄? 잘못 봤겠지.”

스가타가 얼버무리자 다른 용병들도 이구동성으로 말했다.

"잘못 보지 않았어. 나도 똑똑히 봤어."

"나도."

"거길 찔렸으니 지옥을 맛보겠구만. 그 호주 놈, 사흘 동안은 소변도 못 누겠어."

왕푸궈의 동생인 왕푸더가 흥분해하며 말했다.

"호주 녀석들은 아무도 눈치 채지 못했어! 대단해. 그렇게 전광석화처럼 갈기다니!"

스가타는 곤혹스러운 척을 하며 변명했다.

"그쯤 해 둬. 난 중재를 하러 끼어들었을 뿐이야."

그러고는…… 히죽 웃어 보였다.

"쭉정이 같은 그 호주 놈은 이 더위 속에서 느긋하게 진군했기에 열사병에 걸린 거야. 침대 위에서 오줌을 질질 싸든 말든 내 알 바 아냐."

용병들이 깔깔대며 웃었다. 지금까지 험악한 인상을 풀지 않았던 왕푸궈까지도. 그리고 그는 스가타를 향해 손을 내밀었다.

스가타는 그 손을 잡고서 힘을 주었다.

병사들이 환호를 질렀다.

왕푸더는 자랑스럽다는 듯이 형과 스가타의 얼굴을 번갈아 쳐다봤다.

오후 8시. 특수부 청사 회의실. 나쓰카와반 구라모토 수사원이 보고했다.

“러시아 무역상인 이고르 이즈볼스키를 더 조사해 봤습니다. 폐품 재활용업으로 업종 변경을 꾀하고 있었습니다. 구린내가 나긴 하지만 합법입니다. 전자장치 수출규제법을 위반해 심복 둘이 체포되어 위축된 이즈볼스키가 밀수업을 접기로 한 것 같습니다. 적어도 현재 이즈볼스키에게는 기모노나 중화기를 국내로 들여올 만한 힘이 없습니다. 홋카이도 도경이 완전히 잘못 짚은 것 같습니다.”

나쓰카와반 후나이 수사원이 보고했다.

“베트남인 조직은 현재 눈에 띄는 움직임이 없습니다. 그저께 불법 체류로 시부야서에서 체포된 말단 구성원 둘은 여전히 입을 다물고 있습니다. 현재 구엔민히엔을 비롯한 중심 구성원은 조용합니다.”

나쓰카와 주임이 보고했다.

“순저웨이를 비롯한 류탄사의 주요 간부들은 어제 타이완에서 온 여행자 두 명과 도쿄 프린스 호텔에서 만났습니다. 이름은 린뒨카이林敦凱, 탕옌쉰湯彦勳입니다. 타이완 당국에 신원을 조회해 봤더니 두 사람 모두 톈양멍 하부 조직의 구성원으로 밝혀졌습니다. 밀거래를 시도할 가능성이 있어서 현재 감시 중입니다.”

유키타니 주임이 보고했다.

“류탄사와 베트남인 조직이 과거에 거래했던 품목과 거래처는 표를 참고해 주십시오. 둘 다 중화기를 많이 거래해 왔습니다. 그리고 두 조직이 과거에 기모노 및 관련 부품, 옵션 장비도 취급했는지 현재 조사하고 있습니다. 두 조직 모두 혐의가 농후합니다. 그래서 이번 범행에 쓰인 홉고블린을 어느 쪽에서 조달했는지 현시점에서는 특정하기가 어렵습니다."

오키쓰 부장이 지시를 내렸다.

"러시아 무역상이 조달처일 가능성은 없다고 봐야겠군. 이제는 류탄사와 베트남인 조직에 수사를 집중한다."

스가타가 보고했다.

"그쪽에서 전화가 왔습니다."

수사원 모두가 또 어리둥절해했다.

미야치카가 무심코 되물었다.

"저쪽? 설마?"

"네빌 말이야. 불과 한 시간 전에. 내 개인 휴대전화에 전화를 걸었더군. 내가 자길 찾고 있다는 걸 들은 모양이야. 뭐, 내 연락처는 업계에서 아는 사람이 많으니 알아내기 그리 어렵지는 않겠지만."

"네가 내탐하고 있다는 걸 눈치 챘나?"

"그래. 녀석의 주변에 아주 촘촘한 정보망이 있는 모양이야. 나도 어설프게 들쑤신 기억이 없는데, 녀석 쪽이 한 수 위였어."

"그게 무슨 헛소리야?"

"그보다 스가타 경부."

시로키는 씩씩거리는 미야치카의 말을 끊었다.

"네빌이 무슨 용건으로 전화를 했나?"

"한번 만나자고 하더군."

"자네는 어떻게 대답했지?"

"좋다고만 했지. 달리 떠오르는 말이 없었어."

"그래서 네빌은?"

"내일 12시에 요코하마 로열 파크 호텔의 스카이라운지에서 보는 게 어떠냐고 하던데."

"그래서 자네는?"

"좋다고 했지."

"그 말만 했나? 무언가를 더 캐 봐야겠다는 생각은 하지 않았나?"

미야치카가 질책했다.

"내가 입을 나불거리면 나불거릴수록 상대방에게 정보만 주게 돼. 허세를 부릴 만한 여유도 없었고."

"다시 전화를 걸어서 다른 날짜와 시간을 지정해야겠군……."

"그건 '함정을 파야 하니 잠시만 기다려 주세요.' 하고 말하는 꼴이잖아. 그랬다가는 접촉을 끊을 거다."

"스가타 경부의 판단은 틀리지 않았다. 갑작스런 상황이라 달리 대응할 수가 없었겠지."

오키쓰가 서서히 개입했다.

"그자의 요구를 받아들일 수밖에 없어. 우리 입장에서는."

"네빌도 그리 읽었기에 스가타 경부와 직접 접촉을 시도한 게 아닙니까?"

시로키가 그렇게 말하자 미야치카도 동조했다.

"부장님, 수사원을 호텔에 깔아 놨다가 임의로 끌고 오는 게 어떻겠습니까?"

"현 단계에서 아무런 혐의도 없는 일개 외국인을 참고인으로 끌고 올 수가 없네. 설령 범죄자임이 확실하더라도 말이야. 감시를 하고 싶지만, 장소까지 지정해 놓고 순순히 미행을 당할 만큼 어수룩하지도 않겠지……. 스가타 경부, 네빌이 또 무슨 말을 했나?"

"그립다고 했습니다. 서로 골치 아픈 얘기는 하지 말고 옛날 얘기나 하자고."

"자네는 그러자고 대답했겠군."

"그렇습니다."

"그럼 기껏 교분만 쌓고 오겠구만."

"그래야겠지."

그때 시로키가 놀라며 물었다.

"부장님께서는 스가타 경부에게 맡길 생각이십니까?"

"우리로서는 네빌과의 접촉을 유지하는 게 최선이다. 상대의 목적을 알지 못하니 우선은 어떻게 나오는지 지켜볼 수밖에 없다."

"하지만 부장님."

"현재 나쓰카와반과 유키타니반은 힘에 겨운 상황이다. 더 이상 인원을 뺄 수가 없어……. 라드너 경부, 오즈노프 경부."

"예."

두 사람이 동시에 대답했다.

"스가타 경부와 동행해 네빌을 감시하도록. 눈치 채지 못하도록 거리를 둬야 한다. 뭐, 저쪽도 스가타 경부가 혼자 올 리가 없다고 생각하겠지만. 내일은 그저 접촉만 한다. 물리력은 행사하지 말게."

"예."

"그리고 라드너 경부. 크리스토퍼 네빌에 관한 자네의 견해를 듣고 싶군."

라이저가 담담하게 대답했다.

"파일을 봤습니다만, 스가타 경부의 말대로 전형적인 퇴물 군인으로 보입니다. 행동 패턴, 발상을 살펴보니 테러리스트는 아닙니다. 하지만……."

"하지만, 뭔가?"

"패턴에서 벗어난 작전 행동을 좋아하는 경향이 있습니다. 예전 직장에서는 이런 유형을 '늙은 여우'라 불렀습니다."

예전 직장…… IRF.

스즈이시 주임이 흠칫 떨며 고개를 들었다.

"늙은 여우라. 역시나."

스가타는 태평하게 중얼거렸다.

7

이튿날은 일요일이었다. 가을 하늘은 청명하고 부드럽다. 요코하마 랜드마크 타워에 도착한 스가타는 지정된 시각에 70층 스카이라운지로 곧장 향했다.

먼저 와 있던 유리는 출입구 근처 탁자석에서 영자신문을 펼치고 있었다. 내부에는 외국인 손님도 많아서 유리는 지극히 자연스레 주변과 녹아들었다. 라이저는 엘리베이터 홀 부근에서 대기 중이었다.

네빌은 창가석에 있었다. 턱수염을 기른 중년 신사. 회색 수염을 애지중지 쓰다듬고 있었다. 흔한 셔츠에 눈에 띄지 않는 브라운 재킷 차림이었다. 관광객으로도, 비즈니스맨으로도 보였다. 반대로 말하자면 그 어느 쪽으로도 보이지 않았다.

그는 스가타를 보고 일어섰다.

"잘 와 줬다. 잘 지내나 보군?"

"당신도."

둘 다 영어로 말했다. 악수는 하지 않았다. 종업원이 다가오자 스가타는 냉커피를 주문했다.

"그거 알아? 아이스 커피는 100년 전에 고베에서 발명됐다고 해. 일본에서 카페에 들어가면 난 대개 이 녀석을 시켜 먹어. 다른 나라에서는 메뉴판에도 실려 있지 않으니까."

"그거 재밌군."

흥미가 없는지 건성으로 맞장구를 치고서 네빌은 진저에일이 담긴 잔을 기울였다. 이 시간에 바 카운터는 아직 영업을 하고 있지 않았다.

"마지막에 언제 봤었더라?"

"5년 전 하노버."

스가타가 곧바로 대답했다.

"무기 박람회에서 봤었지."

"그랬지. 분명 넌 솔저 네트워크의 이사라고 했었지."

"맞아, 당신은 나이츠 아머먼트의 부스를 기웃거리고 있었지."

"잘도 기억하는군."

"그쪽이야말로 아직은 노망이 들지 않은 모양이야?"

두 사람은 동시에 웃음을 지었다. 옆에서 보면 친한 친구 사이로 여기리라.

"넌 그 무렵부터 이미 SNS 최고의 추천 상품이었지, 스가타."

"그런가? 떨이 상품이 아니라서 다행이네."

"국제 용병 중개 조직, 솔저 네트워크 서비스. 널리 알려지지는 않았지만, 단순한 용병 파견회사처럼 보이지. 하나 꽤 흥미로운 일을 하고 있는 것 같더군. 국제 군사 시장이 어떻게 돌아가는지 내 알 바 아니지만."

"오호, 난 단순한 직업 알선소로 알고 있는데."

"넌 여전하군. SNS 간부와 절친한 네가 모를 리가 있겠나."

"솔저 네트워크가 어떻게 돌아가는지 알고 싶으면 인터넷을 들여다보라고. 요즘에는 업자들마다 사이트나 블로그를 개설해서 전쟁이 얼마나 유망한 비즈니스인지 친절하게 설명해 주더라."

"난 전쟁 업계에 복귀할 생각이 없어. SNS 사이트도 흥미 없어."

네빌의 잔 속에서 얼음이 까랑, 하고 무너지는 소리가 났다.

스카이라운지에서는 저 아래 펼쳐진 요코하마항이 훤히 보였다. 하늘에는 구름 한 점 없었다. 쾌청해서 보소 반도까지 훤히 보였다.

"전망이 좋군."

네빌이 창밖으로 시선을 돌렸다.

"정말 그러네."

스가타는 앞에 나온 잔을 들면서 맞장구를 쳤다.

"듣자하니 넌 지금 일본 경찰과 계약했다고 하던데?"

"그래."

"조건은 괜찮나?"

"뭐, 그럭저럭."

"그 지하철역 사건은 전 세계가 보도를 했지. 사살된 범인이 왕푸더라면서? 깜짝 놀랐어."

"왕푸더의 명복이나 빌어 주려고 일본에 온 건 아니겠지?"

"그렇다면?"

"웃기는 소리."

조금도 웃지 않은 스가타는 냉커피를 직접 입에 댔다. 빨대는 쓰지 않았다.

"맛이 꽤 괜찮네. 온도도 적절하고. 쓴맛이 더 풍부했다면 좋았을 텐데."

"정말로 여전하구만, 넌."

"당신도 피차일반이야, 대위."

"칭찬해 주는 걸로 받아들여도 되나?"

"마음대로 하라고."

"정말로 하나도 안 바뀌었어. 동티모르에서 싸웠을 때와 똑같아."

"변했어, 우리 모두. 민간 경비 요원이라는 이름의 계약 사원으로 말이지. IC Independent Contractor라고 자칭하는 녀석도 있지만."

"군과 민간의 경계는 점점 갈수록 모호해지고 있어. 이 흐름은 멈출 수 없어. 하나……."

네빌은 쓴웃음을 짓고서 진저에일을 마셔 비웠다.

"바뀐 건 호칭뿐이야. 너희들은 로마 제국 이전부터 이어져 내려온 용병의 후예야. 순수한 전사들이지. 난 아니지만."

"호칭이 바뀐 것만으로도 크게 달라진 거야. 시대에 맞춰 의식을 바꾸지 않으면 용병 일로 밥 벌어 먹고살기 힘들다고. 당신도 옛날에는 이 업계에 몸을 담았으니 알겠지."

"전쟁업계도 참 힘들겠어. 일찍 전직하길 참 잘했어."

"나도 당신처럼 눈치가 빨랐다면 참 좋았을 것을. 처세에 서툴러서 말이야. 직업을 차마 못 바꾸겠더라고."

"겸손 떨지 마. 안 어울리게."

"겸손 아냐. 달리 재주가 없었을 뿐이야."

"홀로 살아남은 디아볼루스가 전직이라니? 그건 업계의 큰 손실이야."

"글쎄. 어떨는지."

스가타는 냉커피를 입에 머금으며 음미했다.

"'기적의 디아볼루스'. 남미에서는 '황금의 디아볼루스'라고도 불리던데, 넌 전설의 용병부대의 생존자라는 희귀한 경력을 내세워서는 유리하게 계약을 맺어 왔지."

"그게 영업이잖아?"

스가타는 잔을 내려 두고서 말을 이었다.

"미안하지만 오늘은 내 얘기보다는 당신의 얘기를 듣고 싶어서 왔어."

"그게 아니라면 보고 싶지 않았다는 말인가?"

"굳이 말하자면 그렇지."

"뭐, 좋아. 방금 한 얘기는 내 얘기이기도 하지. 디아볼루스의 생존자를 부하로 둔 상관의 심정을 상상해 본 적 있나? 정규군이었다면 강력한 나이트 기물을 쥐고 있는 장군의 심정이었겠지. 하나 외인부대의 고용된 지휘관으로서는 엄청난 압박이었어. 왕 형제도 널 상당히 의식했었지. 특히 형인 왕푸궈가."

네빌은 스가타의 눈을 들여다봤다.

"아직 특정하지는 않은 모양인데, 도망친 범인들 중 하나가 왕푸궈 아닌가?"

이야기가 드디어 핵심으로 들어가려고 한다…….

스가타가 입을 열려고 하자 네빌이 먼저 불쑥 말했다.

"밖을 좀 거닐고 싶은데, 어떤가?"

"밖?"

네빌은 눈을 가늘게 뜨고서 아래에 펼쳐진 경치를 쳐다봤다.

"모처럼 날씨가 좋잖나? 바다를 따라 산책하면서 얘기하는 것도 좋지 않겠나?"

스가타는 재빨리 머릿속으로 생각했다. 이 흐름을 끊고 싶지는 않다. 제안을 거부한다면 화제를 억지로 돌릴 가능성이 있다. 네빌은 무언가를 꾸미고 있는 건가? 그렇다고 해도 호텔 주변에는 지나다니는 사람도 많다. 조건을 보면 라운지 안과 별반 다르지 않다…….

"그거 좋겠군."

두 사람은 계산을 마치고 라운지를 나섰다. 유리는 신문을 읽는 척하면서 두 사람을 시야 끝에 두고 있었다. 엘리베이터 홀 주변에서 라이저가 대기하고 있을 것이다.

1분 뒤 자연스럽게 신문을 내려 두고 일어선 유리는 엘리베이터 홀로 향했다.

승객 몇 명과 함께 스가타와 네빌이 먼저 온 엘리베이터에 타는 것을 확인했다. 문이 닫히기 직전에 세 사람이 더 탔다. 전통복 차림의 일본인 노부부와 라이저였다.

엘리베이터 문이 닫히자마자 홀로 들어온 유리는 금세 도착한 다음 엘리베이터 안으로 들어갔다.

같은 엘리베이터에 탄 라이저는 결코 돌아보지 않은 채 스가타와 네빌을 감시했다.

도중에 몇 명이 내렸다. 네빌과 스가타는 내리지 않았다. 1층에 도착했다. 남아 있던 모든 승객들이 줄줄이 내렸다. 라이저도 다른 승객들 틈에 섞여 밖으로 나왔다.

라이저는 자연스러운 발걸음으로 프런트로 곧장 향했다. 걸치레 미소를 짓고 있는 호텔 직원을 힐끔 보고는 몸을 홱 돌려 현관으로 향했다. 호텔을 나간 두 사람이 걸어간 방향을 건물 안에서 확인했다.

그때 유리가 합류했다.

"대상은?"

"현관을 나가 왼쪽."

두 사람은 재빨리 상의를 끝내고서 호텔을 나섰다.

네빌과 스가타는 사쿠라도리에서 고쿠사이오도리 쪽으로 걸어가고 있었다. 유리는 차도를 건너 반대쪽에서, 라이저는 그대로 거리를 크게 띄운 채 미행을 시작했다. 교체 요원이 없기에 들킬 가능성이 높지만, 어차피 상대방도 미행을 예상했을 터였다. 그렇다면 오히려 알아차려 주는 편이 나을 수도 있었다.

"그 무더위는 싫었어."

네빌이 걸으면서 말했다.

"진짜 질색이었지. 동티모르의 무더위는."

"그랬었지."

스가타가 수긍했다. 마음속으로…….

머리가 돌아 버릴 것 같은 무더위. 영혼이 열기가 침식되어 가는 듯했다.

분리 독립된 후에도 동티모르에서 분쟁의 불씨는 사라지지 않았다. 이슬람 국가인 인도네시아에서 동티모르 주민의 99퍼센트는 가

톨릭 교도다. 종교적인 대립이 핵심이기에 이 불씨는 한없이 분열하고, 영원토록 꺼지지 않는다.

"넌 틀림없이 날 무능한 지휘관으로 여겼겠지."

"아니."

곧바로 부정했다.

그렇지 않다. 당신보다 무능한 지휘관은 썩을 만큼 많았다…….

"마음 쓸 거 없어. 그때 너와 왕푸더 소대에게 정찰을 명령한 사람은 나야. 네가 상황의 위험성을 지적했음에도 무시했지."

"……."

"그래, 넌 정확한 상황을 내게 설명했었지. 그래서 난 더욱 작전을 강행했어. 지금이니 말할 수 있는 거다. 그때는 몰랐어. 너에 대한 반발심 때문에 판단을 그르쳤어. 지휘관으로서 실격이지."

"그런 옛날 얘기나 하려고 일본에 온 건가? 고해성사를 하고 싶으면 교회에나 가시지. 난 신부가 아냐. 병사지."

"지금은 경관이지. 스가타 경부님."

"계약 기간 동안에만."

"넌 날 미워하지 않나?"

"그래."

"그렇군."

스가타가 대답하자 네빌은 유쾌하게 말했다.

"난 널 미워해."

스가타는 무심코 네빌의 옆모습을 봤다. 사악한 늙은 여우의 얼굴이었다.

"동시에 고마워하고 있어. 네 덕분에 전직해야겠다는 결심이 섰으니까. 이쪽 업계에서는 그럭저럭 좋은 평판을 얻고 있지. 자신의 능력이 인정받는 건 참 기쁜 일이야."

"원망을 털어놓으려 온 거야? 아니면 자랑을 하러 온 거야? 한쪽만 해 줬으면 좋겠는데."

"둘 다 아냐."

네빌은 신호가 바뀌자 길을 건너 반대쪽으로 넘어갔다. 그 뒤를 따르는 스가타는 잠깐 시선을 돌려 먼 후방에서 미행하는 유리를 확인했다. 확 트인 외길이라 숨을 수가 없었다.

도로를 따라 요코하마 코스모 월드가 이어지고, 그 너머에는 운하가 펼쳐졌다. 오른쪽에 있는 평온한 풍경을 보면서 인도와 유원지를 구분하는 펜스를 따라 걸었다.

화창한 일요일이었다. 유원지는 가족 단위로 놀러온 손님들로 북적거렸다. 관람차. 회전목마. 가족용 롤러코스터. 회전그네. 아이들은 꺅꺅거리며 신나게 놀이기구를 타고 있었다. 부모는 자기 자식을 디지털카메라나 휴대전화로 찍고 있었다. 아이들은 부모를 보고 손을 흔들었다.

"스가타, 너와 똑같아. 난 일 때문에 일본에 왔다."

"오호, 무슨 일인데?"

"너하고도 관계가 있는 일이지."

"그거 신경이 쓰이네."

네빌은 갑자기 멈춰 섰다.

"저길 봐라."

네빌은 하얗게 칠해진 낮은 펜스 너머에 있는 유원지 안을 가리켰다.

형광 분홍색으로 칠해진 작은 원통형 매점이 있었다.

저게 뭐 어쨌다고……?

스가타는 의아해했다.

"지붕 위 깃대에 깃발이 달려 있지?"

"그래."

매점 지붕에 작고 붉은 깃발이 펄럭이고 있었다.

네빌은 깃발을 가리키던 손을 서서히 머리 위로 올렸다.

그 순간, 깃대가 뚝 부러져 깃발이 지붕 위에 떨어졌다.

저격…….

스가타는 반사적으로 뒤를 돌아 올려다봤다. 차도를 끼고 맞은편에 고층 빌딩들이 늘어서 있었다. 퀸즈 스퀘어 요코하마의 각 동과 요코하마 베이 호텔이 있었다. 발포 지점을 특정할 수가 없었다.

"맞아. 미리 저격병을 배치해 뒀다."

네빌이 헛웃음을 지었다. 온화해 보이지만, 노회함이 엿보이는 웃음이었다.

"내 일은 스가타, 널 납치하는 거다."

"날 납치한다고?"

그 말에 스가타는 순간 기가 막혔다.

"꽤 재밌을 것 같은 일이긴 한데, 글쎄? 저격병을 이용해 내 행동을 견제할 생각인지 모르겠는데 너무 불확실한 수단이야. 내가 전력으로 도망친다면? 이 시내에서 도박을 걸지는 못할걸. 더욱이 당신을 방패막이로 삼는 방법도 있고."

"꼭 널 겨냥할 필요는 없지. 표적은 그 외에도 얼마든지 있다."

네빌은 유원지 안을 둘러봤다. 아이들을 사랑하는 마음씨 고운 할아버지의 눈으로.

스가타는 신음했다.

"이 자식……."

인도 한가운데에 우두커니 서 있는 두 사람 옆을 행인들이 의아해하며 앞뒤로 지나갔다.

"애들뿐만이 아냐. 자기 자식을 지켜보는 부모나, 행인이나, 아니면 신호를 기다리는 자동차 운전자나 다 표적이야. 네가 허튼 짓을 하면 저격수가 아무나 한 명을 쏠 거다. 넌 섣불리 도망치거나 저항하지 못하겠지?"

유원지 안팎에서 깃대가 부러진 걸 알아차린 사람은 아무도 없었다. 유리와 라이저도 인지했나? 아마 못 봤겠지. 놀이 기구에 가려져 두 사람이 있는 위치에서는 보이지 않는다.

"전쟁을 생업으로 삼고 있는 너와 달리 난 범죄로 생계를 잇고 있다. 범죄에 민간인을 끌어들여서는 안 된다는 규칙은 없어. 오히려 적극 끌어들여 군인 시절에는 상상도 못 했던 유연한 작전을 세울 수도, 수행할 수도 있게 됐지."

"유연한 작전? 분명 군인은 이런 발상을 할 수가 없지."

"네가 그렇게 말해 주니 영광이로군."

"하지만 그래도 아직은 불확실한 것 같은데? 난 민간인이 죽었다고 동요하지 않아. 날 너무 얕본 거 아닌가?"

"난 너라는 인간을 잘 알아. 전투를 벌일 때 넌 믿기지 않을 만큼 대담하지만, 동시에 경력에 오점으로 남을 만한 위험은 피하려고 하지. 내 말 틀렸나?"

"전 부하를 그렇게 평가하고 있군?"

"그래. 포로로 잡히는 건 병사의 수치가 아냐. 민간인이 살해당하는 걸 묵과했다고 지탄을 받는 것보다는 영업상 타격이 적을 거다. 네가 어떤 선택을 할지 내 눈에는 빤히 보이는데 말이야."

"다음부터는 전 상관 곁에는 얼씬도 하지 말아야겠어."

"현명한 생각이야. 네게 다음이 있다면 말이지."

흘러넘치는 햇살 속에서 아이들의 환성이 들린다. 흥겨운 음악, 롤러코스터의 주행음, 오가는 행인들의 발걸음 소리와 이야기 소리도 들린다.

"저격병을 어디에, 몇 명을 배치했는지 넌 알아낼 도리가 없어. 내가 네게 줄 수 있는 유일한 정보는 내가 연락하지 않는 한 그들은 물러나지 않고, 저격 태세를 계속 유지하리라는 거지."

"……."

"아, 그렇지. 나중에 엘리베이터에 탔던 여자가 있었지. 네 동료인가? 레스토랑에 있던 금발 남자도 그렇고?"

네빌의 눈에서 온화함이 사라졌다. 늙은 여우의 본성만이 남았다.

"상황은 파악이 끝났나? 네 특기이니 계산이 끝났겠지. 그럼 이대로 순순히 날 따라와라. 조금이라도 허튼 짓을 했다가는 저격수가 발포할 거다. 그 누구에게든."

다시 걸어 나가는 두 사람을 먼발치에서 보고 유리는 안도했다. 계속 멈춰 있었다면 두 사람을 추월할 뻔했다.

그나저나 두 사람은 무슨 이야기를 한 건가? 그리고 어디로 가려는 건가? 아까 네빌이 무언가를 가리켰었다. 또한 신호를 보내는 것 같은 동작도 취했었다. 여하튼 좋지 않은 징조였다.

네빌과 스가타는 신호를 받아 길을 건넜다. 그러고는 퀸즈 스퀘어 쪽으로 다시 되돌아갔다. 두 사람은 차도를 사이에 두고 반대쪽을 걷고 있는 유리와 스쳤다. 라이저는 두 사람과 정면으로 맞닥뜨리지 않도록 황급히 퀸즈 스퀘어 1층에 있는 전문점 거리로 들어갔다.

그녀는 그대로 전문점 거리를 걸었다. 그녀의 휴대전화가 울렸다. 전화를 건 사람은 유리였다. 빠른 걸음으로 걸으면서 통화했다.

"네빌과 스가타는 그랜드몰 공원의 계단을 올라 요코하마 미술관 쪽으로 이동하고 있다. 뭔가 낌새가 수상해."

"라저."

라이저는 통화를 끊고서 휴대전화를 든 채로 달려갔다. 쇼핑객 몇 명과 부딪쳤지만 밀쳐내고서 계속 나아갔다. 뒤에서 사람들이 새된 목소리로 욕설을 지껄였다. 개의치 않는다. 전문점 거리를 가로질러 퀸즈몰에서 나와 왼쪽으로 향했다. 은색으로 빛나는 뒤틀린 오브제가 보이기 시작했다. 그랜드몰이었다. 속도를 늦추고서 오른쪽으로 꺾었다. 바로 앞에 유리가 걷고 있었다. 라이저는 유리와 합류했다.

미나토미라이 3번가와 4번가 부근은 한창 개발 중이었다. 요코하마 미술관은 거대한 건설 현장에 둘러싸여 있었다. 평일에는 미술관에 가더라도 공사장 소음 때문에 느긋하게 시간을 보내지도 못할 것 같았다.

스가타와 네빌은 미술의 광장 공원의 오른쪽 가장자리를 걷고 있었다. 라이저와 유리는 보폭을 늦춰 두 사람을 쫓았다. 분명 미행을 알아차렸을 것이다. 하지만 앞에 있는 두 사람은 개의치 않고, 오래된 친구처럼 무언가를 이야기하면서 걸었다.

갑자기 두 사람의 모습이 사라졌다. 건설 현장을 둘러싼 펜스의 틈으로 쑥 들어가 버렸다. 라이저는 유리와 동시에 달리기 시작했다.

펜스와 방진 덮개를 지나 안으로 뛰어들었다. 한창 건설 중인 넓은 홀이 나왔다. 내부에 설치된 작업용 엘리베이터가 위로 올라가고 있었다. 달려가서 철골 틈새로 위쪽을 올려다봤다. 스가타와 네빌이 타고 있는 걸 겨우 확인할 수 있었다.

엘리베이터는 4층에서 멈췄다. 유리는 이내 버튼을 눌러 엘리베이터를 1층으로 불렀다. 그러고는 마찬가지로 4층으로 올라갔다.

네빌은 미행을 따돌리려고 시도하는 모양이었다. 하지만 왜 스가타마저 순순히 동행하고 있는가?

4층에 도착했다. 통로는 두 갈래로 나뉘어져 있었다. 벽면에 패널이 붙어 있어서 반대쪽 통로를 볼 수가 없었다. 두 사람은 순간 시선을 주고받았다. 라이저는 오른쪽으로, 유리는 왼쪽으로 달렸다.

통로는 꾸불꾸불 이어졌다. 어두컴컴한 내부는 꽤 넓었다. 방치된 자재와 도구들 틈을 비집고서 라이저는 안으로 나갔다. 휴일이기에 작업부도, 경비원도 없었다. 덮개 틈새로 새어든 바람은 비명이 되어 철골로 이루어진 대사원을 빠져 나갔다.

'여우의 길' 같다…….

라이저는 일찍이 동지들 사이에서 자주 회자되던 그 말을 떠올렸다. '여우의 길.' 늙은 여우는 사냥꾼을 울창한 숲길로 끌어들여 방향 감각을 잃게 하고서 자취를 감춘다. 네빌은 분명히 미행을 따돌리려는 속셈이었다.

설마 녀석은…….

현실성 없는 생각이 머릿속에서 떠올랐다. 통로를 가득 메운 시멘트 자루를 뛰어넘어 속도를 높였다.

도중에 여러 분기점이 나왔다. 희미하게 느껴지는 기척에 의지해 순식간에 방향을 택했다. 거의 감이지만 망설이지 않았다.

막다른 블록에 다른 작업용 엘리베이터가 있었다. 그 주변에는 바닥에 깔린 철망 말고는 디딜 만한 것이 없었다. 위에서 아래까지 철골이 드러나 있었다.

엘리베이터는 1층에 멈춰 있었다. 버튼을 눌렀지만 반응이 없었다.

전원을 끊었군…….

아래에서 무슨 소리가 들렸다. 라이저는 철망 가장자리까지 달려가 몸을 바깥으로 내밀고서 아래를 내려다봤다. 패널과 철골 사이로 회색 차량의 일부가 보였다. 그 옆에 스가타와 네빌이 있었다. 네빌은 뒷문을 열고서 스가타를 안으로 밀어 넣었다. 뒤이어 네빌이 타자 곧바로 차가 출발했다.

라이저가 있는 위치에서는 거기까지밖에 보이지 않았다.

황급히 차가 떠나가는 방향으로 고개를 돌렸다. 바닥이 없었다. 외벽 덮개까지 대략 2미터 간격마다 철골이 쳐져 있을 뿐이었다. 라이저는 주저하지 않고 철판을 세게 박차고서 바로 앞에 있는 철골로 뛰었다. 계속해서 철골을 넘어갔다. 도중에 균형을 잃었다. 떨어질 뻔했으나 억지로 철골을 차고서 몸을 날렸다. 거리가 부족했다. 가까스로 오른손이 철골에 걸렸다. 몸을 끌어올린 뒤 이내 자세를 고쳐 다음 철골로 넘어갔다.

가장 바깥쪽 철골에 도달한 라이저는 가죽 재킷 소매 속에 늘 휴대하는 나이프로 덮개를 찢었다. 그러고는 윗몸을 내밀어 좌우를 살폈다.

저기 있다…….

왼쪽으로 떠나가는 회색 차량이 작게 보였다. 휴대전화를 꺼내어 화면을 가장 크게 당겨서 사진을 찍었다. 차량은 이내 사라졌다.

철골 위에서 오키쓰의 번호를 찾아 통화 버튼을 눌렀다. 연결음이 두 번 들리더니 이어졌다.

"오키쓰다."

"스가타가 납치됐습니다."

그때 오키쓰는 청사 지하에서 드래군이 얼마나 정비됐는지 직접 설명을 듣고 있던 중이었다.

"현장은 미나토미라이 3번가에 있는 건설 현장. 회색 세단. 차종은 불명. 차 번호는 보이지 않았습니다. 북서쪽으로 도주 중입니다. 사진을 보냅니다."

"통신실이 아니라 기술반 연구소로 직접 보내라. 곧바로 해석하도록 하겠다."

"라저."

"우리 쪽에서 즉시 가나가와 현경에 지원을 요청하겠다. 자네는 오즈노프 경부와 함께 일단 본부로 돌아오게."

예기치 않은 사태였다. 어제 라이저가 했던 말이 떠올랐다…….

'패턴에서 벗어난 작전 행동.'

과연, 확실히 늙은 여우답군…….

물리력을 쓰지 말라고 명령했는데, 설마 저쪽이 이렇게 물리력을 쓸 줄이야.

통화를 하는 오키쓰의 표정, 그리고 띄엄띄엄 들리는 내용으로 미루어 미도리를 비롯한 기술반 직원들도 심상치 않은 상황이 벌어졌음을 눈치 챈 모양이었다. 다들 긴장했는지 몸이 굳어졌다.

뒷좌석에 떠밀려 들어간 스가타는 재빨리 차 안을 둘러봤다. 운전석에는 히스패닉계로 보이는, 피부가 거뭇하고 몸집이 작은 남자가 앉아 있었다. 조수석에는 덩치가 큰 백인 남자가 앉아 있었다. 네빌처럼 군인 출신 범죄자들인가? 두 사람 모두 검은 가죽 재킷 차림이었다.

스가타의 왼쪽에 앉은 네빌이 재빨리 몸을 검사했다. 그는 블루종 재킷 속에 있던 총을 뽑았다. FN 파이브-세븐 택티컬. 네빌은 그 권총을 앞에 있는 덩치에게 넘기고서 휴대전화를 빼앗았다.

"척 보니 휴대형 TACCS(전술 지휘 통제 시스템)는 아닌 것 같군. 하지만 혹시 모르니 내가 맡아 두지."

배터리를 빼서 마찬가지로 앞에 있는 남자에게 건넸다. 남자는 파이브-세븐의 모서리로 스가타의 휴대전화를 부쉈다.

"산 지 얼마 안 된 새 기종인데."

스가타가 투덜거리자 조수석에 있던 덩치가 위협하듯 째려봤다.

자동차는 사쿠라도리에서 왼쪽으로 꺾었다.

"애초부터 이걸 노리고 일부러 일본에 입국했다는 정보를 흘렸군."

네빌이 웃음을 지었다.

"예상대로 정보가 금세 전해지더군. 그 뒤에는 주변에 '센서'를 깔아 두고서 수사의 손이 뻗치길 기다렸지."

"그리고 타이밍을 재고서 얼빠진 전 부하에게 전화를 걸었다, 이건가? 이거 완전히 뒤통수를 맞았군."

"뒤통수를 맞았다?"

"덫은 당연히 늙은 여우가 아니라 사냥꾼이 놓는 거잖아?"

"시대가 변했다. 케케묵은 고정관념은 버려야지. 자, 이제 잠시 얌전히 있어 줬으면 좋겠군."

"걱정하지 마. 보다시피 충분히 쫄아 있잖아?"

"그럴 수야 없지. 지금 넌 순종하는 척하면서 역전의 기회를 노리고 있을 테니까. 혹은 우리 쪽 정보를 염탐할 작정이거나. 어느 쪽이든 널 과소평가할 수는 없어."

스가타는 장난을 들킨 악동처럼 어깨를 들먹였다.

"그건 과대평가야."

"아니, 아니. 지극히 정확한 평가다. 넌 디아볼루스 출신이니까."

네빌은 말을 끝내자마자 숨겨 뒀던 스턴건을 꺼내 스가타의 몸에 댔다.

그 순간 요코하마에서 멀리 떨어진 특수부 청사 지하에서 요란한 알람이 울렸다.

오키쓰와 기술반 직원들 모두가 놀라서 돌아봤다.

전면 해치를 열어 둔 채 정비 중인 피어볼그에서 알람이 울리고 있었다.

아니, 엄밀하게 말하자면 피어볼그가 아니었다. 정비를 위해 주변에 설치한 기기 중 하나에서 울리고 있었다.

"바이탈 감시 장치에서 울리는 알림입니다."

미도리가 모니터로 달려가서 들여다봤다. 지휘 차량에도 탑재되어 있는 장비였다. 위스커와 양자결합으로 연결된 킬에 의해 제어되는 드래군에는 탑승 요원의 신체 상황을 관측하는 장치가 내장되어 있었다.

"스가타 경부의 신체에 급격한 부하가 가해졌습니다! 의식을 잃은 것 같습니다!"

8

오키쓰의 지시로 기술반 지하 연구소는 지휘소가 되었다. 납치된 스가타 경부의 바이탈을 실시간으로 관측할 수 있기 때문이었다. 미도리가 기계를 전담해서 보고 있었다. 디스플레이는 스가타가 여전히 의식을 차리지 못했음을 보여 주고 있었다.

작업용 탁자 위에 있던 물건들이 급히 치워지고 잇달아 전화와 컴퓨터가 설치된다. 순식간에 연구소가 지휘소로 바뀌었다.

라이저가 보낸 사진을 분석하니 범행에 쓰인 차종은 마쓰다 어텐저로 밝혀졌다. 곧바로 알아낸 것은 그뿐이었다. 휴대전화로 급하게 찍은 사진이니 어쩔 수 없었다. 하얀 가운을 입은 시바타가 최신 렌더링 기술을 구사하여 차 번호를 판독하는 작업을 벌이고 있었다. 시간이 걸릴 듯했다.

연락은 받은 시로키와 미야치카도 연구소로 뛰어 들어왔다. 예상치 못한 사태에 두 사람 모두 낯빛이 바뀌어 있었다.

"허울뿐이기는 하지만 경찰관이 납치되다니. 대체 이게 무슨 일이야."

"미야치카, 진정해."

시로키의 목소리에서도 숨길 수 없는 동요가 배어 나왔다.

"틀림없이 무슨 일이 있었을 거다. 라드너 경부와 오즈노프 경부의 보고에도……."

"그딴 녀석들을 어떻게 믿나? 역전의 용사라며 거들먹거리더니 역시 겉만 번지르르한 녀석이었군."

"이 상황에서 누구도 상대가 납치를 하리라 상상하지 못했어. 적은 그 허점을 파고들어 함정을 깔아 놨을지도 모르지."

"함정? 대체 왜? 무슨 목적으로 스가타를 납치했다는 건가?"

스스로 그 말을 내뱉고서 미야치카는 무언가 떠올랐는지 얼굴이 창백해졌다. 시로키도 마찬가지였다.

드래군…….

스가타는 드래군의 탑승 요원이다. 그리고 그의 척수에는 피어볼그의 '킬'과 짝을 이루는 '위스커'가 삽입되어 있다.

"아니, 그건 말도 안 돼."

미야치카는 고개를 저었다.

"드래군의 시스템은 극비 중의 극비야. 네빌이 스가타의 몸에 심겨진 위스커를 알 리가 없어."

"잠깐, 미야치카. 위스커를 모를지라도 단순히 드래군의 탑승원으로서 납치했을 수도 있어."

"탑승 요원의 신원과 이름도 비공개 정보라고."

"경시청이 용병과 계약했다는 사실은 알려져 있어. 알아내는 건 그리 어렵지 않아. 실제로 펑 코퍼레이션의 사장은 알고 있었고."

"스가타에게 사사로이 원한을 품고 있는 자의 소행 아닌가? 둘의 관계로 미루어 보아 과거에 무슨 악연이 있었는지도 모르지."

"단순히 원한 때문에 이렇게 성가신 짓을 했다는 말인가? 더욱이 이 시점에? 역시 우리와 그쪽이 함께 연관되어 있는 사안에 주목하는 게 좋지 않겠나?"

얼굴을 마주하고 언쟁하는 두 사람에게 오키쓰가 냉정하게 말했다.

"현 단계에서 단정할 수 있는 건 하나도 없다. 납치를 한 목적도, 사건과의 관련성도 말이지. 하나 네빌도 한 나라의 경찰관을 납치하면 어떻게 되는지 잘 알 거다. 중대한 위험을 무릅쓰고서 납치를 결행한 거다."

"그건…… 즉 상당한 뒷배가 있다는 소립니까?"

시로키가 무심코 되물었다. 단정할 수 없다고 했지만, 오키쓰의 그 말은 사실상 단정이었다.

두 사람은 마른침을 삼켰다. 부장은 SAT 섬멸 작전을 계획한 같은 '적'이 움직였다고 보고 있다…….

오키쓰는 아무 대답도 하지 않고 두 사람에게서 등을 돌렸다.

"아는 건 딱 하나. 한시라도 빨리 스가타 경부를 구출하지 않으면 그의 목숨이 위험하다는 거다."

코스모 월드 옆 주차장에 세워 둔 하얀 가와사키ZZR1400에 오른 라이저는 제1게이힌 도로를 도쿄 방면으로 달리고 있었다. 유리의 임프레자와 함께 수도고속도로 가나가와 1호 요코하네선을 타지 않은 것은 도중에 무언가를 발견할 수 있을지도 모른다고 생각해서였다.

바람을 맞고 있는 몸속에서 분노가 치밀어 올랐다. 눈앞에서 손도 못 쓰고 허무하게 납치를 허용하고 만 자기 자신에게 향하는 분노였다. 그리고 도로를 달리면 달릴수록 다른 종류의 분노가 부풀어 올랐다. 부조리하고 무책임한 체제에 대한 분노였다. 오랫동안 잊고 있었던 감각이었다. 이런 타국에서 그 감각이 다시 떠오를 줄이야.

라이저는 참지 못하고 내장 인터컴과 페어링되어 있는 휴대전화로 전화를 걸었다. 통신 이력을 살펴서 가장 마지막 발신번호를 자동으로 택하도록 되어 있었다.

금세 오키쓰가 받았다. 주행 중이었지만 그의 목소리는 또렷하게 들렸다.

"현재 제1게이힌 도로를 도쿄 방면으로 달리고 있습니다. 검문은 느슨합니다. 엉성하군요."

그는 사실이냐고 되묻지 않았다. 오키쓰다웠다. 휴대전화를 쥔 얼굴이 눈에 선했다.

"잠시 이 부근을 달려 보고 싶습니다. 순전히 제 판단입니다만."

이런 상황에서는 자신의 감이 더 미더웠다. 적어도 현경보다는 훨씬.

잠깐 틈을 두고서 대답이 돌아왔다.

"허가한다."

라이저와 통화를 끝낸 오키쓰는 긴박한 표정으로 경찰 전화를 들었다.

"가나가와 본부입니까? 경시청 특수부의 오키쓰입니다. 지원을 요청했던 그 납치 사건의 지휘 담당자를 바꿔 주십시오."

모두가 수화기를 쥐고 있는 오키쓰를 마른침을 삼키며 지켜보고 있었다.

잠시 뒤에 누군가가 전화를 받았다.

"기다리셨습니다. 형사부장인 미타입니다."

"오키쓰입니다. 지원을 요청했던 긴급 사안의……."

"이미 움직이고 있습니다."

"확인을 부탁합니다."

"예? 왜 그래야 됩니까?"

"그저 확인하자는 겁니다."

"잠시만요. 우리 쪽 지휘에 말참견을 하려는 겁니까?"

"평범한 사건이 아닙니다. 경찰관이 납치됐습니다."

"경찰관? 우리는 그런 말은 못 들었습니다. 어디 외부에서 파견 나온 사람이라던가? 여하튼 어디론가 끌려간 것 같다는 보고는 올라오긴 했습니다. 우리는 우리 규정대로 할 겁니다. 제 위치에서는 더는 아무 말도…….”

오키쓰는 아무 말 없이 전화를 끊었다.

모두들 상대방의 목소리를 듣지 못했지만 그래도 무슨 소리를 했는지 쉬이 상상이 갔다.

경찰이 다른 관할의 경찰에게 지원 요청을 했을 때 잘 받아 주느냐 마느냐는 상호간 호감에 따라 달라진다. 관할 의식이 뿌리 깊이 박혀 있는 경찰 조직 안에서는 다른 관할서와 협조가 잘 이루어지지 않는 편이다. 특히 경시청과 가나가와 현경은 오랫동안 갈등을 빚어 왔다. 더군다나 경시청 안에서 특수부는 소외된 부서이고, 이단으로 보는 존재다. 그렇다고 해도 이런 비상사태에서 이토록 노골적으로 기피할 줄이야.

“이런 상황에서…….”

미야치카가 주먹을 불끈 쥐고 중얼거렸다.

“경찰끼리 이럴 수가…….”

시로키는 무심코 동료의 얼굴을 쳐다봤다. 부조리한 악의와 맞닥뜨려 분노가 치솟은 것이다. 미야치카 경시는 몸을 부들부들 떨고 있었다. 평소에는 스가타를 비롯한 세 외부인에게 서슴지 않고 모욕을 주는 남자가.

지금 시로키의 눈앞에 있는 건 오만한 관료의 얼굴이 아니다. 친구이자 동기의 얼굴이다. 그가 아는 미야치카는 강한 책임감과 사명감을 마음속에 숨기고 있는 남자다.

오키쓰는 다시 경찰 전화를 들었다.

“가나가와 본부입니까? 와타나베 본부장님을 부탁합니다.”

두 겨드랑이가 두꺼운 팔에 고정되어 있는 감각이 느껴졌다. 질질 끌려가는 발끝이 땅을 긁었다. 일찍이 여러 번이나 맛봤던 느낌이었다. 어디론가 연행되고 있었다. 하지만 의식은 완전히 깨어나지 않았다. 여긴 어디지? 왜 나는 여기에 있지? 다시 멀어져 가는 의식을 다시 돌이키려 발버둥 쳤다. 무거운 눈꺼풀을 정신력으로 밀어 올렸다.

눈앞에 거대한 파이프오르간이 솟아 있었다. 여기는 천국의 입구인가?

“이 녀석, 정신을 차린 모양인데?”

“깨어나면 성가셔. 조금 더 재워. 전압을 더 올려 볼까?”

“스턴건은 필요 없어. 이거면 충분해.”

스가타의 얼굴에 쇳덩어리 같은 주먹이 날아들었다.

스가타는 다시 의식을 잃었다.

9

임시 지휘소에는 연락을 받은 비번인 수사원들이 잇달아 모여들었다. 유키타니 주임의 얼굴도 보인다. 오즈노프 경부도 이미 복귀해 있었다. 하지만 나쓰카와 주임을 비롯한 수사원 대부분은 지금도 류탄사와 베트남인 조직을 감시 중이었다. 현재 청사에 모여 있는 자들도 나중에는 교대를 하러 나가야 했다.

사람들의 얼굴에는 형언할 수 없는 초조함이 드러나 있었다.

"번호판을 판독했습니다."

컴퓨터 화면을 보고 있던 시바타가 돌아보며 크게 외쳤다.

오키쓰가 곧바로 명령했다.

"가나가와 현경 조회 센터에 연락하라. N시스템으로 조회를 해 달라 요청하게."

N시스템은 자동차 번호 자동판독장치다. 그 단말장치인 적외선 카메라는 간선도로를 중심으로 전국에 설치되어 있다. 통과 차량의 번호를 카메라가 촬영한 뒤 그 사진을 각 경찰 본부의 중앙제어실로 보낸다. 그리고 연동하는 컴퓨터가 모두 기록한다. 시스템이 이렇기에 수배 차량이 어떤 지역을 통과했는지 확인할 수 있는 것이다.

시로키는 경찰 전화를 들어 조회 센터를 호출했다. 그러고는 시바타가 넘겨 준 쪽지에 적힌 번호를 읽었다.

모두가 주시하는 와중에 그는 기도하는 심정으로 수화기를 내려뒀다. 이제는 기다릴 수밖에 없었다. 조회 결과가 나올 때까지.

"기갑병장을 중심으로 근접 전투 병기가 급속도로 발달한 결과, 현재 전 세계의 대테러 전략은 큰 수정이 불가피해졌습니다. 특히 시가전에서 이족보행형 유인병기가 얼마나 유용한지는 의심할 여지가 없습니다."

"기동성이 보다 뛰어난 기종을 대테러 특수부대에 도입하는 건 국가 안전 보장 회의에서도 앞으로 주요한 과제 중 하나로 자리매김하겠군요."

"맞습니다."

"그럼 솔직히 여쭙지요. 기갑병장을 운용하는 조직 중에서 현재 최강의 특수부대 혹은 대테러 조직은 어디라고 생각하십니까?"

새어 나오는 영어를 듣고 스가타는 실눈을 떴다.

컴퓨터 모니터에서 영상이 흘러나오고 있었다. 몇 번인가 본 적이 있는 보도 방송, CBS의 「식스티 미니츠」다. 초로의 흑인 저널리스트가 질문하고 있었다. 상대의 틈을 놓치지 않으려는지 눈을 치떴다. 사려 깊게 보이도록 두 손으로 가지런히 깍지를 끼고 있었다. 하나같이 텔레비전에서 숱하고 봐 왔던 것이다.

"특수부대라고 한마디로 뭉뚱그려서 말하셨지만, 군대 계열인지 경찰 계열인지에 따라 크게 다릅니다. 같은 조건으로 평가하기는 어렵습니다."

모니터 안에서 대답하는 사람은 머리가 훤히 벗어지고 테 없는 안경을 쓰고 있는 백인이었다. '국방부 수석 애널리스트'라는 직책명이 자막으로 나왔다.

카운터 위에 노트북이 놓여 있다. 스툴에 비스듬히 앉아 있는 네빌이 방송을 주시하고 있었다. 스가타는 묵직한 통증이 남아 있는 머리를 저으면서 주변을 둘러봤다. 어둠 속에서 먼지를 뒤집어쓴 의자와 탁자들이 쌓여 있었다. 폐업한 음식점인가? 하지만 내부 장식은 묘하게 새로웠다. 출입구 유리문에서 빛이 내부로 어렴풋이 새어들고 있었다. 뒤에는 주방이 있었다.

다음으로 자신의 상태를 인식했다. 가는 쇠기둥…… 아니, 장식용 막대인가? 어쨌든 그것을 껴안고 있는 자세로 바닥에 쪼그리고 앉아 있었다. 두 손목에는 수갑이 채워져 있었다. 두 다리에도. 몸에는 별 이상이 없었다. 일어설 수도 있을 듯했다. 문제는 없었다. 탈출이 불가능한 것 말고는.

"군대 계열이라면 우선 미국의 그린베레나 델타포스, 미 해군의 SEALs, 해병대의 포스리콘. 영국의 SAS를 손꼽을 수 있겠지요."

"유명하군요."

"예. 누구나 금세 떠올릴 수 있을 테지요. 그만큼 정평이 나 있습니다. 경찰 계열에서는 프랑스의 GIGN, 독일의 GSG-9, 그리고 일본의 SIPD."

"SIPD?"

흑인 저널리스트가 고개를 들었다.

"귀에 선 이름이군요. 그래도…… 으음, 분명……."

"그렇습니다. 저번에 일본에서 벌어진 지하철 폭파 테러 사건 때도 출동한 부대입니다. SIPD의 PD는 NYPD(뉴욕 시경)처럼 폴리스 디파트먼트Police Department의 약자가 아니라 폴리스 드래군을 뜻합니다."

"드래군?"

"예. 이 조직이 사용하는 신형 기갑병장은 틀림없이 최강의……."

네빌이 서서히 돌아봤다.

"이제 일어났나? 여전히 일찍 깨어나는군."

"방해를 했나?"

"아, 이거?"

네빌은 노트북 모니터를 보면서 말했다.

"어제 방송된 프로그램이다. 마침 너와 관련이 있는 것 같아서 말이야. 저 기자, 제법 식견이 있군. 어디까지나 저널리스트치고는."

"동감이야. 눈여겨볼 만한 사람이야. 저널리스트치고는."

"자……."

네빌은 노트북을 닫고서 스가타 쪽으로 몸을 돌렸다.

"내가 지금 어떤 심정인지 알겠나?"

"포로를 심문하는 것치고는 질문이 묘하군."

"넌 포로가 아냐. 거래 상품이지."

"그렇군."

곧바로 이해했다. 클라이언트에게 넘길 작정인가?

"고백하자면 오랫동안 짊어 온 무거운 짐을 내려놓은 것처럼 기분이 아주 후련해. 스카이라운지에서도 말했지만, 내게 너란 존재는 압박 그 자체였다. 전쟁업계에서 은퇴한 뒤로도 변하지 않았지. 하나 지금 난 네 목숨을 쥐고 있다. 정말 최고의 순간이 아닐 수 없지."

네빌은 노트북 옆에 놓여 있는 얼리타임즈 병을 들어 잔에 따랐다.

"축배를 들려고 따르나?"

"근무 중에는 술을 마시지 않는 주의이지만, 오늘만은 예외야. 내게 이 일이 들어왔을 때 생각했다. 내가 너보다 뒤떨어지지 않았음을 스스로 증명할 수 있는 기회라고 말이야. 물론 보수도 파격이긴 했지만. 하나 넌 알겠지? 문제는 돈이 아냐. 자긍심이지."

"전혀 모르겠는걸. 악당의 자긍심 따윈."

"너의 그 태도가 마음에 안 들어. 알면서도 둔감한 척하지. 참으로 불쾌해. 틀림없이 왕푸궈도 같은 심정이겠지."

왕푸궈. 그 이름을 듣고 싶었다. 내심 긴장했지만 내색하지는 않았다.

"그 부대 안에서 다른 부대원들은 너와 왕 형제가 친한 것처럼 보였겠지. 하나 나는 견해가 조금 달라. 동티모르에서 넌 왕푸더의 목숨을 구했다. 왕푸궈는 네게 빚을 졌지. 엄청나게 큰 빚 말이야. 녀석은 동생을 애지중지했으니까. 나처럼 그 녀석은 예전부터 너에 대한 콤플렉스를 갖고 있었다. 나와 다른 점이라면, 녀석은 너에 필적할 만한 전사였다는 거다. 그만큼 녀석은 마음이 심란했겠지. 더욱이 녀석의 동생인 왕푸더는 그 일을 계기로 네게 심취했다. 동생의 영웅은 자기 한 사람으로 족한데 말이야."

"역시 전 상관이야. 아주 잘 봤어……. 아니, 정말로 감탄스러워."

네빌은 잔을 세게 내려놓았다. 그러고는 품에서 베레타M92FS를 뽑아 스가타에게 겨누었다.

"나에 대해 이러쿵저러쿵 헛소리를 늘어놓는 걸 더는 용납하지 않는다."

명백한 살의가 포로의 몸인 스가타를 찔렀다. 하지만 그는 태연하게 받아냈다.

"네 목숨은 내 손아귀에 있어. 그게 현재 상황이지. 아닌가?"

"지금 당신 손아귀에 있는 건 확실한데, 상품을 파손하면 손해배상을 해야 돼. 클라이언트에게."

"……."

"당신이 수주받은 임무는 이거였을걸? '스가타를 산 채로 넘겨라.'"

잠자코 스가타를 쳐다보던 네빌은 한숨을 크게 내쉬고서 베레타를 품속에 다시 넣었다. 그러고는 잔을 들었다.

"디아볼루스…… 대단해. 그 존재만으로 분위기를 제압하지. 자각한 적 있나? 네가 왕푸귀에게 끼친 영향 말이다."

"없다고는 할 수 없지."

"녀석은 일류다. 진짜 병사였지. 근데 지금은 테러 실행범이다. 나와 같은 범죄자다 이 말이야. 그렇게 능력이 출중한 사내가, 바로 너라는 존재가 왕푸귀의 눈을 흐렸다. 녀석의 몸에 달라붙어 떨어지지 않는 채프*처럼 말이지. 녀석은 스스로 모르는 사이에 전장에서 일탈한 게 틀림없어."

네빌은 잔을 기울이면서 과거를 술회했다. 진심이리라. 그 말은 살의보다도 더 예리하게 스가타에게 꽂혔다.

"녀석이 나 때문에 병사이기를 포기했다고 말하고 싶은 건가? 악당인 당신이?"

---

* 레이더를 방해하는 알루미늄 조각.

"그렇다, 스가타. 너 때문이야. 난 잘 알지."

"……."

"넌 지금 SIPD에 고용됐다고 들었다. 혹시 왕푸더를 사살한 사람이 너인가?"

"그렇다면 어쩔래?"

네빌의 눈동자에서 어두운 환희가 엿보였다.

"역시 그랬군. 이거 걸작이군. 왕푸더의 목숨을 구한 네가 결국 그의 목숨을 빼앗았다니. 참으로 재밌어. 운명이 느껴져."

스가타는 무언가 말하려다가 입을 다물었다. 뒤에서 누군가가 다가오고 있었다. 두 사람이었다. 주방 쪽에도 출입구가 있는 모양이다.

"한 바퀴 돌고 왔어. 아무 이상 없어."

덩치가 큰 백인 남자였다. 다른 한 사람은 운전을 했던 몸집이 작은 히스패닉계 남자였다. 두 사람 모두 스텀루거P9을 들고 있었다.

한 바퀴 돌고 왔다. 손에는 서브머신건을 들고 있었다. 그렇다면 여기는 어디지? 독립된 점포는 아니다. 건물 안인가? 외부에서 보이지 않는 곳. 적어도 주변에 사람이 드나들지 않는 곳이다.

"이 녀석, 벌써 정신을 차렸나?

루거P9의 총구로 스가타의 하얀 머리를 툭툭 건드리면서 덩치 큰 남자가 말했다. 남부 사투리의 억양이 말투에서 섞여 나왔다. 다크브라운 머리를 짧게 쳐올렸다. 이상할 만큼 부푼 근육을 과시하듯 소매를 걷어 올리고 있었다. 틀림없이 스테로이드 주사를 맞고 있을 것이다.

병사들 중에는 맹목적인 육체 신봉자가 적지 않다. 그들 대부분은 스테로이드를 사용하고, 근육을 키우는 데 전념한다. 다른 사람을 위압하는 근육이 있어야 전장에서 안전할 수 있다고 굳게 믿는 것처럼. 그들은 평범한 사람들이다. 평범한 남자들이다. 결코 일류 병사는 될 수 없다. 스테로이드를 상습으로 쓰는 사람들은 정신의 안정을 등한시하는 경향이 있다. 참혹하기 그지없는 생사의 경계에서 냉정한 판단을 내리지 못한다. 지금 이 남자가 그렇다. 군대에서 탈락해 범죄자가 되었다. 네빌 역시 알면서도 부리고 있으리라.

그렇다면…….

스가타는 생각했다. 그렇다면 이 작전은 급하게 세워졌을 것이다. 제대로 된 인재를 확보할 시간이 없을 만큼. 그렇지 않다면 네빌이 저토록 질 떨어지는 사내를 동료로 삼았을 리가 없다.

"정말로 이 녀석이 '전설의 남자'인가?"

"그 사내를 얕보지 마. 잭."

"이런 놈보다 대단한 사내는 전장에 많았다고. 그렇지, 베니토?"

잭이라 불린 덩치 큰 남자가 동료에게 동의를 구했다. 베니토는 아무 말도 하지 않았다. 네빌은 어이없어하며 고개를 저었다.

"디아볼루스가 그렇게 대단해? 전설이 아니라 그냥 소문이 과장된 거 아냐?"

납득할 수 없다는 얼굴로 잭이 네빌에게 따졌다.

상당히 기분이 좋은지, 아니면 저 부하를 부리는 법을 터득한 건지, 네빌은 잔을 기울이면서 이야기를 꺼냈다. 손자에게 추억담을 들려주는 노인처럼.

"디아볼루스라는 이름은 업계에서 절대적이야. 예를 들어 부룬디 탈출 작전. 민족 분쟁을 야기한 게릴라 2000명이 포위한 마을에서 그들은 난민 200명을 탈출시켰지. 단 한 사람의 희생자도 없이 말이다. 정규군조차 단념한 마을인데, 일개 용병부대가 불가능에 가까운 작전을 해낸 거다. 그리고 시에라리온 광산 해방 작전도 있다. 무장 세력이 점거한 다이아몬드 광산을 급습해 강제 노역에 시달리던 인부들을 해방시켰다. 무장 세력은 자금원의 80퍼센트를 잃어서 무너졌지. 디아볼루스는 용병 역사에 빛나는 전설이며, 그 이름은 선망의 대상이다. 흔히 '기적의 디아볼루스'라고 부르지. 그 최후의 생존자가 바로 이 남자, 스가타 도시유키다."

네빌은 자기가 내뱉은 말처럼 선망 어린 눈으로 수갑을 차고 있는 스가타 도시유키를 쳐다봤다. 동시에 그 눈에는 뿌리 깊은 뒤틀림이 자리 잡고 있었다. 오랜 짐을 내려놓았다는 후련하다는 그 말과는 동떨어진, 결코 치유되지 않는 뒤틀림.

감시 기록 데이터가 들어왔다.

시로키는 곧바로 인쇄된 용지를 집어 들었다.

"해당 차량의 위치가 잡혔다! 국도 132호선 야코 교차로 북28256번 지점을 지나갔다. 통과 시각은 13시 44분."

"그뿐인가? 그 외에는?"

미야치카가 채근하며 물었다.

"국도 409호선. 다른 주요 간선 도로는 지나가지 않았다!"

"다마가와강은! 다마가와강은 건너지 않았나?"

"가나가와 1호 요코하네선, 산고 도로 다이시교橋, 다마가와 터널, 전부 지나지 않았다. 아직 가나가와현 안에 있다. 도쿄도에는 들어오지 않았어!"

현재 시각은 14시 25분. 정면 디스플레이에 해당 지구의 상세한 지도가 떴다.

오키쓰는 디스플레이를 노려보며 말했다.

"납치범들은 이 일대에 잠복하고 있을 가능성이 높다."

붉게 표시된 지역…… 야코, 히노데, 다마치, 에가와, 도노마치, 그리고 고지마초. 국도132호선과 산고 도로에 의해 구획된 임해 지역이었다.

"이미 차를 갈아탔을지도 모르고, 번호판을 바꿔 달았을지도 모른다. 하나 지금은 그 가능성에 걸 수밖에 없다."

오키쓰는 요원들을 돌아보며 말을 이었다.

"당장 가나가와 본부에 연락해라. 주변 도로를 봉쇄하고 검문선을 쳐 달라고 요청해라. 유키타니 주임."

"예."

"비번인 수사원들을 지휘해서 현경과 합동으로 스가타 경부를 찾도록."

"예."

"미야치카 이사관, 혹시 모르니 자네도 동행해서 가나가와 현경과의 업무 조율을 맡아 주게."

"알겠습니다."

"해상보안청 제3관구 해상 보안 본부에도 연락해라. 배를 이용해 운하를 탔을 가능성도 있다. 해당 지역을 봉쇄하고 선박을 임검해 달라고 요청하게."

그리고 바이탈 감시장치를 살피고 있는 미도리에게 물었다.

"스즈이시 주임. 스가타 경부의 상태는?"

"의식은 돌아왔습니다. 생명에 별 이상은 없는 듯합니다."

순백의 ZZR1400을 타고 하네다 공항 부근을 달리고 있던 라이저는 핸들을 쥔 채로 휴대전화를 받았다. 오키쓰였다.

"현재 위치는?"

"국도 131호선, 하네다 부근입니다."

"데이터를 보낸다. 적은 그 지역 어딘가에 있다. 스가타는 아직 살아 있다. 자네가 가장 가까워. 하네다 출입구를 통해 수도고속도로를 타라."

"라저."

폐점포 안으로 골프 가방을 안은 백인이 소리 없이 들어왔다. 베이지색 집업 니트에 검은색 데님바지를 입고 있었다.

"예정대로 돌아서 왔는데, 검문이 그리 까다롭지 않더군."

"수고했다. 허턴."

네빌이 남자를 위로했다.

"그렇군. 저 남자가 저격병인가?"

스가타의 목소리에 남자가 돌아봤다. 체구는 철사처럼 가늘고, 얼굴은 길쭉했다. 샤넬 선글라스가 잘 어울릴 법했다. 기척이 느껴지지 않는 행동거지와 분위기에서 저격병다운 느낌이 풍겼다. 골프 가방에는 틀림없이 라이플이 들어 있을 것이다. 스턴건으로 스가타를 기절시킨 뒤 네빌의 연락을 받고서 다른 경로로 합류했으리라.

스가타는 네빌을 보고 말했다.

"역시 저격수는 한 사람뿐이었군."

"경비를 쓸데없이 낭비할 필요는 없어. 작전의 성격을 고려했을 때 저격수는 한 사람이면 족하지."

"어쨌든 허세였군. 그래도 난 알면서도 넘어갈 수밖에 없었어."

허턴은 골프 가방을 카운터에 올려 둔 뒤 네빌의 옆에 있는 스툴 의자에 앉았다.

"인수자는 아직 안 왔나?"

"약속한 시각은 16시다. 조금만 더 기다려."

"요주의 위험물이잖아? 빨리 납품해 버리고 싶어."

그는 호들갑스럽게 투덜거렸다.

잭이 또다시 서브머신건의 총구로 스가타의 머리를 툭툭 건드렸다.

"그럼 빨리 끝장내자고. 이 하얀 머리 놈은 내가 죽여 주지. 핑계는 얼마든지 댈 수 있어. 저항해서 어쩔 수 없이 죽였다든가."

허턴은 한숨을 내쉬고서 네빌 앞에 있는 병으로 손을 뻗었다. 베니토는 자기를 신경 쓰지 말라는 것처럼 P9을 들고서 문 밖을 가만히 지켜보고 있었다.

네빌이 어린애를 타이르듯이 말했다.

"그만해, 잭. 산 채로 납품하라는 게 클라이언트의 주문이다."

"이런 녀석을 손에 넣어서 뭘 어쩔 작정이지? 그 클라이언트님께서는."

"몰라. 우리하고는 관계없어. 하나 계약대로 이행하지 않으면 개런티를 받지 못할 뿐만 아니라 엄청난 위약금을 물어 줘야 한다고. 대충 어림잡아도 잭, 네 목을 내놓아야 할 거다."

잭은 혀를 차고서 스가타의 머리에서 총구를 뗐다.

"알았어. 그런데 매운 맛을 조금 보여 주는 건 저쪽에서도 눈을 감아 주겠지?"

그는 말하자마자 스가타의 배를 힘껏 차올렸다.

"척수반사가 관측됐습니다! 스가타 경부가 상당한 충격을 받은 것 같습니다."

바이탈 감시장치를 지켜보던 미도리가 외쳤다.

"폭행을 당하고 있는 것 같습니다."

오키쓰는 표정을 바꾸지 않고 말했다.

"감시를 계속하게. 이상이 또 생긴다면 보고를 부탁하네."

잇달아 보고하는 전화가 걸려 왔다. 그리고 데이터가 속속 들어왔다.

해당 차량은 등록되지 않은 차량이기에 소유자를 알 수 없었다. 아마 위조 번호판일 것이다. 이로써 차량 소유자를 밝혀내 범인들을 추적해 보겠다는 계획은 수포로 돌아갔다.

15시 11분. 미야치카 이사관이 보고했다.

"가와사키 임항 경찰서에 들어왔다. 현경은 아주 굼뜨게 움직이고 있다."

미야치카의 목소리에서 짜증이 묻어나왔다. 전화를 받은 시로키는 임항서에서 호통을 치는 미야치카의 모습이 눈에 선했다. 하지만 지금만은 미야치카의 화통한 성격이 더없이 든든했다.

"어떻게든 인원을 내보내서 해당 지역을 봉쇄시키고 있다. 이 인원으로는 샅샅이 뒤지기는 어렵겠지만, 최대한 노력해 보지."

"미야치카, 부탁하네."

"또 연락하지."

평소에 이사관은 현장에 거의 나가지 않는다. 그렇기에 이례적이라고 할 수 있다. 임항서 경관들은 틀림없이 당황했으리라. 그들이 크게 반발하는 모습이 쉬이 상상이 된다. 경찰은 이례적인 일을 아주 싫어한다. 미야치카 본인도 그렇다. 그러나 지금은 보통 상황이 아니다. 그리고 무엇보다 특수부는 보통 조직이 아니다.

라이저는 ZZR1400를 타고 현도를 질주하고 있었다. 좌우로 먼지투성이 풍경이 펼쳐졌다. 무미건조한 공장들이 끝없이 이어졌다. 그 중에는 조업을 정지한 폐공장도 적잖이 섞여 있을 것이다. 하지만 바깥에서는 판별하기 어려웠다.

어디냐…… 어디에 있어…….

오토바이를 이리저리 몰아 봤자 소용없다. 발견하기가 대단히 어려울 것이다. 현경과 합류해 함께 수색 작전을 벌이는 수밖에 없다. 하지만 과연 적이 그때까지 기다려 줄 것인가? 그들이 스가타를 가만히 내버려 둘까?

현경은 지역을 에워싸는 주요 도로의 봉쇄를 막 끝냈을 것이다. 이제와 합류해 봤자 상황은 바뀌지 않겠지.

핸들을 쥐며 집중했다. 옛 감각을 불러일으켰다. 온몸에 새겨져 있던 감각을.

일찍이 라이저는 사냥꾼이었다. 조직을 배신한 사냥감을 쫓는 사냥꾼. 끝까지 쫓아가서 확실하게 끝장을 냈다. 하지만 지금은 자신이 사냥감의 처지였다. 그날 이후로, 조직을 떠난 그 순간부터 쫓기는 몸으로 살아왔다.

헬멧 속에서 허무한 웃음이 떠올랐다. 이 몸에 조금이라도 사냥꾼의 본능이 남아 있으면 좋으련만.

"조심해서 다뤄 줘. 어쨌든 난 귀중품이니까."

피가 섞인 침을 내뱉고서 스가타가 고개를 들었다.

"귀중품이 아냐. 위험물이다."

네빌이 정정한다.

"그것도 납품할 때까지다. 우리가 보증하는 기한은 말이지."

"16시에 납품한다고 했지?"

"그래, 조금만 있으면 작별이다. 하나도 아쉽지는 않지만."

"나도 마찬가지야. 왕푸귀한테 내 안부 좀 잘 전해 줘."

"……?"

네빌이 의아하다는 표정을 지었다.

그 순간 스가타는 확신했다.

네빌의 조직과 왕푸귀의 조직은 서로 교류하지 않았다. 따로따로 행동하고 있었다. 서로의 활동을 전혀 몰랐다. 클라이언트에게 의뢰를 받아 각자 작전을 수행하고 있을 뿐이었다.

왕푸귀는 SAT 섬멸 작전.

네빌은 유괴 작전.

그리고 쌍방의 클라이언트는 틀림없이 같을 것이다.

왕푸귀는 능력을 인정받아 작전 실행자로서 고용되었고, 네빌은 작전을 세우고자 급히 기용했다. 왜냐면 왕푸더가 사살됐고, 특수부가 왕푸귀를 쫓기 시작했기 때문이다. 질 떨어지는 잭이라는 사내를 동료로 들일 수밖에 없었던 사실도 준비 기한이 얼마나 짧았는지를 보여 주었다. 클라이언트는 네빌에게 '스가타를 산 채로 사로잡으라'고 의뢰했다. 네빌은 그 이유도, 목적도 알지 못한다. 스가타의 척수에 있는 위스커도 모를 것이다. 반대로 말하자면 클라이언트는 알고 있었다. 적어도 스가타가 드래군의 탑승 요원이며, 특수부의 기밀에 접근할 수 있는 신분이라는 걸 말이다. 그리고 또한 스가타, 왕푸귀, 네빌의 관계까지도. 그렇기에 네빌을 기용했던 것이다. 스가타와 특수부가 미끼를 덥석 물 거라 계산했기에.

스가타는 새삼스레 이 적의 용의주도함이 두려워졌다. 첫 번째 계획이 살짝 무너졌을 뿐인데, 곧바로 그걸 역이용하여 다른 대책을 마련했다. 교활하기만 한 것이 아니었다. 권력과 정보력을 겸비한 적이었다.

10

가와사키 임항서 경관을 중심으로 꾸려진 수색대는 야코, 히노데, 다마치를 분담하여 뒤지고 있었다. 경시청 특수부의 유키타니 주임, 오즈노프 경부 및 수사원들도 거들었다. 하지만 여전히 스가타 경부를 찾아내지 못하고 있었다.

"됐고, 빨리 내 말이나 전해. 그래, 서장한테. 부서장이라도 좋다. 인원을 더 보내라고!"

다마치 2번가 길 위에서 지도를 한 손에 든 미야치카가 휴대전화에 대고 소리를 질렀다. 미야치카 본인이 수색에 직접 참여한 것은 그야말로 이례적인 일이었다. 현경의 행동이 너무도 미적지근해서 참다못해 뛰쳐나온 것이다. 응접실에서 하염없이 기다리는 것보다 현장에서 상황을 감시하는 편이 훨씬 나았다. 그리고 지금은 사람이 한 명이라도 더 필요한 때였다.

이번 건으로 특수부는 가나가와 현경에게 큰 빚을 지고 말았다.

미야치카는 그 사실을 잘 알았다. 잘 알기에 호통을 치지 않을 수가 없었다.

"빨리 전해! 경찰관의 목숨이 걸려 있단 말이다!"

밖을 감시하던 베니토가 손목시계를 쳐다봤다. 15시 27분이었다.

"앞으로 33분 뒤에 인수자가 온다. 이 의뢰를 끝마치고 난 자메이카에 갈 거야."

그가 처음으로 입을 열었다. 의외로 목소리가 젊었다. 지금까지 무뚝뚝하게 보였던 표정도 풀었다.

"해변에서 마음껏 낮잠을 잘 거다. 새하얀 해변에서 적어도 반년 동안."

그는 하얀 이를 내보이며 웃었다. 거뭇한 피부와 대조적이었다. 소년처럼 천진난만한 웃음이었다.

"자메이카? 거기 좋지. 쉬러 가는 거면."

허턴이 고개를 끄덕이고서 말보로를 꺼내 입에 물었다. 지포 라이터로 불을 붙이고서 맛있게 피웠다.

"나도 동감이야. 블루마운틴이 있는 나라잖아."

스가타가 말을 이었다.

"혹 일본에서 카페에 들어가면 절대로 블루마운틴은 주문하지 마. 바가지를 쓸 테니까. 세계에서 일본이 가장 비싸. 블루마운틴은 자메이카에서 마시는 게 제일이야."

"충고, 고맙다."

스가타는 훗, 하고 웃은 허턴에게 부탁했다.

"나도 하나 줄 수 있나? 마지막으로 한 대 피워야겠어."

"기어오르지 마."

잭이 으름장을 놓았지만 허턴은 아무 말 없이 말보로를 담뱃갑째로 스가타의 앞에 던졌다.

"불도 좀 부탁해."

허턴이 네빌을 돌아봤다. 네빌이 고개를 끄덕였다. 이 상황에서 라이터를 넘겨 줘도 별 일이 없을 것으로 판단했으리라.

허턴이 지포 라이터를 던져 주자 스가타는 수갑이 채워진 손으로 받았다.

"고맙군."

말보로를 집어 안에서 한 개비를 꺼내 입에 물었다. 그리고 지포 라이터로 불을 붙이고는 눈을 가늘게 뜨며 연기를 내뱉었다.

"아, 맞아. 답례를 해야지. 내가 재밌는 걸 보여 주지."

스가타는 기둥을 안고 있는 자세를 유지한 채 왼쪽 소매를 팔꿈치까지 요령 있게 걷어 올렸다. 그러고는 라이터 불을 팔에 가져갔다. 네빌과 부하들이 보는 앞에서 스가타는 자신의 팔을 라이터 불로 지졌다가 이내 떨어뜨렸다. 그리고 다른 부위에 똑같은 짓을 반복했다. 집요하게, 포기하지 않고 몇 번이나.

베니토와 허턴은 아연실색하며 서로를 마주 보았다.

"야, 너 뭐하는 거냐?"

"글쎄?"

베니토는 스가타의 행동을 두고 볼 수가 없었다.

"이봐, 무슨 꿍꿍이야?"

"뭐, 가만히 보고나 있으라고."

스가타는 태연하게 자기 팔을 라이터 불로 계속 지졌다.

시간이 지날수록 물집이 스가타의 왼팔을 점점 뒤덮어 갔다. 살갗이 그을리는 괴이한 냄새가 실내에 감돌기 시작했다.

"너 마조히스트냐? 공교롭게도 우린 백발 남자의 변태 취향에는 흥미가 없어."

허턴은 인상을 찌푸렸다. 하지만 식은땀을 흠뻑 흘리며 이를 악물고서 고통을 참는 스가타의 얼굴에서는 쾌락 따윈 찾아볼 수가 없었다.

"이 녀석, 뭐야?"

베니토가 불안한 눈빛으로 동료를 둘러봤다.

"정신이 회까닥 돌아 버렸나 보지."

잭이 비웃었다.

"애써 강한 척했지만 결국 이 꼴이군. 뭐가 디아볼루스야. 정신이 돌아 버린 겁쟁이잖아?"

단 한 사람, 네빌만은 예리한 눈으로 스가타의 행위를 쳐다보았다. 그 진의를 캐내려는 듯이.

그는 알고 있다. 스가타 도시유키는 공포에 미쳐 버릴 남자가 아니다. 디아볼루스가 이렇게 약해 빠졌을 리가 없다. 광기 어린 행동을 하고 있지만 무언가 의미가 있을 것이다.

하지만 그게 무엇인가?

"스가타 경부의 바이탈에서 척수반사가 띄엄띄엄 보이고 있습니다."

미도리가 보고하자 오키쓰는 모니터를 들여다봤다.

"언제부터 그랬나?"

"15시 29분부터였습니다. 지금도 띄엄띄엄…… 아니, 잠시만요. 간격에 일정한 패턴이 있는 것 같습니다……. 이게 뭘까요?"

시로키는 오키쓰의 옆에서 발언한다.

"고문을 받고 있는 걸까요? 아니면 사고를 당했든가."

기기를 지그시 쳐다보던 오키쓰는 무언가 떠올랐는지 지시를 내렸다.

"척수반사가 벌어지는 간격을 그래프로 표시해 주게."

"예."

미도리는 기기의 키보드를 두드렸다. 디스플레이에 그래프가 떴다.

"역시……."

표시된 점과 선을 보고 오키쓰는 고개를 끄덕였다.

"모스 부호다."

모두가 일제히 눈을 번쩍 떴다.

"틀림없어. 스가타가 일부러 보내고 있는 거다."

시로키는 무심코 상사의 옆모습을 쳐다봤다.

모스 부호를 알고 있다? 대체 이 사람은……?

"파이프오르간이군."

"예?"

"파이프오르간. 스가타가 모스 부호로 그렇게 보내고 있네."

파이프오르간.

흔한 악기는 아니었다. 개인이나 일반 가정이 소유하고 있지는 않을 터였다.

"교회나 공회당 같은 곳에 감금되어 있다는 소립니까?"

"혹은 결혼식장, 음악학교일수도 있다. 현재 수색 중인 지구에서 파이프오르간이 설치되어 있을 법한 시설을 찾아라."

"글렀습니다!"

키보드를 바삐 두드리고 있던 시바타가 외쳤다.

"글렀다고? 뭐가?"

시로키가 되물었다.

"해당 지구에 그런 시설은 전혀 없습니다."

"학교는 어떤가? 학교에는 있을 수도 있지 않나?"

"초등학교는 한 군데밖에 없습니다. 파이프오르간이 있을 만한 곳이 아닙니다. 더욱이 이미 수색이 끝난 곳입니다."

그 지역은 공장이 빼곡히 들어서 있는 임해 공업 지대였다. 파이프오르간이 있을 것 같지는 않았다.

"맞아, 공장 아닐까요?"

기술관 중 하나가 목소리를 높였다.

"파이프오르간이나 혹은 그 부품을 만드는 회사의 공장이 있지 않겠습니까?"

기술반 직원들이 곧바로 검색에 들어갔다.

순식간에 결과가 나왔다. ……없음.

"……모스 부호구나!"

스가타의 자해 행위를 보고 있던 네빌이 갑자기 외쳤다.

"이 자식이!"

그는 스가타에게 달려가 오른손에 쥐어져 있는 지포 라이터를 차 버렸다.

"무슨 소립니까?"

잭이 큰 목소리로 물었다.

"이 녀석이 라이터로 팔을 지지는 간격을 봐라. 어떻게 신호를 보내는지는 모르겠지만, 틀림없다."

스가타는 헛웃음을 짓고서 전 상관을 올려다봤다.

"역시 대위님이야. 눈치가 아주 빨라."

네빌은 베레타를 뽑아 스가타의 머리에 댔다.

"그런 투로 말하지 말라고 했을 텐데?"

파이프오르간.

단서를 얻었지만 모두가 그 의미를 알지 못했다.

"부장님!"

시로키, 미도리, 사바타가 오키쓰를 쳐다봤다. 그 자리에 있는 모든 사람의 눈동자에 초조한 기색이 역력했다.

"진정해."

오키쓰는 홀로 의연하게 애용하는 시가릴로에 불을 붙였다.

"아직 수색하지 않은 지구의 이름과 파이프오르간을 조합해서 검색하게. 분담해서 샅샅이 찾아봐. 해 볼 수 있는 걸 전부 해 보고 나서 초조해해도 늦지 않아."

모두가 일제히 움직였다.

답이 싱겁게 나왔다.

'다이시선線 하네다까지 연장 계획, 중지', '재개발 실패', '맨션 건설 계획 엎어지다', '네오몰 고지마초 폐쇄', '첫 개장일, 아트리움에서 파이프오르간 연주회'.

지하화된 게이큐 다이시선을 고지마에서 하네다까지 연장하고, 그 일대를 재개발한다는 계획이 있었다. 3년 전에 잊힌 사업이었다. 주택지구 예정 지역의 중심에 대형 쇼핑몰인 '네오몰 고지마초'가 한발 먼저 개장했다. 당시 그 쇼핑몰에서 떠들썩하게 선전하던 것이 지하 2층, 지상 4층에 이르는 확 트인 아트리움에 설치된 파이프오르간이었다.

"이거다!"

모두가 벌떡 일어서 외쳤다.

오키쓰는 흥분한 부하들에게 냉정하게 지시를 내렸다.

"당장 가나가와 본부에 연락하게. 납치범들은 네오몰 고지마초에 은신해 있다."

그러고는 자신의 휴대전화를 꺼내 라이저의 전화번호를 눌렀다.

"이런 짓을 하고 있을 상황이 아닐 텐데?"

네빌이 자기 머리에 여전히 총구를 대고 있는데도 스가타는 큰소리를 쳤다.

"밖을 봐 봐. 이미 경찰관들이 포위하고 있을지도 모른다고."

잭이 으르렁거리듯 외친다.

"경찰이 이 장소를 알아냈다고? 그렇다고 해도 이미 늦었어. 곧 인수자가 올 거다."

"아니, 이제 안 오겠지."

저격병 허턴이 곰곰이 생각하면서 말했다.

"뭐라고?"

"인수지는 오지 않는다고 말했다. 이 바보야."

잭이 우둔하게 반응했지만, 허턴은 지극히 냉정했다.

"잭, 베니토."

네빌이 돌아보며 지시를 내렸다. 두 사람은 고개를 끄덕이고서 P9을 들고 방을 나갔다.

2분 뒤 네빌의 휴대전화가 진동했다.

"여긴 위즐1."

"여긴 위즐3. 현재 위치, 중앙 에어리어 B2 그린. 위즐4는 서쪽 에어리어로 갔다."

"라저, 위즐3."

주변이 조용해서 휴대전화에서 흘러나오는 베니토의 목소리가 허턴과 스가타에게도 또렷하게 들렸다.

여긴 아무래도 B2, 지하 2층인 모양이었다. 바깥 자연광은 천창, 아니면 드라이 에어리어*에서 새어든 건가?

"이제부터 중앙계단을 통해 B1으로 올라가겠다……. 아니, 잠깐."

"무슨 일인가? 위즐3. 상황을 말해라."

"무슨 소리가 들린다……. 지상? 지하? ……이쪽으로 접근하고 있다."

"조심해라. 위즐3."

"……오토바이다. 이건 오토바이 소리야!"

"오토바이?"

"왔다! 오토바이를 타고서 중앙계단을 내려오고 있다! 여자다!"

휴대전화를 내동댕이쳤는지 노이즈가 울렸다. 뒤이어 서브머신건을 쏘는 소리가 들렸다. 지하에서 뒤울리는 총성이 실내에서도 직접 들렸다. 오토바이의 배기음도 들렸다.

"위즐3! 무슨 일인가?"

위즐3, 베니토와의 통화가 끊어졌다. 오토바이 소리가 멀어졌다.

"나도 간다."

허턴이 카운터 위에 놓아둔 골프가방을 들어 올리려다가 손을 멈추었다. 통로가 이리저리 얽힌 지하몰에서 오토바이로 이동하는 적

---

* 채광과 통풍을 위해 지하에서 외부와 직접 통하게 만든 영역.

과 싸우기에 라이플은 적절하지 않았다. 데님바지에 감춰 뒀던 글록36을 뽑아 장전 상태를 확인한 뒤 주방 출입구로 사라졌다.

P9을 쏘는 소리가 멀리서 띄엄띄엄 들려왔다. 잭이 교전하고 있나?

"네 동료냐?"

네빌이 스가타를 돌아봤다.

"맞아. 하필이면 가장 무서운 녀석이 데리러 온 모양인데."

"허세는 내게 무의미해."

"허세인지 아닌지는 곧 알게 되겠지. 그래, 곧 몸으로 직접 알게 될 거야."

"여자라고 했는데, 누구지?"

스가타는 희미하게 웃었다.

"이름을 말하면 아마 당신도 알걸?"

허턴은 비상계단을 통해 지하1층으로 뛰어 올라갔다. 베니토와는 다른 경로로 중앙계단으로 향했다. 주변은 어둑어둑하지만 상황은 충분히 인지할 수 있었다. 지하에 있는데도 어두컴컴하지 않은 것은 여기저기에 설치된 천창에서 자연광이 새어 들고 있기 때문이었다. 종업원용 통로를 지나 오른쪽으로 꺾었다. 주 통로에 베니토가 쓰러져 있었다.

두개골 일부가 소실되어 뇌가 유출되어 있었다. 옆에는 휴대전화가 나뒹굴었다. 바닥에는 오토바이 바퀴 자국이 또렷하게 남아 있었다. 주변의 벽과 바닥에는 탄흔이 보이지 않았다. 적이 사용한 무기는 머신건도, 샷건도 아니었다. 아마 대구경 핸드건을 썼을 것이다.

허턴은 베니토의 발치에 서서 고개를 들었다. 널찍한 중앙계단을 한눈에 둘러볼 수 있는 절호의 지점이었다. 베니토는 여기서 오토바이를 타고 내려오는 적을 서브머신건으로 쐈다. 하지만 적은 오토바이를 탄 채로 총탄을 피하고서 권총으로 베니토의 머리를 쏘고는 그대로 달아났다…….

믿을 수가 없었다. 베니토와 한패가 된 건 이번이 처음이었다. 그의 기량을 다 아는 것은 아니지만, 오늘 총을 처음 잡은 풋내기는 결코 아니었다.

서쪽 에어리어에서 총성이 울렸다. P9의 소리. 잭이었다.

베니토의 P9과 예비 탄창을 줍고서 달리기 시작했다.

이동하면서 휴대전화를 꺼냈다.

"위즐1. 여기는 위즐2. 베니토는 죽었다. 만만치 않은 상대다. 나도 서쪽 에어리어로 간다."

"라저. 위즐2."

허턴에게서 걸려온 전화를 끊고서 네빌은 스가타를 다그쳤다.

"다시 묻겠다. 누구냐?"

"누구나 다 아는 이름이지."

"말해."

"사신死神이야."

"……."

"거 봐. 누구나 다 알지?"

"헛소리 마라."

"헛소리 아냐. IRF의 '사신'이라고 말하면 알겠나?"

네빌이 눈을 번쩍 떴다.

"……설마."

허턴은 P9을 들고 어둑한 통로를 달렸다. 좌우에는 굳게 닫힌 셔터들이 쭉 늘어서 있었다. 그중에는 셔터도 내리지 않고, 일부 상품마저 방치된 점포도 있었다. 띄엄띄엄 들리던 P9의 총성이 어느새 끊어졌다. 오토바이의 주행음도 들리지 않았다.

서쪽 에어리어에 도착했다. 통로와 점포 안을 들여다보며 돌아다녔다. 왼쪽 통로로 들어가자 무언가가 나뒹굴고 있었다.

잭의 시체였다. 적은 근처에 있었다. P9을 고쳐 쥐고서 어둠 속을 신중하게 나아갔다.

허턴은 저격병이다. 여자와 얽힌 사소한 말썽 때문에 어쩔 수 없이 제대했다. 하지만 경험은 충분히 쌓여 있다. 기척을 지우는 기술에는 자신이 있다. 그 기술로 오늘날까지 살아왔다.

어둠에 섞여 온몸의 신경을 집중해 적의 기척을 찾았다.

기척은…… 느껴지지 않았다.

어떻게 된 건가?

갑자기 뒤에서 배기음이 들렸다. 반사적으로 돌아봤다. 뒤쪽에 있는 통로를 가로지르는 오토바이의 전조등이 보였다.

적이 떠난 방향으로 달려갔다. 찾았다. 이제 놓치지 않겠다. 전장에서 한번 포착한 먹잇감을 놓쳐 본 적이 없다. 사냥꾼의 환희가 솟았다. 저 끝은 막다른 길이다. 적은 스스로 무덤을 팠다. 적은 통로가 종횡으로 얽혀 있는 지하 통로에서 오토바이를 버리지 않았다. 오토바이를 탄 채로 진로를 쉽게 틀 수 있을 줄 알았나? 지리를 읽은 쪽이 이긴다. 그것이 철칙이다. 허턴은 승리를 예감하면서 발소리를 죽이고서 지하를 달렸다.

그때 또다시 오토바이가 허턴의 뒤를 지나갔다.

허턴은 어리둥절해하며 우두커니 섰다.

다른 적인가? 아니다.

자신이 농락당하고 있다.

기척은 또다시 사라졌다. 지하에서, 홀연히.

어디냐…… 어딨어…….

주변에 자욱한 오토바이 배기가스 때문에 냄새를 맡을 수가 없었다. 타이어 흔적을 더듬기에는 너무 어두웠다.

막다른 길로 다 몰았다고 생각했다. 하지만 아니었다.

허턴은 깨달았다. 막다른 곳으로 내몰리고 있는 쪽은 바로 자신이라는 사실을.

"당신도 가는 게 낫지 않을까, 대위? 어차피 난 여기서 꼼짝도 못 하니까."

스가타는 쇠기둥을 사이에 두고 두 팔에 채워진 수갑을 보였다.

"지금이라면 부하와 협력해서 협공할 수 있을지도 몰라. 하지만 늦어 버리면 전멸이야."

"널 방패막이로 삼는 방법도 있지."

네빌이 총구를 스가타에게 겨누었다.

"좋은 방법은 아닌 것 같군. 인질의 목숨을 고려할 상대가 아냐."

"……."

"더욱이 지금 당신의 처지로 미루어 보아 날 살려 둘 수밖에 없어. 내가 살아 있으면 나중에 클라이언트와 교섭을 할 만한 여지가 생겨. 그런데 날 죽여 버리면 단순히 실패했을 때보다 더 큰 대가를 치러야 하지. 당신이 부하에게 말한 것처럼."

"닥쳐! 디아볼루스!"

격앙된 네빌이 내뱉었다.

"그 여자를 처리하고서 돌아오마. 그리고 네놈을 반드시 녀석들에게 넘겨 주마. 그래야만 네놈에게 지옥을 보여 줄 수 있을 테니까."

정면 출입구로 나간 네빌의 뒷모습을 보며 스가타는 나직이 중얼거렸다.

"지옥이라면 질릴 만큼 많이 봤어. 하지만 당신이 맞닥뜨릴 그 '적'은 분명 다른 지옥을 보여 주겠지……."

기척을 지우는 기술에는 자신이 있었다. 하지만 적의 능력은 분명 자신을 능가했다.

순간 혼란에 빠졌다. 자신이 지금 어디에 있는지 모르겠다. 마치

정글 속에 고립된 것처럼 불안했다. 아니, 정글이라면 생명의 기운으로 충만해 있으리라. 이곳에는 죽음의 정적뿐이었다.

적은 정말로 사람인가? 살아서 호흡하는 생물인가?

허턴은 불현듯 형언할 수 없는 감각에 휩싸였다. 공포다. 지금 자신은 엄청나게 무서운 '무언가'를 상대하고 있다.

허턴은 바닥에 엎드려 어둠과 동화했다.

진정해야 한다. 상대는 악마도, 유령도 아니다. 오토바이를 탄 사람이다. 사람이기에 실수를 할 것이다. 차분히 기다리면서 그 기회를 엿보자. 적의 실수를 기다리는 인내심이야말로 저격병의 가장 큰 자질이다.

엎드린 채로 포복하며 전진했다. 뱀처럼 소리를 내지 않고서. 구역과 구역 사이에서 주변을 살폈다. 심장 박동 같은 배기음이 희미하게 들렸다가 금세 사라졌다. 적은 오토바이에 탄 채로 어딘가에 숨어 있었다. 무수히 많은 셔터가 쳐져 있는 지하 상점가에서 소리가 되울렸다. 적이 숨어 있는 곳을 정확하게 포착하기가 어려웠다.

어둠과 침묵. 오른쪽 10미터 전방에 희미한 불빛이 보였다. 한 점포의 셔터가 완전히 닫혀 있지 않았다. 아래 틈새에서 빛이 새어 나오고 있었다. 길쭉한 구역에 있는 그 점포는 양쪽 통로와 맞닿아 있었다. 전조등 불빛이 점포 유리창을 지나 반대쪽으로 새어 나가고 있는 것이다.

찾았다. 허턴은 속으로 회심의 미소를 지었다. 적이 실수하기만을 기다렸다.

적은 그 구역의 뒤쪽, T자로 안쪽에 있었다.

허턴은 오른편 벽까지 기어간 뒤 일어서서 재빨리 이동했다. 그러고는 벽을 따라 구역의 뒤쪽으로 돌아갔다. 아니나 다를까 구역과 구역의 사이에서 하이빔이 뻗어 나오고 있었다.

셔터에 몸을 바짝 붙여 구역의 모퉁이까지 나아갔다. 호흡을 가다듬고서 P9을 들고 통로로 뛰어들었다.

어둠 속에서 정면을 비추는 전조등. 그 위쪽을 향해 서브머신건을 마구 난사했다. 전조등 일부가 깨지면서 꺼졌다. 반응은 없었다. 오토바이에는 사람이 타고 있지 않았다.

함정에 빠졌다고 깨달은 순간, 허턴은 앞으로 고꾸라졌다.

급속도로 시야가 흐려져 갔다. 마지막 힘을 쥐어 짜내 고개만 살짝 돌려 뒤를 돌아봤다.

어둠 속에서 M629V킴프를 든 여자의 실루엣이 나타났다. 그 실루엣은 사신처럼 허턴의 옆을 천천히 지나 ZZR1400에 올라탔다.

그리고 사신은 떠났다. ……허턴의 영혼을 그 손에 쥐고서.

서쪽 에어리어로 향하던 네빌은 P9의 총성과 뒤이어 오토바이 소리가 들리자 발걸음을 멈췄다. 오토바이가 우회했는지 소리가 반대쪽으로 멀어져 갔다. 늦었다. 반사적으로 휴대전화를 꺼냈지만 이내 다시 집어넣었다. 저격병인 허턴은 작전 중에는 휴대전화를 반드시 꺼 놓았다. 언제나 필요할 때 자기가 먼저 걸었다. 이 지하에 있는 적이 스가타가 말한 그자라면 허턴은 이미 이 세상 사람이 아닐 터였다. 책은 말할 것도 없겠지.

네빌은 베레타M92F를 들고 동쪽으로 나아갔다. 오토바이 소리는 이제 들리지 않았다. 통로가 두 갈래로 나뉘는 지점에서 멈추었다. 중앙계단과 아트리움, 어느 쪽으로 가야 하는가.

불현듯…….

멀리서 선율이 희미하게 들렸다. 파이프오르간의 음색이 장엄했다. 딱 네 소절만이 반복되고 있었다. 음이 어긋난「G선상의 아리아」.

네빌은 맹렬하게 달려 나갔다. 통로가 점점 환해지더니 이윽고 시야가 확 트였다.

확 트인 아트리움은 석양에 잠겨 있었다. 저 위에 천창이 달려 있었다. 각 층의 통로가 마치 대극장의 관람석 같았다. 혹은 고대 로마의 투기장처럼 보이는 것도 같았다. 파이프오르간이 정면에 우뚝 서 있었다. 높이가 5미터쯤 되어 보였다. 옛 양식을 본떠서 상부에 천사상 세 개가 달려 있어서 더 높게 보였다. 황혼의 빛이 금색 파이프와 천사들의 얼굴에 장엄하고 깊은 음영을 부여하고 있었다.

네빌의 시야 안에서 살아서 움직이는 것은 없었다. 폐허의 광장 한가운데에 순백의 오토바이가 버려져 있었다. 카울* 끝에 탄흔이 남아 있었다. 상처를 입어 숨이 끊어졌는지 하얀 옷을 입은 기마騎馬는 침묵했다.

네빌은 하얀 오토바이를 곁눈으로 본 뒤 파이프오르간을 향해 걸

---

* 앞유리와 연결된 앞쪽 패널 부분.

어갔다.

해가 급격하게 저물어 갔다. 폐허의 전당에 드리워진 음영이 점점 짙어졌다.

「G선상의 아리아」를 친 사람은 분명 적이다. 자신을 이곳으로 유인하기 위해서. 자신은 놀아나고 있다. 적의 G선 위에서.

네빌은 울분을 참지 못하고 파이프오르간을 향해 베레타를 난사했다. 연주대, 악보대, 건반, 그리고 하늘을 향해 뻗어 있는 파이프들을 쐈다.

모든 탄을 다 쏘기 전에 네빌은 적이 있는 곳을 감지했다. 하지만 총구로 머리 위에 있는 천사를 겨누자마자 가슴이 꿰뚫렸다.

천사상 뒤에서 나타난 라이저는 파이프오르간 위에서 네빌을 내려다봤다.

남자는 팔과 다리를 활짝 벌리고서 쓰러져 있었다. 두 눈은 번쩍 뜨고 있고, 몸에서 흘러나온 피가 커다란 원을 그렸다. 파이프오르간 앞에 쓰러져 있으니 순교자처럼 보이는 듯도 했다.

M629를 집어넣으면서 라이저는 네빌을 향해 중얼거렸다.

"천사의 일격을 받은 기분이 어때?"

자신에게 복음을 들려 달라 바라지 마라. 망자를 위해 찬미가라도 쳐 주면 되겠지만, 자신이 칠 수 있는 곡은 「G선상의 아리아」뿐이다. 더욱이 딱 네 소절.

해넘이 직전의 어스레함에 휩싸인 네오몰 고지마초 주변은 순찰차와 구급차로 북적대고 있었다.

"스가타 경부!"

경찰차에서 뛰쳐나온 유키타니와 수사원들을 향해 스가타는 오른손을 가볍게 들었다.

"면목 없다. 보고서와 함께 시말서도 내도록 하지."

"그보다 경부, 그 팔은?"

"아, 이거? 별거 아냐."

스가타가 태연하게 웃었다. 그의 왼팔은 참혹한 수포에 뒤덮여 있었다. 수사원들은 그 모습을 보고 소름이 끼쳤다.

"빨리 이쪽으로 오십시오!"

구급대원이 강제로 연행하듯이 스가타를 구급차로 데리고 갔다.

현장 인근을 달리던 라이저가 현장으로 급파된 뒤에 채 10분도 안 되어 경찰대가 도착했다.

"이래서야 배후를 캐낼 수가 없잖나?"

미야치카 이사관이 수사원들 앞에서 라이저를 질책했다.

이번 사건은 경찰관이 납치된 특수한 사안이었다. 누구나 부득이하게 범인들을 사살할 수밖에 없었음을 잘 알지만, 지금은 모두가 미야치카와 비슷한 감정을 품고 있었다. 시체 네 구를 실제로 본 경찰들은 일찍이 '사신'이나 '처형인'이라 불렸던 테러리스트 라이저가 털이 쭈뼛 설 만큼 무서웠다. 뒤이어 혐오와 반감이 점점 커져갔다.

"나 참, 다 죽이면 어떡하나! 여론도 살펴야지! 적당히 살려 둘 수는 없었나?"

"적당히?"

지금껏 잠자코 있던 라이저가 당돌하게 되물었다. 허무의 눈동자에 순수한 당혹감이 깃들었다. 마치 그런 단어를 처음 들은 것처럼.

"넌……."

미야치카는 순간 말문을 잃었다. 그는 라이저가 진심으로 당혹스러워하고 있음을 직감했다.

상대를 아무 말 없이 응시하는 테러리스트의 표정에는 당혹감, 그리고 희미한 비애가 담겨 있었다. 그녀는 자신의 심정을 표현할 단어를 열심히 찾고 있는 것처럼 보였다.

"그게 전장이야. 당연하잖아?"

뒤에서 목소리가 들리자 모두가 돌아봤다. 구급차에서 응급처치를 받고 있는 스가타가 말했다.

"죽느냐, 죽이느냐. 결과는 둘 중에 하나야. 그런데 적당히 하라고? 전장에서는 그딴 어설픈 생각을 하는 녀석부터 죽는다."

"네가 우쭐해하며 말할 처지냐?"

미야치카는 평소처럼 밉살스럽게 스가타를 질책했다. 하지만 내심 안도한 듯했다.

"상대는 서브머신건으로 무장한 병사 네 명이었어. 그 적들을 혼자서 제압한 거다."

이어서 스가타는 라이저에게 말했다.

"고맙다. 덕분에 살았어."

라이저는 딱딱하게 고개를 끄덕였다. 아직도 자신의 심정을 표현할 단어를 찾지 못한 그녀는 겸연쩍은지 얼버무리려는 것처럼 물었다.

"여우 소굴은 어땠나?"

"여우가 아니었어. 족제비Weasel였어."

스가타는 스스로 말해 놓고 스스로 웃었다. 그리고 어스름 속에 서 있는 비석 같은 폐허를 돌아봤다.

대위, 족제비 소굴치고는 훌륭했어. 적어도 동티모르보다는 시원하잖아…….

제3장

돌입반

1

특수부는 미국 국적의 외국인 범죄자 크리스토퍼 네빌과 그 부하들의 배후를 철저하게 조사했다. 하지만 예상대로 수확은 거의 없었다. 판명된 것은 세 부하의 이름과 경력 정도였다.

잭 커민스. 전직 미 해병대원.

베니토 아얄라. 전직 미 육군 제75레인저 연대원.

폴 허턴. 본명 찰스 페인. 허턴은 가명이었다. 전직 JTF-2(캐나다 제2통합임무부대) 대원.

모두 군대를 경험했던 직업 범죄자였다. 네빌의 권유에 응해 참가한 모양이었다.

네빌은 특정한 소속이 없는 프리랜서였다. 클라이언트와 이어질 만한 증거도 전혀 남기지 않았다. 세 부하에게 클라이언트의 이름조차 밝히지 않았다는 정황도 있었다. 스가타 경부 앞에서 자화자

찬한 것처럼 네빌은 범죄 업무 위탁 분야에서는 틀림없는 프로페셔널이었다.

'인수자'는 결국 나타나지 않았다. 현장 주변이 그토록 소란스러웠으니 당연하다면 당연했다. 검문에서도 수상한 인물이나 수상한 차량은 걸리지 않았다.

"저길 봐. 또 야한 그림을 그리고 있잖아."

전선기지前線基地라는 이름이 무색한 찢어진 텐트 앞. 기갑병장을 향해 그림붓을 휘두르는 왕푸더를 향해 동료 중 누군가가 목소리를 높였다.

"뭐야? 화백이 신작을 그리고 있나?"

전투와 전투 사이의 짧은 휴식 시간. 태평하게 뒹구는 자가 있는가 하면, 절망에 휩싸여 머리를 싸쥐는 자도 있었다. 남은 전투식량을 안주 삼아 캔 맥주를 마시는 자가 있는가 하면, 기갑병장을 분주히 수리하고 점검하는 자도 있었다.

페인트를 든 왕푸더는 자기 기체의 오른팔 장갑裝甲에 서투른 솜씨로 그림을 그리는 중이었다. 몸에 착 달라붙는 차이나드레스를 입은 아가씨 심벌을 그리고 있었다. 데포르메의 균형이 미묘하게 무너져서 귀엽지는 않았다.

하지만 접사다리 위에 있는 왕푸더는 기분이 좋은지 콧노래를 흥얼거렸다. 열대우림의 습기 때문에 땀을 비 오듯 흘리고 있는데도 희희낙락하며 그리고 있었다. 왕푸더는 스스로를 '반경 500킬로미터 내 최고의 아티스트'라고 말했다. 주변의 남자들은 그 허풍을 액면 그대로 믿는 것 같은 눈빛으로 왕푸더와 그림을 쳐다보았다.

"대단하군."

또 누군가가 감탄하며 말했다. 야유하는 자는 하나도 없었다. 거친 사내들은 하나같이 흐뭇하게 웃고 있었다. 형인 왕푸궈도 무관심한 척하면서 동생을 힐끔 쳐다보고 있었다. 평소에는 호랑이처럼 무서운 사내의 눈빛이 노새처럼 부드러웠다.

다들 왕푸더의 그림이 훌륭하다고 진심으로 여기는 건 아니었다. 그저 그림을 그리는 왕푸더와 그가 자아내는 분위기를 좋아하는 것이다.

"이봐, 화백. 드레스는 무슨 색깔로 칠할 거야?"

M16을 손질하면서 스가타도 왕푸더에게 물었다.

"당연히 빨간색이지. 넋치고 싶어질 만큼 매혹적인 색으로."

왕푸더가 돌아보며 대답했다. 그 순수함은 전선과는 어울리지 않았다.

"그렇군. 그림이 완성되면 못 배기겠는데?"

왕푸더의 그림에 정말로 그런 색기는 느껴지지 않았다. 하지만 마음만은 거짓이 아니었다.

왕푸더는 득의양양한 얼굴로 붉은 페인트를 묻힌 붓을 들었다.

"맞아, 스가타. 다음에는 네 쿠이나크에도 격추 마크를 그려 줄게."

"오호, 그거 기대되는데?"

아무 생각 없이 대답했다. 미래를 생각해 봤자 의미가 없다. 그리고 전장에 '다음'은 없다.

모두가 드레스를 새빨갛게 칠하는 왕푸더를 무심히 쳐다보고 있었다. 전투와 전투 사이의 짧은 휴식 시간. 사내들에게는 빠뜨릴 수 없는 시간.

고급 호텔 살롱보다 더 느긋한 분위기의 중심에는 늘 왕푸더가 있었다. 그리고 모두 그의 콧노래를 일류 테너의 노래처럼 듣고 있었다. 물론 스가타도.

예기치 않은 곳에서 새로운 단서가 나왔다.

네빌이 범행에서 사용했던 아텐자의 차 번호를 도쿄도의 N시스템으로 과거 한 달을 거슬러 올라 조회해 보니 신주쿠구 메이지도리에 설치된 카메라 앞을 여러 차례 통과했음이 밝혀졌다.

통과한 날짜와 시간, 횟수를 분석하니 일정한 패턴이 발견됐다. 메이지도리를 북상한 네빌의 차량은 다카다 2번가에 설치된 카메라를 통과한 직후에 다시 반대 방향으로 되돌아갔다. 메이지도리의 카메라에서 다카다 2번가의 카메라를 지나 다시 메이지도리로 돌아오기까지 걸린 시간은 평균 30분이었다. 매번 똑같은 경로였다. 그리고 반환점이라 할 수 있는 다카다 2번가에 설치된 카메라 바로 근처에는 아시아 여러 나라의 공예품을 취급하는 무역상의 빌딩이 있었다. 그 빌딩은 베트남인 밀수 조직의 거점 중 한 곳이었다.

네빌은 특수부가 베트남인 조직을 감시하기 닷새 전에 발길을 끊었다.

"우연을 믿지 마라. 네빌은 베트남인 조직을 통해 무기를 구했을 것이다."

수사 회의에서 오키쓰가 단정했다.

디스플레이에 한 남자의 사진이 확대되었다. 베트남인 조직의 리더인 구엔민히엔이었다. 나이는 48세. 풍채는 볼품이 없고, 얼굴에는 마맛자국이 남아 있는 중년 남자였다. 중국 국경 지대인 라오카이의 가난한 농촌 출신. 유소년 때부터 마을의 큰 수입원인 무기 밀수업에 몸을 담았다. 밀수 조직을 쫓아 국경을 넘은 중국 무장 경찰대와 베트남 치안부대 사이에서 벌어진 교전 때문에 마을은 쑥대밭이 되었다. 그 뒤에는 경력을 속여 NGO 단체에 몸을 의탁해 국외로 탈출했다. 그리고 여러 나라를 경유한 끝에 일본으로 입국했다.

"이제부터는 베트남인 조직을 전력으로 감시한다. 류탄사를 비롯한 다른 선은 포기해라. 베트남인 조직을 철저하게 틀어막는다. 테러범들이 그들과 접촉하길 기다렸다가 확보한다. 절대로 들켜서는 안 된다. 우리의 의도가 발각된다면 테러 실행범들을 놓칠 가능성이 커진다."

오키쓰가 엄명을 내렸다. 수사의 초점이 한 곳으로 좁혀졌다.

"뭐하고 있어? 빨리 날 버리고 가."

뒤에서 남자가 아우성치고 있었다. 왕푸더였다.

"난 이제 글렀어. 데리고 가 봤자 소용없어."

왕푸더는 베이징어로 계속 외쳤다.

이곳은 동티모르의 습지대였다. 끈적끈적한 진창 때문에 다리가 무거웠다. 콜타르* 속을 걷는 것 같았다. 한 걸음 걸을 때마다 기력과 체력을 송두리째 앗아갔다. 숨은 진즉에 헐떡거리고 있었다. 애만 탈 뿐 조금도 나아가지 않는 듯했다.

머리가 돌아 버릴 만큼 습기와 더위가 엄청났다.

"스가타, 너만이라도 도망쳐. 이대로 가다가는 둘 다 죽어. 하다못해, 하다못해 너만이라도."

스가타는 묵묵히 발걸음을 옮겼다. 대답을 하면 그만큼 힘이 소모된다. 입을 열어 봤자 어차피 목소리는 나오지 않으리라. 귓가에 울리는 목소리가 신경에 거슬렸다. 하지만 들리는 동안에는 왕푸더가 살아 있다는 뜻이었다.

"이봐, 스가타. 왜 날 버리지 않나? 제발 날 놔두고 가."

뒤에서 들리는 목소리가 애원조로 바뀌었다. 그는 아주 오래전부터 정반대의 호소를 번갈아서 하고 있었다.

"난 죽고 싶지 않아. 스가타, 제발 나도 함께 데려가."

등에서 출혈이 느껴졌다. 출혈량을 보니 심상치가 않았다. 피와 땀 때문에 흘러내릴 것 같은 왕푸더의 몸을 다시 업고서 습지대를 건넜다.

적의 작전에 휘말려 분대는 뿔뿔이 흩어졌다. 압도적이면서 집요한 공격이었다. 최대한 응전을 했으나 허사였다. 전투 불능에 빠진

---

* 석탄을 고온 건류할 때 부산물로 생기는 검은 유상 액체.

쿠이나크를 버리고서 자력으로 도망쳤다. 동료의 기체가 근처에서 탄을 맞았다. 폭발로 인한 바람이 불어 닥치는 와중에 쓰러진 기체에 그려진 붉은 드레스 차림의 아가씨 심벌이 보였다. 왕푸더였다. 스가타는 달려가서 콕핏에서 그를 끌어냈다. 중상이었다. 그 외에 생존자는 없었다.

돌격소총을 제외한 모든 장비를 버렸다. 일몰까지 우군과 합류하지 못한다면 더는 희망이 없었다.

“스가타, 넌 최고야. 최고의 병사야. 내게도 너의 힘과 행운을 나눠 줘……. 그때처럼…… 호주에서 온 쓰레기를 한방에 입 다물게 한 그 힘을…….”

등 뒤에서 총성이 들렸다. 그와 동시에 발밑에 총탄이 튀었다. 꽤 가까웠다. 추격자였다. 뒤를 돌아 반자동 모드로 맞춰 놓은 M16A2로 응사했다. 쏘면서 뛰었다. 뒤에서 더 많은 총격이 이어졌다. 총탄이 뺨과 어깨를 스쳤다.

“……날 놔두고 가……. 제발, 스가타……. 날 편하게 해 줘……. 더는 고통스럽게 하지 말고…….”

신키바 4번가에 있는 커피점 ‘델리시오소’에서 스가타는 군이 만델링을 주문했다.

두어 번 온 적이 있는 좁은 가게였다. 점주의 실력을 보니 거의 초보나 다름없었다. 수준이 그거밖에 안 되었다. 가게 이름인 델리시오소는 스페인어로 ‘감미롭다’는 뜻이었다. 하지만 커피 맛은 감미와는 거리가 멀었다. 외관도, 내부 장식도 촌스럽기 그지없었다. 그래도 발걸음을 한 유일한 이유는 청사에서 가깝기 때문이었다. 손님도 적었다. 특히 경찰관은 거의 없었다. 그게 가장 고마웠다.

탁자 위에서 김이 오르는 커피를 앞에 두고 왼팔을 쳐다봤다. 특수방호 재킷 속에서 화상흔이 욱신거렸다. 임무를 수행하는 데는 지장이 없지만 완치까지는 시간이 더 걸릴 것 같았다.

스가타, 유리, 라이저 세 사람에게는 준 대기 명령이 내려졌다. 짧은 휴식 시간이 생겨서 밖으로 나왔지만, 청사에서 너무 떨어져서는 안 되었다.

베트남인 조직은 아직도 움직임이 없었다. 수사반은 고전하고 있는 듯했다. 적에게 발각된다면 모든 것이 끝장이니 세심히 주의를 기울이면서 감시를 해야만 했다.

이런 임무는 정신력이 극심하게 소모된다. 스가타는 지금껏 참가했던 여러 작전을 떠올렸다. 전부 자신과는 맞지 않는 작전이었다. 앞으로도 되도록 맡고 싶지 않았다.

유키타니와 나쓰카와는 현장 수사원으로서 실력이 출중하다고 들었다. 어떻게든 해 줄 것이다. 수사는 그들의 일이지 자신의 일이 아니었다.

유리는 수사에 참여하고 싶은 눈치였으나 허락될 리가 없다. 출동 명령이 내려질 때까지 돌입 요원은 컨디션을 조정하며 체력을 비축해야 할 의무가 있다.

암흑가에서 그토록 손을 더럽혔으면서 그 사내는 몸에 물든 습관이 아직도 빠지지 않은 모양이었다. 형사 시절의 습성이.

유리 미하일로비치 오즈노프. 실력은 뛰어나지만, 이 업계에서 감상에 빠지는 건 금물이다. 특히 과거에 집착해서는 안 된다. 유리는 겉으로는 무뚝뚝하지만 속으로 감상에 잠기는 경향이 있다.

위험한 징후 중 하나였다. 스가타는 머릿속 메모장에 요주의 항목을 추가했다.

―날 놔두고 가…….

왕푸더, 다 놔두고 왔어. 그 시절의 모든 것을 동티모르에.

그래도 그 짐은 전혀 줄어들지 않았기에 성가셨다. 과거라는 꼬리표가 달려 있었다.

버렸다고 생각했는데 어느새 등 뒤에 돌아와 있었다. 마치 고약한 유령처럼.

내게는 그 모든 것이 임무였을 뿐인데…….

스가타는 만델링을 한 모금 머금었다. 상념에 잠겨서 그런지 평소보다 맛이 싱싱했다.

"미야치카 아닌가?"

20층에서 내려온 엘리베이터 문이 열리자 안에서 누군가가 불렀다. 안으로 발을 내딛으려던 미야치카는 놀라서 멈칫했다.

상관이었다. 홀로 엘리베이터 안에 서 있었다.

"부장님……."

아무렇지 않은 척 엘리베이터에 올라 출입구가 있는 2층 버튼을 눌렀다. 그 외에 불이 들어와 있는 버튼은 17층뿐이다.

문이 닫히자마자 오키쓰가 입을 열었다.

"이런 데서 다 만나다니 뜻밖이로군."

껄끄러운 곳에서 맞닥뜨렸다. 이곳은 가스미가세키에 소재한 중앙합동청사 제2호관 19층이다. 경찰청 장관이 있는 그 층에서 미야치카가 엘리베이터를 기다렸던 것은 그야말로 '뜻밖'의 일이라고 할 수 있었다.

"공무 중에 죄송합니다. 실은 마루네 총괄심의관께 인사를 드리고 왔습니다."

"호오, 마루네 총괄심의관한테?"

"제 아내가 사모님의 조카입니다."

거짓말은 아니었다.

"아, 그랬었지."

오키쓰는 납득한 표정으로 고개를 끄덕였다.

"저번에도 사모님께서 제 아내와 딸에게 식사를 대접해 주셔서 근처를 지나는 김에 인사를 올리러 왔습니다."

"자네도 참 힘들겠어."

엘리베이터가 멈췄다.

"경력에 흠이 가지 않으려면 평상시부터 신경을 써야 하지. 개의치 말게."

"죄송합니다."

열린 문을 지나 오키쓰는 표표히 가 버렸다.

미야치카는 그 종잡을 수 없는 뒷모습을 가만히 선 채로 바라봤다.

17층. 형사국과 조직범죄 대책부가 있는 층이다.

다시 내려가기 시작한 엘리베이터 안에서 미야치카는 손수건을 꺼내 식은땀을 훔쳤다. 아내인 마사미가 매일 준비해 주는 베르사체 손수건이었다.

가을 햇볕이 부쩍 힘을 잃은 수요일 오후.

장소뿐만이 아니라 날도 잘못 택했다. 공안위원회는 매주 목요일에 열린다. 그 전날인 수요일에는 장관과 국장급 간부가 모이는 '수요회'가 열린다.

오키쓰 부장은 그것과 자신을 연관 지을까?

아니, 그렇다고 해도 뭐가 어떻다는 말인가? 열심히 머리를 돌려 봤다. 아무 문제도 없었다.

17층에서 내린 부장의 뒷모습에서는 아무것도 읽을 수 없었다. 평소에도 속을 알 수 없는 인물이었다. 등을 보고 무언가를 읽어 낼 수 있을 리가 없었다.

문제없다.

부장이 엘리베이터를 탔을 것으로 보이는 20층에는 경비국이 있다. 상층부를 돌아다니며 원활한 수사를 위해 교섭을 벌이고 있는 거겠지.

엘리베이터가 2층에 도착했다. 이미 평온을 되찾은 미야치카는 손수건을 주머니에 넣고는 등을 쭉 펴고서 걸어 나갔다.

2

수사 회의에 참석한 나쓰카와의 얼굴이 창백해 보였다.

"베트남인 조직 주변에서 새로이 물건을 납품하려는 움직임이 감지되었습니다. 품목은 기모노."

즉 기갑병장이었다. 수사원들이 더욱 바짝 긴장했다. 오키쓰가 추측한 대로 왕푸궈는 틀림없이 다음 범행을 준비하고 있었다.

"그뿐만이 아닙니다. 품목이 하나 더 있습니다. 혼합폭탄 C-4입니다. 지하철 테러 사건 때 썼던 그 폭약입니다. 그 양은 저번 테러 때를 훨씬 웃도는 800킬로그램입니다."

실내가 수런거리기 시작했다. 기모노뿐만 아니라 대량의 폭약으로 범행을 벌이려고 한다. 생각만 했을 뿐인데 등줄기가 오싹해졌다.

왕푸궈와 밀수 조직, 그리고 두 번째 범행이 하나로 이어져 갔다. ……최악의 형태로.

"두 번째 범행은 기필코 막아야 한다. 이를 최우선으로 한다. 납품할 때를 놓치지 마라. 밀수 조직은 반드시 테러범들과 접촉할 거다."

오키쓰의 지휘 아래에서 나쓰카와, 유키타니반이 합동으로 추적 계획을 짰다. 절대로 일을 그르쳐서는 안 된다.

나흘 뒤 새벽 1시, 도시마구 다카다에 소재한 5층짜리 맨션 꼭대기 층. 커튼이 굳게 닫혀 있는 원룸 실내에는 구역질이 날 만큼 땀 냄새로 가득했다.

지저분한 사내들이 여섯이나 틀어박혀 있으니 땀 냄새가 진동할 법했다. 나쓰카와는 앉아서 묵묵히 편의점 도시락을 먹고 있었다.

그 외에 컴퓨터나 각종 기기에 연결된 카메라의 파인더를 들여다보고 있는 부하가 하나 있고, 바닥에 놓인 모니터를 노려보고 있는 부하가 세 명이 있었다. 그리고 침낭 속에서 눈을 붙이고 있는 부하가 하나 있었다.

출입문 바로 오른쪽에 있는 비좁은 부엌과 개수대에는 텅 빈 편의점 도시락과 컵라면 용기가 너저분하게 쌓여 있었다. 이 또한 악취의 원인 중 하나일 것이다.

"주임님, 움직였습니다."

파인더를 들여다보던 남자…… 후카미가 돌아보며 말했다.

먹던 도시락을 내팽개치고서 나쓰카와는 커튼 틈새로 밖을 엿보았다.

감시 거점으로 빌린 그 집에서는 오래된 빌딩의 반입구가 훤히 보였다. 지극히 평범한 그 빌딩이 바로 감시 대상인 베트남인 조직의 아지트였다.

뿌연 가로등 불빛 아래에서 반입구 셔터가 열렸다. 대형 트럭이 나오고 있었다. 미요시, 나루세, 후나이 세 사람은 모니터 영상을 뚫어져라 쳐다봤다. 선잠을 자던 혼마도 벌떡 일어났다.

감시 영상은 신키바에 있는 본부에도 실시간으로 송신되었다.

후카미는 재빠르게 휴대전화를 집어 다른 반에게 연락했다.

"감시 대상이 움직였다. 대형 트럭이다. 차종은 미쓰비시 후소 슈퍼 그레이트. 대수는…….”

“한 대…… 아니, 잠깐.”

나쓰카와는 창밖을 노려보며 말했다.

트럭에 이어 검은 원박스카 두 대가 나왔다.

“원박스카 두 대. 차종은 알겠나?”

모니터를 통해 적외선 카메라의 확대영상을 보고 있던 미요시가 대답했다.

“미쓰비시 델리카. 두 대 모두 차종이 같습니다.”

휴대전화를 쥐고 있는 후카미가 복창하듯이 말했다.

“대형 트럭 한 대, 델리카 두 대. 색은…….”

나쓰카와가 날카롭게 말했다.

“검은색 아니면 짙은 파란색이다.”

“검거나 혹은 짙은 파랑……. 라저.”

후카미는 휴대전화에서 얼굴을 떼고서 말했다.

“2호차. 감시 대상 확인. 추격을 개시했습니다.”

“우리도 간다. 후카미는 여기서 감시와 연락을 맡아라.”

나쓰카와는 외투를 쥐고서 땀 냄새 나는 방을 뛰쳐나갔다. 뒤이어 네 부하들이 따랐다.

감시 대상 근처에서 대기하던 2호차 스카이라인은 이미 대상을 쫓고 있었다.

수사반은 차량을 일곱 대씩이나 준비해 미행에 대비해 왔다. 일곱 대 모두 차종이 달랐다. 각 차량마다 수사원이 두 명씩 탔다. 상황에 맞춰 차량을 더 내보낼 태세도 갖추고 있었다.

"여기는 2호차. 감시 대상은 메이지도리에서 우회전해 메지로도리로 들어섰다."

2호차가 보내는 무전을 들으면서 나쓰카와와 부하들이 탄 1호차 도요타 에스티마가 맨션 주차장에서 출발했다. 운전은 나루세가 맡았고, 조수석에는 후나이가 타고 있었다.

이 1호차가 추적 작전을 지휘하는 지령차였다. 자동차 뒷좌석에는 모든 차량의 위치를 보여 주는 마스터 맵이 탑재되어 있었다.

"델리카 두 대는 호위로군."

마스터 맵에 뜬 각 광점을 확인하면서 나쓰카와가 중얼거렸다.

"상대는 무기 상인이다. 엄청난 무기로 무장하고 있을 거다. 방심하지 마."

차 안에 있는 수사원들이 조용히 고개를 끄덕였다. 모두 권총을 휴대하고 있었다.

"여기는 2호차. 감시 대상은 고코쿠지 인터체인지에서 수도고속도로 5호선으로 진입했다."

무전 보고를 듣고 뒷좌석에 있는 세 사람은 안도했다.

일반도로보다 고속도로가 감시 팀에게는 유리하다. 일방통행이기에 감시팀은 감시 대상 차량의 앞뒤를 틀어막을 수 있고, 후방에서 대기하는 것도 쉬워진다. 또한 고속도로 출구나 휴게소에 미리 차량을 배치해 둘 수도 있다.

"여기는 2호차. 1호차, 감시 대상은 다케바시 분기점에서 도심순

환선을 탔다."

나쓰카와는 마이크를 들고서 2호차의 뒤에서 고속도로를 달리고 있는 4호차를 불렀다.

"4호차. 백업 가능한가?"

"여기는 4호차. 백업 가능."

4호차가 2호차의 임무를 이어받을 수 있음을 알려 왔다.

"2호차, 라저. 감시 대상은 여전히 60킬로미터로 직진하고 있다."

2호차는 감시 대상을 직접 보면서 상황을 파악했다. 상대의 이동 속도를 안다면 미행 속도를 쉽게 조정할 수 있다.

"4호차, 라저."

"여기는 2호차. 감시 대상이 무코지마선으로 들어가려는 듯하다."

나쓰카와가 곧바로 지시를 내렸다.

"4호차, 백업. 2호차는 에도바시 분기점에서 내려라."

"2호차, 라저."

"여기는 4호차. 백업하겠다."

2호차를 대신해서 4호차가 대상을 직접 보는 추적자 역할을 맡았다. 회의에서 스가타 경부는 '아이 볼'이라고 불렀다. 감시 임무에서 감시 대상과 가장 가까운 차량을 군사 용어로 그렇게 부른다고 한다.

2호차는 에도바시 분기점에서 일반도로로 내려갔다. 나쓰카와는 처음으로 추적을 개시한 2호차의 정체가 혹여 발각될까 봐 일찍 뺀 것이다.

나쓰카와의 1호차는 굳이 거리를 좁히지 않은 채 일정한 간격을 유지하며 수도고속도로를 달렸다.

현재 도로에는 정체가 없었다. 평온하게 흘러가고 있었다. 어디까지나 지금은.

감시 대상은 하코자키 분기점에서 수도고속도로 9호 후카가와선으로 진입했다. 그리고 하마초를 지나 다쓰미 분기점에서 완간선으로 갈아탔다.

"여기는 4호차. 감시 대상은 가와사키우키시마 분기점에서 도쿄만 아쿠아라인으로 들어갔다.

"지바현으로 가는가……."

나쓰카와는 가와사키우키시마로 먼저 보내 놓았던 6호차를 4호차와 교대시켰다. 새로이 '아이 볼'이 된 6호차가 감시 대상에 접근했다.

"6호차, 백업."

목이 바짝바짝 말랐다. 혼마가 건넨 현미차를 한 모금 마시고서 미요시에게 넘겼다. 물을 많이 마셔서는 안 되지만, 탈수증에 빠지기라도 하면 곤란했다. 주머니에서 민트 사탕을 꺼내 입에 머금었다.

"상황이 심상치 않은데."

아쿠아 터널을 달리고 있는 운전사 나루세가 중얼거렸다.

두 대 앞에 있는 하얀 미니밴의 엉덩이가 미묘하게 흔들리고 있었다.

"더욱이 뒤에 있는 녀석도."

뒤에서 쉐보레 카마로가 추월을 거듭하며 쫓아오고 있었다.

뒤를 돌아본 미요시가 걱정하며 말했다.

"베트남인 동료 아닐까요? 설마 미행이 발각된 건……."

"진정해."

나쓰카와는 부하들을 타일렀다. 하지만 그의 얼굴도 땀으로 흥건했다.

빨간 카마로가 차량 한 대를 사이에 두고 따라붙었다.

"왔습니다."

뒤를 노려보고 혼마가 신음했다.

카마로는 이내 추월차선으로 빠졌다.

차 안에 있는 모든 사람이 굳어 버렸다.

오는 건가……?

그러나 카마로는 그대로 1호차를 지났다.

나쓰카와는 가슴을 쓸어내렸다.

카마로 안에서 여자가 운전석에 있는 젊은 남자에게 엉겨 붙어 있는 모습이 순간 보였다.

후나이가 혀를 크게 찼다.

"지금은 참아."

속도를 더욱 높인 카마로는 앞서가는 하얀 미니밴도 추월하려 했다.

"저건 역시 무리 아냐?"

차창에 붙어 있는 미요시가 중얼거린 순간.

아니나 다를까 카마로의 차체가 미니밴과 부딪쳤다.

"빌어먹을!"

나루세가 브레이크를 밟았다. 차 안에 있는 모두가 앞으로 꼬꾸라졌다.

빨간 카마로와 하얀 미니밴은 요란하게 미끄러지다가 정지했다. 후속 차량들이 잇달아 급브레이크를 밟았다.

접촉 사고를 일으킨 두 차량의 탑승자 중에서 크게 다친 사람은 없는 모양이었다. 하지만 차량 흐름이 완전히 멈춰 버렸다. 나쓰카와는 무심코 입안에 든 민트 사탕을 깨부쉈다.

나쓰카와는 뒤에서 나루세의 어깨를 두드리고는 지시를 내렸다.

"그냥 가."

"예? 하지만."

"가려면 지금밖에 없어. 잔말 말고 가!"

"예!"

나루세는 액셀을 밟아 추월 차선으로 나갔다. 그러고는 정지한 차량들 사이를 억지로 비집고 들어갔다. 몇몇 차량의 차체가 세게 긁혔다. 좌우에서 욕설이 쏟아졌다.

사고차를 피해 앞으로 나온 1호차는 다시 주행을 시작했다.

나쓰카와는 본부에 연락해서 뒷수습을 부탁했다. 이제 후방 도로는 정체가 될 것이다.

뒤에 있는 3호차에게 연락했다.

"여긴 1호차. 3호차 응답하라."

"여긴 3호차."

"아쿠아 터널 안에서 접촉 사고가 발생했다. 지시가 있을 때까지 현 상태를 유지하라."

"3호차, 라저."

3호차는 버릴 수밖에 없다. 다른 차량을 앞서 보낸 것이 불행 중 다행이었다.

트럭은 호위를 받으며 기사라즈카네다 인터체인지에서 일반 도로로 내려갔다.

'아이 볼'은 6호차에서 5호차, 그리고 유키타니 주임이 탄 7호차로 이어졌다.

"여기는 7호차. 감시 대상이 정지했다."

무전기에서 유키타니의 목소리가 흘러나왔다.

"감시 대상 정지. 탑승자가 내렸다."

1호차 안이 조용히 끓어올랐다. 트럭이 목적지에 도착한 것 같다.

유키타니가 말해 준 그 장소는 지바현 소데가우라시市 미나미소데에 있는 매립지였다. 모든 차량이 합류를 서둘렀다.

7호차 샤리오는 폐가 같은 빌딩 뒤에 정차해 있었다.

1호차를 그 뒤에 붙여서 세운 뒤 나쓰카와는 곧바로 뛰쳐나왔다.

"유키타니!"

7호차 옆에 서 있는 유키타니가 앞쪽을 가리켰다.

"저기다."

평탄한 어둠 속에서 사각 모양의 빛이 입을 작게 벌리고 있었다. 창고인가? 푸르스름한 형광등이 켜져 있는 내부에 정차된 트럭이 보였다. 호위를 맡은 원박스카도.

트럭의 짐은 아직 내려지지 않았다.

유키타니반의 수사원이 7호차 뒤에서 카메라를 돌리고 있었다. 다른 수사원들도 촬영 기기를 든 채로 소리 없이 주변으로 재빨리 산개했다.

나쓰카와와 유키타니는 어둠 속에서 나란히 서서 입구를 쳐다보았다.

창고 쪽에서 베트남인 조직원들이 서서 이야기를 하고 있었다. 저마다 단기관총으로 보이는 총기를 소지하고 있었다.

"빨리, 빨리 얼굴을 보여라."

초조한 나머지 나쓰카와가 나직이 중얼거렸다. 목적은 운반인이 아니었다. 인수자였다.

어둠 속에서 기계음이 울렸다.

삐거덕거리며 셔터가 닫히고 있었다. 사각 모양의 빛이 사라지고 그 자리를 어둠이 채웠다.

나쓰카와는 어둠 속에서 이를 가는 부하들의 신음을 들었다.

짐을 창고 안에 내려둔 트럭 운전사와 호위들은 왔던 경로를 되짚어 그대로 도심으로 돌아갔다. 창고 안에서 납품이 이루어져 결국 수취인을 확인할 수 없었다.

창고 안에서 기갑병장을 받은 자는 누구인가? 특수부는 뒤이어 24시간 감시에 들어갔다.

창고를 빌린 임차인은 '미우네 무역'이었다. 실체가 없는 페이퍼 컴퍼니였다. 서류에 적혀 있는 명의는 모두 위조된 것이었다. 그리고 임차인은 어설픈 자금 세탁 따윈 발끝에도 못 미칠 만큼 복잡한 경로를 거쳐 임대인의 계좌에 다달이 임차료를 입금했다. 자금의 흐름을 밝혀내기가 상당히 어려울 것 같았다.

3

소데가우라시 미나미소데. 도쿄만과 맞닿은 매립지가 기하학적인 선을 이루고 있는 인공 해안이었다.

갈고리처럼 생긴 이 지역의 구석에는 마치 외로운 섬이 떠 있는 것 같은 땅이 있다. 잡초가 듬성듬성 나 있는 황무지 가장자리에는 철거가 안 된 공업 시설이 땅에 들러붙어 있는 것처럼 서 있었다. 폐기된 재개발 계획의 황량한 자취라고나 할까.

그 중심부에는 골판지 상자를 엎어 놓은 것 같은 투박한 3층짜리 건물이 있었다. 바로 그곳이 감시 대상의 창고였다.

직선과 평면으로 구성된 회색 덩어리. 실용만을 따져 설계된 흔하디흔한 외관. 하지만 그 무기질적인 느낌이 음울한 인상을 주고 있었다.

주변에는 사람이 없는 폐허들뿐이었다. 그렇기에 창고를 감시하는 거점을 설치하기가 쉬웠다. 특수부는 여러 각도에서 감시할 수 있도록 여러 거점을 설치해 엄중한 감시 태세를 세웠다.

그러나 창고 안에 잠복하고 있을 누군가는 얼굴은 전혀 보이지 않았다. 외출하기는커녕 창문을 통해 바깥을 쳐다보지도 않았다. 건너편에 있는 맨션을 비롯해 인근을 돌아다니며 물어봤지만, 창고를 드나드는 수상한 사람을 봤다는 주민은 한 명도 없었다. 왕푸궈와 그 일당은 오랫동안 잠복할 수 있도록 식료품과 탄약, 그 이외의 물자를 내부에 비축하고 있는 것으로 추정되었다.

사흘이 지나고 나흘이 흘렀다.

수사원들은 감시를 계속했다. 정신이 다 닳아 없어질 때까지.

베트남인 조직을 감시하기 시작한 날부터 벌써 며칠째인가? 자신의 일을 사명이라고 굳게 믿는 사람이 아니라면 도저히 견뎌 낼 수 없으리라.

닷새, 엿새.

피폐해진 부하들의 모습을 보다 못한 나쓰카와는 어떤 계획을 제안했다.

그의 제안을 오키쓰는 곧바로 수락했다.

이레째 새벽. 창고 남쪽에서 때 아닌 소음이 났다.

노란색 헬멧을 쓴 건설 작업부들이 중장비를 조종해 창고 맞은편에 있는 폐빌딩의 펜스를 헐고 있었다.

작업부들은 전부 진짜였다. 오키쓰가 빌딩 소유자에게 미리 말을 해 뒀다.

펜스만 철거할 뿐이니 소음에 비해 비용은 얼마 들지 않는다. 기존 펜스를 헐고 그 자리에 해체 작업용 펜스를 설치한 뒤 법에 따라 공사 확인 표시판을 세운다. 그것이 이번 작업의 전부였다.

무수히 많은 망원 카메라들이 창고의 남쪽 창을 바라보고 있었다.

위험도가 낮은, 너무나도 단순한 덫. 가능성은 충분히 있었다.

이 소음이 신경이 쓰일 것이다. 그리고 확인하지 않고는 못 배기리라.

나쓰카와, 유키타니, 그리고 모든 수사원들이 창고가 보이는 빌딩에서 카메라와 연동된 모니터를 쳐다보았다.

과연 움직일 것인가?

모니터 안에서 커튼이 흔들렸다.

카메라 셔터가 고속으로 깜빡였다. 나쓰카와는 모니터에서 고개를 들어 해당하는 창문을 두 눈으로 확인했다.

그는 분명히 봤다.

고성능 카메라와, 그보다 더 뛰어난 형사의 눈이 테러범을 포착한 순간이었다.

"나는 말이야. 헤이하이즈黑孩子야."

등 뒤에서 왕푸더가 중얼거렸다.

뒤에서는 총성이 산발적으로 들렸다. 적은 수를 늘리면서 집요하게 쫓고 있었다.

진창 속에서 온몸이 비거덕거렸다. 몸과 근육이 비명을 질렀다.

"헤이하이즈가 뭔지 아나?"

알고 있다. 여러 번이나 들었다.

중국 공산당이 1975년부터 실시한 계획 생육 정책. 두 번째 자식의 출산을 금지하는 인구 규제 정책을 말하는데 시쳇말로 '한 아이 정책'이라고 한다. 이 정책에 반해 태어난 아이들을 '헤이하이즈'라고 부른다. 이들은 호적에도 오를 수가 없다.

"원래부터 빈곤했던 집안은 나 때문에 더욱 빈곤해졌어. 아버지는 내 탓이라면서 나를 때렸지. 네가 낳아서 그렇다면서 어머니도 때렸어. 나도, 어머니도 늘 맞고 살았어…….

한 아이 정책을 위반한 가정은 거액의 벌금이 부가된다. 세제 혜택을 받지 못하는 등 사회적으로도 불이익을 받는다. 공공 복지도 누릴 수가 없다.

"이봐, 무슨 소린지 알겠어? 허구한 날 얻어맞았어. 어머니는 맨날 울었고. 결국 어머니는 나 때문이라며 날 때렸어. 이봐, 알겠어? 알겠냐고? 스가타."

잘 알아. 왕푸더. 하지만 그건 드문 일이 아냐. 특히 용병으로 살아가는 인간들 사이에서는.

누군가에게 맞았다. 누군가를 죽였다. 누군가를 사랑했다.

그런 이야기는 질리도록 들었다.

나 참, 이놈이고 저놈이고 죄다 사연을 품고 있다. 사연만을 품고서 흘러들어 온다. 사연만이 있을 뿐 이데올로기는 없다. 설령 있다고 해도 싸우다 보면 신기루처럼 사라져 버린다. 이데올로기란 그런 것이다.

이데올로기는 사라지지만, 원한은 사라지지 않는다. 사람의 마음 속에 영원히 도사린다.

"그런데 형은 늘 날 지켜 줬어. 형만이 날 감싸 줬어. 날 감싸고서 대신 맞기도 하고……."

그 이야기도 몇 번이나 들었다. 왕푸궈는 헤이하이즈라 불리던 동생을 가엾게 여겼으리라. 그래서 더욱 귀엽게 보였으리라.

그늘 속에서 시달리던 동생을 감싼 형이라. 눈물이 다 나올 것 같았다. 너무 진부해서.

"오직 형만이 날 구해 줬어……. 스가타, 지금 너처럼……."

그만 좀 해. 나는 네 형이 아냐.

그저 병사일 뿐이야.

"금일 오전 11시 22분. 그 창고에서 왕푸궈를 확인했습니다."

오후 10시에 열린 수사 회의에서 긴장한 유키타니는 보고하는 내내 목소리를 떨었다.

"그리고 잠복 중인 남자가 하나 더 있습니다. 이 남자입니다."

디스플레이에 망원사진이 떴다. 창고 창가에 서 있는 남자의 옆모습이 찍혀 있었다. 확대. 더 확대. 갈색 피부와 이목구비로 보아 동남아시아계인 듯했다.

"스가타 경부의 증언을 바탕으로 태국인 용병인 나타웃 와차라쿤이라는 걸 밝혀냈습니다. 세 명의 테러 실행범 중에서 나머지 한 명은 이 남자로 추정됩니다."

평소에 비해 실내는 한산했다. 수사원 대부분은 지금도 현장에서 감시를 하고 있었다. 그래도 중대한 국면을 맞이한 수사본부 내부에는 흥분과 긴장이 흘렀다. 회의에 출석한 유리는 유키타니의 보고에 귀를 기울이며 앞에 있는 단말기 모니터를 뚫어져라 보고 있었다.

나타웃 와차라쿤. 35세. 태국 동북부 나콘파놈주 출신이었다. 징병되어 태국 육군에서 2년 동안 복무했다. 의무 기간이 끝난 뒤에도 제대하지 않고 5년을 더 복무했다. 그 뒤에는 프리랜서 민간 경비 요원이 되었다. 주요 활동 지역은 태국, 미얀마, 인도네시아였다.

"그 녀석은 왕푸궈에 필적하는 베테랑이야. 업계에서도 유명하지."

스가타가 앉은 채로 설명을 덧붙였다.

"대거를 잘 쓰는 녀석이야. 낮은 자세를 취하다가 대거를 갑자기 쳐올리지. 특별 제작한 폭이 넓은 대거를 써. 그 녀석이 타는 기갑병장의 풋워크는 최고 수준이야. 자세한 건 보고서를 봐 줘."

유키타니가 이어서 설명했다.

"베트남인 조직이 반입한 기모노는 순정 '고블린' 두 기입니다. 들여온 경로로 보아 중국군에서 빼돌린 장비로 추정됩니다. 그리고 저번에 썼던 89식 중기관총이 두 정이 있습니다. 또한 확인되지 않은 컨테이너도 있습니다. C-4폭약일 가능성이 큽니다. 현재 나쓰카와 주임이 지휘하는 요원들이 현장을 엄중하게 감시하고 있습니다."

"수고했다."

오키쓰가 말했다. 그의 말투는 늘 냉정했다.

"즉시 지방 재판소에 영장을 청구한 뒤 내일 아침 6시에 돌입해 테러범들을 확보한다."

유리를 포함한 모두가 긴장했다. 잠복처가 밝혀진 뒤에 여러 돌입 계획을 세웠다. 어떤 계획이든 당장 실행할 수 있었다.

"내일 아침? 아무리 그래도 너무 경솔한 거 아닙니까?"

미야치카 이사관이 이의를 제기했다.

"경솔하다?"

"예를 들어…… 테러범이 의뢰인과 접촉하길 기다리는 방법도 있지 않겠습니까?"

"그런 방식으로 잡힐 만한 상대가 아냐. 테러범들은 미리 준비된 계획에 따라 알아서 행동하고 있을 수도 있다."

"하지만 부장님."

"적은 이미 기모노를 손에 넣었다. 800킬로그램이나 나가는 폭약도 말이지. 언제 행동을 개시할지 알 수 없다. 더는 방치할 수가 없어. 한시라도 빨리 구속해야 한다."

오키쓰는 미야치카의 제안을 물리치고서 미도리를 불렀다.

"스즈이시 주임."

"예."

미도리가 일어섰다. 눈이 빨갛게 부어 있고, 피부는 거칠거칠했다.

"바게스트는 수리가 완료됐나?"

“얼라인먼트 조정이 크게 늦어지고 있습니다. 현재 72퍼센트 정도 진행되었습니다.”

“작전에 투입할 수 있겠나?”

“안 됩니다. 현 상태에서는 어그리먼트 모드로 전환할 수 없습니다. 예기치 않은 사태에 대응하지 못할 겁니다.”

그녀는 고개를 깊숙이 숙였다.

“죄송합니다. 전부 제 책임입니다.”

유리는 참지 못하고 일어섰다.

“스즈이시 주임. 바게스트를 가동할 수는 있는 건가?”

“예. 하지만 가동 중에 어떤 문제가 발생할지 알 수가…….”

미도리의 대답을 끝까지 듣지 않고 유리는 오키쓰를 보며 말했다.

“절 작전에 투입해 주십시오. 어그리먼트 모드를 쓰지 않아도 바게스트의 성능이라면 노멀 모드로도 충분합니다.”

“안 돼.”

오키쓰는 단호히 거절했다.

“스즈이시 주임의 말대로 예기치 않은 사태가 벌어지면 어쩔 텐가? 우리는 드래군을 단 한 기도 잃어서는 안 돼.”

“부장님, 부탁드립니다.”

유리가 물고 늘어지자 미야치카가 꾸짖었다.

“떼쓰지 마라. 부장님의 말씀이 무슨 뜻인지 모르겠나?”

“…….”

“오즈노프, 내 말 안 들리나? 당장 앉아!”

"부장님!"

오키쓰는 시가릴로 케이스를 꺼냈다.

"오즈노프 경부."

오키쓰는 말끔하게 재단된 몬테크리스토를 물고는 여느 때처럼 성냥을 능숙하게 켜서 불을 붙였다. 조용히 연기를 내뱉고서 불쑥 말했다.

"드래군은 자네의 목숨보다 중요하다."

스가타와 라이저를 제외한 모두가 할 말을 잃었다. 애써 감췄지만 모두가 다 아는 사실이긴 했다. 그런데 많은 사람들이 있는 자리에서 그토록 노골적으로 단언할 줄이야.

"계약서 내용을 기억하고 있겠지? '어떤 상황에 처하더라도 드래군을 최우선으로 보전한다.'"

"……."

"또 이런 조항도 있다. '명령에 불복종했을 경우에는 이유를 막론하고 계약은 해제된다.' 그 경우에 자네는 자네 목숨보다 더 귀중한 걸 페널티로 잃을 걸세."

유리는 몸이 굳어 버렸다. 자신의 목숨보다 더 귀중한 것. 그것이 무얼 의미하는지 오키쓰는 바야흐로 지적했다. 자신조차 지금까지 막연하게나마 생각해 왔던 것을. 아니, 알면서도 애써 생각하지 않으려고 애썼던 것을.

자신은 일찍이 형사였다. 형사직을 잃고서 모든 자긍심을 잃었다. 일본 경시청과의 '계약'은 얄궂게도 자신에게 다시 형사가 될 수 있는 기회를 주었다. 그때 자신은 새삼 느꼈다. 잃어버린 보금자리로 다시 돌아온 야윈 수캐의 기쁨을.

앞으로도 형사이기 위해서는 계약에 반하는 행위를 결코 해서는 안 된다. 하지만 그것은…….

유리는 결의를 굳히고서 고개를 들었다.

“전 분명 계약에 따라 고용된 사람입니다. 그때 제 처지로는 어떤 계약이든 서명할 수밖에 없었습니다. 하지만 그 전에 전 경찰관입니다. 정확하게 말하자면 한 번은 경찰관이었던 사람입니다.”

수사원들은 마른침을 삼키며 유리의 말을 귀담아듣는 것 같았다. 유리가 그들 앞에서 비참한 과거를 조금이라도 언급한 건 임관 이래로 처음이었다.

“그 계약은 경찰관으로서의 직무를 전제로 맺은 것으로 전 해석합니다. 그때 전 현장에 있었습니다. 아라가키 반장이 숨진 그 현장에 말입니다. 그러니 전 가야만 합니다. 제가 경찰관으로 살아가기 위해서.”

오키쓰는 연기 속에서 눈을 가늘게 뜨고는 유리를 물끄러미 쳐다봤다.

“부장님이 SAT를 죽게 내버려 뒀는지는 잘 모릅니다. 하나 만약에 그렇다면 전 역시 부장님을 신뢰할 수 없습니다. 모스크바에도 경찰이라 할 수 없는 경찰 관료가 많았습니다. 그런 놈들 아래에서는 두 번 다시 임무를 맡지 않겠다고 맹세했습니다. 과오를 되풀이하고 싶지 않습니다.”

"날 협박하는 건가?"

"그렇게 받아들이셔도 어쩔 수 없습니다."

"협박에 굴한다면 그게 경찰이겠는가?"

"압니다. 하나 전 형사로서 그리 대답할 수밖에 없습니다."

오키쓰가 희미하게 웃었다.

"스가타 경부. 바게스트가 어그리먼트 모드를 사용할 수 없다는 전제에서 작전을 수행할 수 있겠나?"

"플랜B라면 가능합니다. 그만큼 제 부담이 커지겠지만 뭐, 어떻게든 되겠죠."

"라드너 경부는?"

"문제없습니다. 밴시가 벌충할 수 있는 범위입니다."

라이저도 동의했다. 여전히 무표정했다.

"알겠다. 오즈노프 경부. 작전에 참가할 것을 명령한다."

"감사합니다."

"단 작전 중에는 스즈이스 주임의 지시를 엄수할 것. 알겠나?"

"예."

유키타니를 비롯한 수사원들 사이에서 안도하는 분위기가 퍼져갔다.

시로키는 고개를 끄덕였고, 미야치카는 씁쓸해했다.

미도리는 새로운 압박 때문에 얼굴이 굳어졌다. 바게스트를 투입할 수 있도록 당장 정비를 서둘러야 했다.

오키쓰가 모두를 바라보며 말했다.

"이번 작전은 테러범을 산 채로 확보할 수 있느냐 없느냐가 관건이다. 테러범들이 기모노에 탑승한다면 그걸로 끝이다. 무조건 그 전에 잡아라."

기갑병장에 탑승한 채 저항하는 자를 산 채로 확보하는 건 불가능에 가깝다. 기갑병장을 공격하여 무력화시키면 구조상 탑승자는 치명상에 가까운 타격을 받게 된다. 그 경우에 사망률이 80퍼센트를 넘는다고 한다.

"혹시 몰라서 말해 두겠는데, 이번 작전은 어디까지나 극비다. 경찰 관계자에게도 알리지 마라. 현장에 있는 나쓰카와반에게도 철저히 함구토록 전해라."

시로키가 놀라서 묻는다.

"지바 현경에도 말입니까?"

"안타까우나 현재 경찰 조직의 실태로 보아 말단에서 기밀을 철저히 유지할 수 있으리라 백 퍼센트 확신할 수가 없다. 만에 하나라도 정보가 누설된다면 돌이킬 수가 없다."

외부 출신이라서 그런지 오키쓰는 가차 없이 단언했다. 경찰 출신이라면 현장 요원을 앞에 두고 그런 말은 하지 않는다.

수사원들은 분해서 속으로 신음했다. 유리는 그 마음을 뼈저리게 잘 안다. 부적절한 조직이나 개인과 연루되어 있는 현장 경찰관의 숫자는 상상보다 많다. 그들은 그 사실을 몹시 잘 안다. 그 분함은 개개인이 임무를 착실하게 수행하면서 풀어낼 수밖에 없다.

관할 밖에서 작전을 벌일 때, 보안이라는 명목으로 관할 부서에게 일부러 연락을 하지 않는 경우가 경찰에서는 드물지 않다. 알량한 자존심 때문이다. 그렇기에 현장에서는 늘 불필요한 마찰이 벌어져 심신이 소모된다. 하지만 지금 오키쓰가 그 고루한 자존심 때문에 기밀을 엄수하라고 지시하지 않았다는 것만은 다들 이해하고 있었다.

"지바 현경이 체면을 구기게 되겠군요. 추후에 시끄러워질 겁니다."

시로키가 걱정하며 말했다.

"하는 수 없지. 지금은 작전을 성공시키는 게 최우선이다. 설사 불상사가 벌어지더라도 일반 경찰은 기갑병장을 억지할 수 있는 힘이 없다. 그들에게 작전을 알려 주더라도 우리의 힘만으로 제지해야하는 상황은 변함없다. 이상이다. 당장 준비에 들어가도록."

모두가 일제히 일어섰다.

회의가 끝난 뒤에 유리는 아무 말 없이 곧장 휴게실로 향했다. 음료수 자판기에 100엔짜리 동전을 넣으려고 했다. 손이 떨려서 동전이 잘 들어가지 않았다. 투입구 가장자리에 동전이 닿아서 탁탁 소리가 났다. 유리는 혀를 차면서 다시 시도했다. 이런 때는 뻔뻔한 스가타가 부러웠다. 그 남자가 동요를 하긴 할까? 상상이 되질 않았다.

목숨보다 더 귀한 것을 또 잃었다. 더욱이 제 손으로 산산조각을 냈다. 회의에서 자신이 그런 발언을 할 줄이야.

이제야 들어갔다. 100엔짜리 동전을 하나 더 넣었다. 역시 들어가지 않았다. 동전을 자판기에 대고서 미끄러뜨려 겨우 넣었다. 한숨을 내쉬고서 캔 커피 버튼을 눌렀다.

거스름돈은 거들떠 보지도 않고 캔을 꺼냈다. 스가타는 좋아해서 마시지만, 유리는 캔 커피를 좋아하지 않는다. 하지만 지금은 이 캔 커피가 간절했다. 형언할 수 없는 갈증을 채우고 싶었다.

약품 같은 냄새를 풍기는 달짝지근한 액체를 목구멍 속으로 흘려 넘기며 유리는 문득 SAT 대원의 합동 장례식을 떠올렸다.

—우릴 감히 방패막이로 삼다니.

—자기가 경찰관인 줄 착각하고 있군. 들개인 주제에.

자신은 상층부의 명령에 따라 후방 지원을 맡았다. 그리고 죽은 대원들과 같은 현장에서 마찬가지로 죽을 뻔했다.

그래도 같은 경찰관들은 자신을 소외시키는가?

그래도 경찰관으로서 살아가길 고집하는가?

그 대답은 아까 부장에게 말했다.

하지만 정말로 그러한가? 아까는 정신없이 그렇게 대답했지만 정말로 그러길 바라는가?

온갖 부조리, 온갖 모순이 속에서 미친 듯이 날뛰었다.

"오즈노프 경부."

뒤에서 누군가가 불렀다. 유리는 호흡을 가다듬고는 아무렇지 않은 척 돌아봤다.

유키타니였다.

방금 추태를 봤나?

"잠깐 괜찮겠습니까?"

유키타니가 조심스럽게 물었다.

"괜찮아."

무뚝뚝하게 대답하고서 자판기에 기댔다. 아까 그 추태는 보지 못한 모양이었다.

"시간이 없어서 솔직하게 말하겠습니다."

그는 선 채로 말을 꺼냈다.

"우리는 경부의 과거를 자세히 알지 못합니다. 하나 소문은 들립니다. 부하들 중에는 경부를 경찰관으로 인정할 수 없다고 공언하는 녀석도 있습니다."

무슨 말을 하고 싶은 건가?

"나도, 저기, 뭐라고 해야 하나……. 잘난 척할 수 있는 처지는 아닙니다만, 왜 경찰을 했을까 부끄러워하며 괴로워했던 시기도 있었습니다. 그래도 지금은 경찰관으로서 자긍심을 갖고 있습니다."

유리는 잠자코 캔을 기울였다. 커피의 과도한 당분이 체내로 흘러들었다.

"경부는 현장에서 목숨을 잃을 뻔했습니다. 목숨을 걸고 있는 건 SAT나 우리나 마찬가지입니다. 아까 경부의 말을 듣고 난 확신했습니다. 적어도 지금 경부는 어엿한 경찰관이라고."

적어도 지금?

"넌 좋은 녀석이로군. 좋은 경관이야."

"아, 아뇨……."

피부가 하얀 유키타니가 소년처럼 생긋 웃었다.

“하나 알려 주지. 네 말이 맞다. 오늘은 좋은 경찰관이지만, 꼭 내일도 좋은 경찰관이라고 할 수는 없지.”

“예?”

“경찰은 경찰관을 바꿔 버린다. 그런 거다.”

“무슨 소리인지……?”

곤혹스러워하는 유키타니를 내버려 두고 유리는 빈 캔을 쓰레기통에 던져 넣고서 걸어 나갔다.

“출동이다.”

“스가타, 넌 날 도저히 버리고 갈 수가 없어. 그렇지?”

왕푸더는 등 뒤에서 끊임없이 아우성쳤다. 그 목소리가 점점 약해져 갔다. 당장에라도 스러져 버릴 것 같았다.

포성이 뒤울렸다. 추격이 점점 거세지고 있었다. 습지대의 진창을 붉게 물들었던 태양도 급속도로 빛을 잃어 갔다. 곧 일몰이었다.

“우리는 형제 같은 사이잖아? 줄곧 함께 작전을 해 왔지. 서로 도와왔어. 형제, 형제야. 형도 틀림없이 그리 생각할 거다. 우리 셋은 형제야. 형제가 형제를 어찌 못 본 척할 수 있겠어.”

형인 왕푸궈는 그날 30킬로미터 떨어진 지점에서 다른 임무를 수행하고 있었다. 같은 소대의 세 사람 중에서 왕푸궈만이 살았다는 뜻이었다. 왕푸궈는 늘 운이 따랐다. 늘 왕푸궈만.

“그래, 형은 날 기다리고 있어. 날 구해 주면 형은 반드시 은혜를 갚아. 평생토록 말이야. 우리는 받은 은혜를 절대로 안 잊어.”

왼쪽 팔이 타오를 듯이 뜨거웠다. 총탄이 스쳤다. 이내 옆에 있는 나무에 탄이 박혔다. 조준이 점점 정확해졌다. 적은 바로 지척에 있었다.

"날 내버리고 가면 형은 널 용서하지 않아. 땅끝까지 쫓아가서 널 죽인다. 반드시."

왕푸더는 태도를 확 바꿔서 협박을 했다. 그래, 괜찮다. 그런 식으로 계속 지껄여라. 의식이나 잃지 마라.

뒤에 있는 수풀 속에서 여러 적병이 소리를 지르며 뛰쳐나왔다. 스가타는 돌아보며 M16A2로 총탄을 흩뿌렸다. 탄환이 얼마 남지 않았다.

"우리는 형제야. 그렇지, 스가타?"

스가타는 응사하면서 고래고래 외쳤다.

"그래, 우리는 형제다……."

4

오전 5시 21분. 각 요원의 배치가 모두 완료되었다.

지바현 소데가우라시 미나미소데의 매립지. 미우네 무역의 창고.

부지를 에워싼 펜스 중앙에 있는 정문 게이트에서 창고의 정면 출입구까지는 직선거리로 100미터쯤 되었다. 트럭이나 트레일러의 주차장으로 마련된 공간이었다.

후면에 해당하는 서쪽과 북쪽은 모양새가 똑같은 건물에 막혀 있어서 이 창고의 반입구는 동쪽에 한 군데밖에 없었다. 남쪽에는 비상구도 있지만 기갑병장이 지나갈 수가 없었다.

"북A, 1반, 배치 완료."

수사원들은 창고를 중심으로 각 블록마다 분산 배치되었다. 여러 각도에서 창고와 주변 상황을 지켜보고 있었다. 물론 그들은 돌입 요원이 아니었다. 주요 임무는 감시, 그리고 기갑병장을 버린 테러범들이 도주하지 못하도록 막고서 확보하는 것이다.

"서A, 배치 완료."

"남C, 테러범들은 조용하다."

유키타니는 서쪽, 나쓰카와는 북쪽의 공지에 아웃도어용 탁자와 의자로 간이 거점을 설치하고서 각자 부하들을 지휘하고 있었다. 서쪽과 북쪽은 인접한 건물에 가려져 창고에서 거점이 육안으로는 보이지 않았다. 특히 나쓰카와가 있는 북쪽에는 잡초가 무성한 빈터만이 펼쳐져 있을 뿐이었다. 그 건너편은 바다였다. 창고 정면에서 직접 북쪽으로 빠지는 도로가 없어서 기갑병장이 나타날 걱정은 없었다. 하지만 그래도 멀리 뒤쪽에 다리가 있기에 인원을 빠짐없이 배치했다.

여하튼 건너편에는 완충지대인 공원을 끼고 맨션들이 늘어서 있었다. 그렇기에 테러범들을 반드시 매립지 안에서 붙잡아야만 했다.

"남B, 배치 완료."

"남동C, 감시 태세로 대기 중."

스가타와 유리는 드래군에 탑승해 서쪽에 인접한 빌딩 옥상에서 대기하고 있었다.

6층짜리인 그 빌딩은 한때 제약 회사의 연구 시설이었다. 하지만 지금은 아무도 없었다. 북쪽에 인접한 빌딩도 같은 회사가 소유하고 있는데 역시 아무도 없었다.

창고 외벽이 저 아래에 보였다. 3층쯤 되는 위치에 채광창이 나 있었다. 내부는 캄캄해서 보이지 않았다. 창고와의 거리는 약 3미터.

날이 새기 시작했다. 해면에 자욱이 끼어 있던 아침 안개는 서서히 개고 있었다. 가끔 들리는 새소리 말고는 정적을 깨는 소리는 없었다.

얼핏 운하처럼 보이는 바다를 사이에 두고 건너편 부두에는 지휘 차량이 주차되어 있었다. 그 안에서 오키쓰는 잇달아 들어오는 상황 보고를 듣고 있었다. 시로키와 미야치카도 청사에서 같은 정보를 받았다.

"남A, 2반, 배치 완료."

"서D1, 주변에 장애물 없음."

"남서D3, 창고는 조용하다. 감시를 계속하겠다."

감시 대상이 특수부의 움직임을 알아차린 듯한 징후는 포착되지 않았다.

오키쓰는 디스플레이를 쳐다봤다. 창고를 여러 각도에서 찍고 있는 영상을 실시간으로 보여 주었다. 아침 햇살이 칙칙한 콘크리트 상자를 서서히 비춰 갔다. 변화는 없었다.

오키쓰의 뒤에 있는 미도리는 콘솔을 보며 드래군의 상태를 모니터링하는 중이었다.

입수한 설계도에 따르면 중앙에 있는 대형 리프트가 짐을 각 층으로 올리고 내리는 구조로 되어 있었다. 리프트의 한계 중량으로 보아 기갑병장을 충분히 적재할 수 있었다. 반입된 고블린을 몇 층에 배치했는지는 전혀 알 수 없었다. 1층일 가능성이 높지만, 발각될까봐 염려해 2층, 혹은 3층에 숨겼을 가능성도 완전히 배제할 수 없었다.

"스즈이시 주임. 밴시의 상황은?"

"곧 있으면 3호 장비의 접속이 끝납니다. 8분 뒤에 지정된 위치에 이를 수 있을 겁니다."

돌입하자마자 재빨리 테러범들과 기갑병장을 확보해야 한다. 승부는 단시간에 결판이 날 것이다. 그렇지 않다면 작전은 실패다.

"이봐, 스가타. 우리는 형제지?"

왕푸더는 연약한 남자였다. 아니, 연약하다는 표현은 역전의 병사에게는 걸맞지 않았다. 연약한 일면이 있는 남자였다.

헤이하이즈로 태어났지만 강한 형의 비호 아래에서 자라서인지 위험한 국면에서 남에게 의존하는 경향이 있었다. 솔직하게 말하자면 어리광을 부렸다. 병사에 걸맞은 자질인지는 의문스럽지만, 살벌한 전장에서 시달리는 사내들의 뒤틀린 마음을 풀어 주는 이상한 매력이 있었다.

열대우림. 습지. 무더위. 패주. 추격. 그리고 생환.

"제발, 스가타……. 날 편하게 해 줘……."

스가타는 피어볼그의 뱀브레이스 속에 있는 그립을 꽉 쥐었다. 나는 지금도 전장에 있다. 그때와 조금도 바뀌지 않았다. 바뀌어서는 안 된다.

릴랙스. 작전을 앞두고 긴장한 것은 아니었다. 왼팔이 쑤셨다. 뱀브레이스 내벽의 패드가 압박을 해서 아직 완치되지 않은 화상흔이 욱신거렸다. 몸 상태는 완벽하다고 할 수 없지만 드래군을 조작하는 데 지장은 없었다.

조금 있으면 돌입 예정 시각이었다. 조용히 명령을 기다렸다.

돌입 전에는 꼭 특유의 정적이 흘렀다.

그 정적은 아무런 전조도 없이 최악의 형태로 깨졌다.

집음장치가 이곳으로 다가오는 대량의 음성들을 잡아냈다. 셸 안에 있는 스피커를 통해 귀에 전해진 그 소리에 스가타는 아연실색했다.

경찰관에게는 너무나도 익숙한 소리……. 순찰차 사이렌이었다.

"빌어먹을!"

새벽에 매립지를 향해 다가오는 10여 대의 경찰차를 보고 각 위치에 있는 모든 수사원들이 혼란에 빠졌다.

"순찰차 다수가 현장을 향해 접근하는 중입니다! 막을 수가 없습니다!"

"지바 현경입니다! 2형 차량(특수 경비차)도 보입니다!"

"당장 지시를 내려 주십시오!"

지휘 차량으로 잇달아 무전이 들어온다. 디스플레이에도 순찰차의 행렬이 떠 있었다.

오키쓰는 몸을 앞으로 내밀었다. 이토록 요란을 떨고 있으니 테러범들도 틀림없이 눈치 챘을 것이다.

"여기는 서A. 사령 본부, 지시를 내려 주십시오!"

미도리는 상관을 돌아보며 말했다.

"부장님, 밴시는 아직 지정된 위치에 이르지 못했습니다."

"알고 있네."

그는 태연하게 대답하고서 시가릴로를 깊숙이 빨아들였다. '시가릴로는 피우는 것이지 빨아들이는 게 아니다', '쓴맛이 맛을 죽인다'라고 늘 말하던 오키쓰가 말이다.

미도리는 다시 상관을 쳐다봤다. 평소처럼 옆모습에서는 여유가 느껴졌다. 하지만 그녀는 알았다. 그는 초조해하고 있다. 천하의 그 오키쓰 슌이치로가.

돌입인가? 중지인가?

당장 결단을 내려야만 했다. 오키쓰는 물고 있던 시가릴로를 재떨이에 내던졌다.

현 시점에서 작전은 50퍼센트 이상 실패한 것이나 다름없었다. 기갑병장에 탑승한 흉악범을 방치할 수는 없었다. 하지만 기갑병장을 제압하면 탑승자를 산 채로 확보할 가능성이 현저히 떨어졌다.

"사령 본부, 어서 지시를!"

빌딩 옥상에서 스가타의 피어볼그는 대기하며 지시를 기다렸다.

셸 안에 달린 디스플레이에 옆에 서 있는 바게스트의 모습이 살짝 보였다. 미동조차 않는 완벽한 대기 태세. 괜찮다, 유리는 침착했다.

동료인 밴시가 지정된 위치에 도달하기까지 앞으로 3분 남았다. 적은 이미 응전 태세에 들어갔으리라.

이러는 동안에도 지바 현경의 순찰차들이 점점 접근하고 있었다. 현경이 개입한다면 사태는 더욱 혼미에 빠질 터였다.

돌입이냐? 중지냐?

어느 쪽이든 명령에 따르면 그뿐이다. 하지만 바라건대…….

"돌입!"

셸 안에서 오키쓰의 음성이 디지털 통신을 통해 울렸다.

동시에 스가타는 그립을 조작했다. 피어볼그가 옥상에서 몸을 날렸다.

매니퓰레이터, 슬레이브 모드. 옥상에 고정된 와이어를 붙잡고서 피어볼그는 강하를 개시했다. 창고 채광창의 약간 위에서 정지했다. 빌딩의 벽을 차서 반동을 붙이고는 창고 창문으로 뛰어들었다. 다리로 유리를 부수고, 어깨장갑으로는 그 주위의 벽을 박살냈다. 창고 내부로 하강한 피어볼그는 즉시 상황을 확인했다. 창고 위층에는 아무것도 없었다. 적은 보이지 않았다. 뒤이어 바게스트가 착지했다. 두 기체는 좌우로 나뉘어 수색을 개시했다.

피어볼그는 오른쪽으로, 바게스트는 왼쪽으로.

"PD1, 침입 성공. 색적을 개시한다."

"본부 라저. PD3는 현재도 이동 중."

"여긴 PD2, 마찬가지로 색적 개시."

"라저. PD2, 기체의 상태를 주의하라."

어둑어둑한 창고 내부에는 중앙 리프트를 에워싸는 구조로 방이 설치되어 있었다. 천장은 높았다. 눅눅한 콘크리트가 노출되어 있었다. 군데군데 고여 있는 구정물의 악취가 기체에 스며드는 것 같았다.

스가타는 호흡을 가다듬으며 주변에 괴인 공기와, 그 안에 담긴 무언가를 온몸으로 감지했다.

있다. 녀석은, 여기에…….

기묘하게도 기갑병장 탑승원으로 오랫동안 숙련을 쌓으니 강철 장갑을 통해서도 기척을 감지할 수 있게 됐다.

매니퓰레이터, 대거 모드. 근접 전투가 벌어지리라 예상한 스가타는 피어볼그의 허리에 달려 있는 칼집에서 검은 군용 나이프를 뽑았다. 일반 기갑병장에 탑승했을 때부터 사용했던 유형이었다. 피어볼그의 크기에 맞춰서 특별 제작을 했다.

등 뒤로 비스듬히 걸친 홀스터 겸용 매거진 벨트에는 바렛XM109이 꽂혀 있었다. 총대 부분이 오른쪽 어깨에서 엿보였다.

색적장치를 작동시켰다. 레이더, 소나, 열측정기 등 각종 센서가 눈을 뜬다. 두 손가락을 바삐 움직인다. 그립의 버튼과 다이얼, 섬스

틱을 조작해서 적을 찾았다. 감이라 불리는 감각이 살기를 더듬었다.

상황이 셸 내벽에 달린 스크린에 표시되었다. 피어볼그는 방을 차례대로 수색하면서 앞으로 나아갔다. 그에 따라 3D로 표시되는 맵이 순차적으로 갱신되었다.

왕푸궈, 어딨냐…….

그립을 쥐고 있는 손에 힘이 들어갔다. 죽은 동생의 얼굴을 왕푸궈는 결국 볼 수가 없었다. 앞으로도 보지 못하게 할 것이다. 그게 우리들의 일이다.

라이저는 밴시를 타고서 창고 정면 출입구를 향해 이동 중이었다.

지휘 차량과 각 드래군과의 통신은 밴시도 듣고 있었다. 스가타와 유리는 이미 돌입을 개시했다. 이럴 때는 장비를 전환하는 데 시간이 걸리는 밴시의 시스템이 원망스러웠다. 안 그래도 보행 속도가 세 기체 중에서 가장 느리건만.

자신에게 마땅히 향해져야 할 적의 총구가 사라져 버린다면……. 그리 생각하니 마음이 다급했다.

매립지의 자갈길을 질주했다. 정문 게이트까지 앞으로 30미터 남았다.

"PD3에게. 포지션 변경. 목표 내부로 들어가지 마라."

갑자기 오키쓰가 무전을 보냈다.

"반복한다. 포지션 변경. PD3는 현 위치에서 정지하라."

"이유가 뭡니까?"

라이저는 밴시의 발걸음을 멈추고서 무심코 되물었다.

"작전은 이미……."

"상황이 바뀌었다. PD1과 PD2가 확보하기 전에 적은 기갑병장으로 정면에서 강행 돌파를 시도할 수도 있다. PD3는 현 위치에서 공격을 준비하라. 창고에서 나오는 기갑병장을 조준해서 파괴하도록."

일이 그렇게 됐나? 라이저는 셸 안에서 허무한 미소를 지었다.

자기를 사신으로 삼았다면 사신과 어울리는 임무를 달라고…….

"PD3, 라저."

3호 장비에 한번 포착이 되면 그자에게는 확실한 죽음을 선사할 수 있다. 안타까운 것은 3호 장비의 포구는 결코 자신에게 향하지 않는다는 것이다. 적의 허망한 반격을 기대해 보도록 하자. 덧없는 바람에 불과하겠지만.

3층 색적 완료. 적 없음. 시뮬레이션을 한 대로 피어볼그는 리프트 쪽으로, 바게스트는 계단으로 향했다.

리프트 승강구에 이른 피어볼그는 상황을 신중히 확인했다.

리프트는 1층에서 정지되어 있었다. 폭발물 등 함정을 경계해서 리프트 조작 버튼은 누르지 않았다. 왼쪽 손목에서 특수 금속 섬유로 된 와이어를 꺼냈다. 거미줄처럼 가늘어서 미덥지 않아 보이지만, 그 줄은 드래군 두 기의 무게를 견딜 수 있을 만큼 강도가 셌다. 와이어의 끝을 노출된 기둥의 철골에 고정시키고서 단번에 1층까지 강하했다.

"PD1, 1층에 도달. 색적 개시."

그 무전을 들으면서 유리는 계단으로 바게스트를 몰았다.

오른쪽 매니퓰레이터는 어깨에 매단 홀스터에서 뽑은 나이츠Mfg SR-50을 쥐고 있었다. 드래군의 손 안에 있으니 핸드건처럼 보이지만 물론 권총은 아니었다. 근접 전투용 스코프, 이각대가 모두 빠져 있고, 개머리판도 뗴었다. 또한 총신을 극단적으로 짧게 개조했다. 원래 그 총은 원거리 대물 저격총이었다. 총신이 짧아진 만큼 조준 시스템과 연동이 잘 되도록 세심하게 조정해 놓았다. 근접전투시 명중률은 실전에서 충분히 통할 만한 수준에 이르렀다. 지금은 바게스트의 매니퓰레이터의 일부인 것처럼 어댑터에 잘 길들여져 있었다.

적이 아래에서 총격을 가할 수 있기에 이에 대비해 SR-50의 총구를 내밀면서 계단을 내려갔다.

유리의 바게스트가 계단과 면한 2층 홀에 침입하자마자 센서에 반응이 있었다. 뒤에 적이 있었다. 반사적으로 홱 물러섰다. 적기가 빗줄기처럼 퍼부은 12.7mm×107탄이 열화된 콘크리트 벽을 부수었다.

바게스트는 돌아보며 SR-50을 세 발 쐈다. 89식 기관총을 든 고블린은 가슴에 구멍이 난 채로 침묵했다.

"여긴 PD2, 2층 리프트 옆에서 고블린 한 기를 제압…… 아니, 잠깐만."

"PD2 무슨 일인가?"

정지한 적기에 접근하면서 시스템이 자동으로 분석한 데이터를 보았다. 결과…… 타입K3: 홉고블린.

"고블린이 아니잖아!"

반입된 기체는 순정 고블린이라고 했다. 그렇다면 이 녀석은…….

경고등이 깜빡였다. 적재된 컨테이너들을 박차고서 새로운 적기가 달려들었다. 셸 내벽에 달린 디스플레이에 정보가 표시되었다. 타입K1: 고블린.

유리는 적기를 향해 총구를 겨누고는 그립에 달린 방아쇠 버튼을 눌렀다. 고블린은 낮은 자세로 총탄을 피하고서 바게스트의 품속으로 파고들었다. 그러고는 틈을 주지 않고 양날의 대거로 아래쪽에서 찔렀다. 그 대거는 육중하고, 이상할 만큼 폭이 넓었다. 유리는 필사적으로 그립을 조작해 공격을 피했다. 공격이 집요하게 이어진다. 적은 유리에게 피할 틈을 주지 않고, 낮은 자세를 유지한 채로 연속해서 대거로 찔렀다. 데이터 검색. 결과를 기다릴 필요도 없었다. 무기의 모양과 전투 방식도 스가타에게서 들었던 대로였다.

"나타웃인가!"

실행범 중 하나인 나타웃 와차라쿤. 태국인 전사. 기갑병장 백병전의 전문가.

범죄자가 조종하는 기갑병장과는 격이 달랐다. 스가타와 달리 유리는 직업군인을 상대로 싸워 본 경험이 일천했다. 기갑병장을 쓰는 범죄자 중에 퇴역 군인이 많은 것은 사실이지만, 이토록 실력이 출중한 일류는 그리 많지 않았다.

몸을 비틀어 왼쪽에서 닥쳐온 대거를 피하고서 바게스트는 상대에게 훅을 날렸다. 하지만 낮은 자세를 철저히 유지하고 있는 적에게는 타격을 거의 입히지 못했다.

적기가 곧바로 대거로 반격한다. 장갑이 크게 찢어졌다. 지근거리이기에 SR-50으로 구멍을 내주려 해도 조준을 할 수 없는 상태였다. 주변에 있는 컨테이너들을 넘어뜨리며 격투전에 돌입했다.

온몸에서 뿜어내는 땀 때문에 셀 안이 푹푹 찌는 것 같았다.

"PD2, 각부구동계脚部驅動系의 부하가 허용치를 넘었습니다. 주의 바랍니다."

스즈이시 주임의 목소리가 들렸다. 알고는 있지만 주의할 수 있는 상황이 아니었다. 적이 마구 휘두르는 대거를 겨우 피하는 게 고작이었다. 어그리먼트 모드로 전환할 수 있다면 적의 민첩한 움직임에 대응할 수 있을 터였다. 하지만 현재 바게스트는 시프트 체인지를 할 수 있는 상태가 아니었다. 그걸 알면서도 출동한 것이다.

적이 대담하게 파고들기 시작했다. 유리의 움직임이 완전히 읽혔다. 대거를 휘두르는 속도가 점점 빨라졌다. 종횡으로 궤적을 그렸다. 귀를 찢는 금속음과 함께 장갑 한 장이 떨어져 나갔다.

"PD2, 가동부에 이상 과열. 실링이 버텨 내지를 못합니다! 퇴각하세요!"

퇴각을 순순히 허용할 만큼 만만한 상대가 아니었다. 또한 유리 역시 그럴 마음이 없었다.

틈을 순식간에 좁힌 적의 정수리에 팔꿈치를 날렸다. 유효. 고블린이 앞으로 기우뚱거렸다. 적 고블린의 무방비한 등이 디스플레이에 펼쳐졌다.

절호의 기회다……. SR-50으로 고블린을 겨누었다. 그 순간, 아래에서 쳐올린 대거의 끝이 SR-50을 쥔 바게스트의 왼쪽 매니퓰레이터 어댑터 하부를 절단했다.

젠장…….

SR-50은 여전히 매니퓰레이터에 고정되어 있지만, 방아쇠에 걸려 있는 어댑터는 조작을 할 수가 없었다. 사람의 몸으로 말하자면 힘줄이 끊어진 상태였다. 고블린이 등을 노출한 건 자신의 방심을 유도하기 위한 덫이었다.

이것이 숱한 전투를 겪으며 연마된 병사의 전투 방식이구나…….

"빨리! 빨리 퇴각을!"

윗몸을 일으킨 고블린의 태클을 정통으로 맞고 바게스트는 콘크리트 벽에 내동댕이쳐졌다. 디스플레이에 뜬 불안정이라는 표시가 깜빡거렸다. 셀 안에서 붉은 경고등이 켜졌다.

"오즈노프 경부!"

스즈이시 주임의 비명이 들렸다.

1층 통로에서 색적을 하던 스가타도 유리와 지휘 차량과의 통신을 수신했다. 유리는 미확인 홉고블린과 맞닥뜨린 모양이었다. 그것이 의미하는 것은…….

갑작스레 총격이 가해졌다. 통로 앞, 닫혀 있는 셔터 너머에서 쏜 것이었다. 그 직전에 피어볼그는 셔터 앞을 향해 머리부터 기체를 날렸다.

드래군의 센서가 포착한 '기척'을 위스커가 킬로 전달했다. 스가타는 킬을 통해 이 정보를 '직감'으로 받아들였다.

구멍이 뻥뻥 뚫린 셔터를 부수고서 89식 기관총을 손에 든 홉고블린이 뛰어들었다. 적이 자기 쪽으로 총구를 돌리기 전에 피어볼그는 일어서서 총신을 쥐었다.

홉고블린은 총구를 이쪽으로 돌리고자 전력으로 바동거렸다. 통로에서 두 강철 인형이 몸싸움을 벌이고 있었다. 서로 엎치락뒤치락하면서 옆 플로어의 셔터 앞으로 이동했다.

피어볼그의 매니퓰레이터가 압력을 늘렸다. 89식 기관총의 총신이 일그러졌다. 홉고블린은 89식을 버리려고 했으나 제2종 기갑병장의 화기 접속 어댑터는 외장이기에 콕핏에서의 조작만으로는 떼어 낼 수가 없었다. 그렇기에 89식을 쥔 피어볼그는 한 손만으로 홉고블린의 움직임을 틀어막을 수가 있었다.

스가타는 애용하는 군용 나이프를 쥔 매니퓰레이터를 치켜들었다. 승부는 났다. 장갑 속에 있는 급소와 같은 동력 전달 샤프트를 끊으면 일격으로 홉고블린의 모든 기능을 정지시킬 수 있었다.

한 기 제압…….

그때 셔터를 찢고서 뻗어 나온 두 강철 팔이 뒤에서 피어볼그의 머리를 쥐었다.

새로운 적인가…… 이런 곳에서…….

미지의 적기는 피어볼그를 홉고블린에게서 떼어 냈다. 거대한 피어볼그가 셔터 안으로 단숨에 끌려 들어갔다. 두 팔은 고블린의 것이었다.

적은 고블린 두 기뿐이 아니었다. 그 외에 홉고블린이 적어도 두 기는 더 있었다. 특수부가 감시를 시작하기 전에 이미 반입을 해 뒀던 것이다. 그리고 탑승 요원도.

인근 지역에서 대대적으로 탐문 조사를 벌였다면 어쩌면 이 사실을 알아낼 수 있었을지도 모른다. 하지만 지바 현경에게 들키지 않도록 조사를 하다 보니 철저하지 못했다. 적의 전력을 정확하게 알아내지 못한 책임을 수사원들에게 돌릴 수는 없으리라.

내게 빚을 진 겁니다, 오키쓰 씨…….

피어볼그의 머리를 쥐고 있는 고블린의 매니퓰레이터가 압력을 늘렸다. 삐걱삐걱, 하는 소리가 났다. 셸 안에서 경고등이 켜졌다.

스가타는 오른쪽 매니퓰레이터가 쥐고 있는 나이프로 고블린의 팔을 찌르려고 했다. 하지만 적기가 어깨장갑도 잡고 있기에 가동범위가 좁아져서 나이프 끝만이 겨우 닿았다. 적의 팔 장갑 표면을 긁어 봤자 불리한 형세를 바꿀 수가 없었다.

피어볼그는 왼쪽 손목에서 와이어를 사출하여 나이프 손잡이 끝에 걸었다. 그러고는 왼손을 뒤쪽으로 휘둘렀다. 무게가 있는 나이프는 스가타의 예상대로 고블린의 등에 꽂혔다. 고블린이 반사적으로 피어볼그를 밀쳐 냈다. 와이어가 팽팽해지더니 나이프가 고블린의 등에서 빠졌다. 피어볼그는 뒤를 돌아보자마자 왼손을 옆으로 힘껏 휘둘렀다. 와이어가 채찍처럼 휘어졌다. 끝에 달린 나이프가 고블린의 가슴을 찢었다.

적기의 흉부가 살짝 찢어졌다. 치명적인 타격은 아니었다. 피어볼그는 카메라로 찢어진 곳을 비추었다. 영상을 확대했다. 탑승자의 얼굴이 일부 보였다. 더 확대했다. 찢어진 곳에서 핏발이 선 눈이 보였다. 왕푸궈였다.

틀림없었다. 그날 처음 만났을 때 봤었다. 호주인 지휘관의 멱살을 잡았을 때의 눈. 한번 보면 잊을 수 없는, 살의가 뭉쳐 있는 것 같은 강렬한 눈이다. 평소에는 노새처럼 눈빛이 온화한데 전투를 치를 때는 확 돌변했다.

"나이프를 보니 스가타로군."

고블린의 콕핏에서 왕푸궈가 외쳤다. 사투리 억양이 짙게 배어 있는 베이징어로 말하고 있었다. 찢어진 곳에서 목소리가 새어 나왔다. 스가타는 셸 안에 있는 스피커로 그 목소리를 들었다.

왕푸궈도 기억하고 있었다. 처음 만났을 때 스가타의 쿠이나크가 들고 있었던 피에 젖은 검은 군용 나이프를.

"네놈이 동생을 죽였다는 걸 알고 있다."

정보가 유출되었다. 아마 클라이언트를 통해 들었으리라.

고블린은 허리에 휴대하고 있던, 쇠파이프와 비슷한 1미터쯤 되는 장비를 쥐었다. 그 장비의 양끝이 특수 경찰봉처럼 뻗어 나갔다. 순식간에 3미터에 가까운 곤으로 변했다. 동티모르에서 사용했던 철봉을 최신 기술로 재현한 듯했다.

그 철봉이 얼마나 무시무시한지는 함께 싸운 적이 있었던 스가타가 가장 잘 안다. 왕푸귀는 철봉으로 네 기나 되는 기갑병장을 상대해 전부 쇳덩어리로 만들어 주었다. 저 철봉을 정통으로 맞는다면 드래군일지라도 심각한 타격을 입을 것이다.

고블린이 두 손으로 곤을 돌리면서 덮쳤다. 어느 쪽에서 공격이 들어올지 예상할 수가 없었다. 나이프가 달린 와이어로 상대하다가는 꼬여 버릴 위험이 있었다. 스가타는 와이어를 손목에 달린 기구로 되감고서 손으로 다시 나이프를 쥐었다. 하지만 나이프와 곤봉은 간격은 크게 달랐다.

"왜 죽였냐! 한 번 살려 준 동생을 이번에는 왜 죽였냐고!"

왕푸귀는 극도로 흥분한 상태였다. 하지만 공격은 정확했다. 스가타는 천변만화千變萬化하는 공격을 간신히 피하고 있었다.

임무이니 당연하다. 너도 잘 알 텐데…….

마음속으로 대답했다. 셸 안에서 입 밖으로 꺼내 봤자 왕푸귀의 귀에는 들리지 않았다.

왕푸귀는 자신의 목소리를 스가타가 듣고 있다는 걸 모른다. 아마도 자신이 외치고 있다는 것조차 자각하지 못하고 있으리라.

"네놈은 동생의 목숨을 구해 준 은인이었어! 동생은 진심으로 널 흠모했다. 둘째 형이라고 말이야! 그런데, 그런데 네놈은!"

스가타는 필사적으로 곤의 움직임을 읽었다. 하지만 읽을 수가 없었다. 눈으로 쫓을 수가 없었다. 왕푸귀의 움직임은 동티모르에 있을 때보다 훨씬 예리해졌다. 엄청난 속도로 공격을 퍼부었다.

곤이 피어볼그의 오른다리를 가격했다. 다리 장갑이 무참하게 찌그러졌다. 피어볼그가 오른쪽으로 휘청대자 이번에는 곤이 왼팔을 때렸다. 피해와 그에 따라 변경된 기체의 상태가 디스플레이에 표시되었다.

"죽일 작정이었으면서 왜 구했어! 네 손으로 직접 죽이고 싶었던 거냐!"

왕푸궈는 그리 외치면서 크게 쳐올린 곤을 똑바로 내리쳤다. 스가타는 그 공격을 가까스로 피하고서 품속으로 파고들었다. 왼쪽 매니퓰레이터로 곤의 한가운데를 붙잡았다.

잡았나……?

갑자기 어깨 뒷부분에 충격이 일었다. 디스플레이로 뒤쪽을 보니…… 홉고블린이 있었다.

찌그러진 89식 기관총으로 피어볼그를 때리고 있었다. 경고등이 깜빡거렸다. 오른쪽 뒤에 다른 기체가 나타났다. 새로운 홉고블린이었다.

1층에 배치된 복병 홉고블린은 한 기가 아니었다. 유리가 2층에서 처음에 제압했던 한 기를 포함해 총 세 기씩이나 숨겨져 있었다.

스가타가 뒤쪽에 신경이 팔려 있는 틈을 놓치지 않고, 고블린은 곤을 앞으로 내밀고서 피어볼그의 가슴을 때렸다. 겨우 붙잡은 곤을 놓을 수밖에 없었다. 피어볼그가 비틀거리자 홉고블린 두 기가 달려들었다.

새로이 출현한 홉고블린의 양쪽 매니퓰레이터에는 가시가 박힌 특수 합금 너클 더스터가 장착되어 있었다. 특수 제작한 듯 보이는 격투전용 장비였다. 이 역시 정통으로 맞으면 상당한 타격을 입을 것이다.

고블린 한 기와 홉고블린 두 기가 피어볼그를 협공했다. 홉고블린의 탑승자도 숱한 전투를 치러 온 군인이 분명했다. 풋워크로 어떻게든 직격을 피하고는 있지만, 동시에 세 기를 상대하고 있기에 모든 공격을 끝까지 다 피할 수는 없을 것이다.

"나도 네놈만큼은 믿었어! 신의와 명예를 무겁게 여기는 군인이라고 말이야! 네놈의 은혜를 갚기 위해 난 뭐든지 할 작정이었다! 하나 네놈은 그런 사내가 아니었어!"

전장에서 신의 따윈 없다. 있다고 믿고 있다면 하루 빨리 은퇴하고서 병원에서 재활 치료를 받는 편이 좋으리라.

"동티모르에서 우리는 네놈이 호주인을 팔꿈치로 치는 걸 봤다. 그래서 우리는 널 동료로 받아들였지. 그게 실수였어. 우리가 본 게 아냐, 네놈이 보여 준 거다. 우리들 눈에만 보이도록 팔꿈치로 가격한 거야. 호주 놈들은 모르도록!"

정답이다. 온갖 괴짜들이 모여 있는 외인부대에서 잘 적응하려면 그만한 인심 장악술은 필요하다. 즉흥적인 행동이었다. 자그마한 퍼포먼스였다. 하지만 다국적부대가 이를 빌미로 고용주에게 항의를 한다면 용병들의 환심을 사려다가 자칫 일자리를 잃을 수가 있다. 용병들만 볼 수 있도록 각도를 잡는 게 쉽지 않았다…….

"네놈은 최악이야! 네놈이 중요하게 여기는 건 제 몸의 상품 가치일 뿐이라고!"

고블린의 곤이 피어볼그의 옆구리에 들어왔다. 홉고블린의 너클더스터가 머리를 스쳤다. 그리고 쇠곤봉이 되어 버린 89식 기관총은 왼쪽 하반신의 장갑을 연타했다.

스가타의 왼팔에 난 상처가 화끈거렸다. 화상흔이 벌어져 피와 분비액이 완갑 내벽을 적셨다.

"스가타! 우린 형제가 아니었던 거냐!"

왕푸궈가 절규했다. 경고등이 세차게 깜빡였다.

형제라…….

동티모르. 습지대에서 패주하는 자신. 그리고 등에서 느껴지는 왕푸더의 피.

곤의 끝이 피어볼그의 가슴을 찔렀다. 디스플레이에 노이즈가 일었다. 영상이 순간 끊어졌다.

형제.

나타웃이 조종하는 고블린은 무시무시한 힘으로 바게스트를 벽으로 밀어붙였다. 뒤쪽 콘크리트에 균열이 일었다. 바게스트의 기체가 벽에 파묻혔다.

SR-50가 장착되어 있는 바게스트의 오른쪽 매니퓰레이터는 허무하게 불능 상태에 빠졌다. 디스플레이에 잇달아 시스템 트러블이 뜨고 있었다. 완벽하게 수리되지 않은 기체가 화를 불렀다.

왼팔로 바게스트를 밀어붙인 고블린이 오른손으로 든 대거를 아래로 휘둘렀다. 유리는 곧바로 왼쪽 매니퓰레이터로 상대의 손목을 잡았다.

하지만 고블린은 억지로 눌렀다.

대거의 끝이 바게스트의 목으로 닥쳤다. 서서히 장갑을 꿰뚫었다. 대거의 침입 각도로 보아 그 아래는 바로 유리의 머리가 있는 위치였다.

셀 안에서 산소가 급격하게 사라지는 것 같은 감각에 휩싸였다. 공황에 빠진 것이다.

대거는 바게스트의 장갑 속으로 점점 잠겼다.

—냉정해져.

스가타는 입원 중에 그렇게 말했다. 모스크바 민경에 있을 때도 선배 형사가 똑같은 말을 몇 번이나 했었다. '얼어붙은 볼가강보다 더 냉정해져라.' 습관처럼 몸에 배어 있다고 생각했었는데…….

갑자기 웃음이 치밀었다. 미숙한 제 자신이 너무나도 우스웠다. 나는 수사 회의에서 노멀 모드로도 싸울 수 있다고 큰소리를 쳤다. 사람들 앞에서 허풍을 떤 셈이었다. 모스크바의 차디찬 흙 위에서라면 모를까, 아시아의 이국에서 이반의 긍지 높은 야윈 수캐가 수치스럽게 죽는다는 건가? 옛 동료들을 볼 낯이 없었다. 아라가키 반장에게도 미안했다.

'이바나 고르디 코스트니 표스.'

어눌하고 서툰 발음이었다. 생각만 해도 웃음이 났다. 수염이 덥

수룩한 사내가 갓난아기처럼 그 말을 떠듬떠듬 했다. 하지만 갓난아기처럼 포근했다. 그는 떠올리고 싶지도 않은 선량한 나날을 떠올리게 한 짜증나는 경찰관이었다. 나는 다시 시작할 수 있을까? 그 사내나 옛 동료들처럼 살아갈 수 있을까?

합동 장례식에서 봤던 아라가키 반장의 초상이 떠올랐다.

모스크바의 술집에서 봤던 젊은 경찰관들의 사진이 떠올랐다.

그들은 경찰관으로서 살았고, 경찰관으로서 죽었다. 지금 나는 그들의 사진을 우러러보고 있는 꼬리 내린 개에 지나지 않았다.

나는 돌아갈 수 있을까? 형사로서 처음으로 임무를 수행했던 그 시절로.

알고 있다. 일단은 살아남아야만 그 답을 찾을 수가 있다.

그립을 조작해서 현재 쓸 수 있는 장비를 다시 점검했다……. 있다. 곧바로 작동시켰다.

바게스트의 왼쪽 정강이 장갑의 홈에서 칼날이 솟았다. 세차게 회전하는 그 칼날이 고블린의 왼쪽 다리를 파고들었다.

바게스트에만 장비된 특수 소재형 경량 체인톱인 '레이저 백'.

바게스트는 중심을 잃고 휘청거리는 고블린을 밀치고서 벽 쪽으로 도망쳤다. 나타웃이 자신하던 그 군더더기 없는 풋워크는 발휘할 수 없게 됐다. 동시에 바게스트도 균형 기능에 이상이 생겼는지 순간 막대기처럼 꼿꼿이 선 채로 정지됐다.

나타웃이 조금 더 먼저 평형기를 조정했다. 자세를 다시 낮게 취하고서 손상이 없는 왼쪽 다리로 도약해 대거로 찔렀다.

바게스트는 고블린의 그 팔을 왼쪽 옆구리로 잡아냈다.

균형 기능에 이상이 생긴 것처럼 보이고자 일부러 서 있었던 것이다.

이번에는 네가 걸려들었군…….

오른쪽 매니퓰레이터를 번쩍 들고는 SR-50으로 고블린의 뒤통수를 수직으로 내리찍었다. 방아쇠울과 방아쇠가 한꺼번에 짓눌렸다. 굉음과 함께 발사된 12.7mm×99탄이, 인체로 말하자면 연수延髓에서 꼬리뼈에 해당하는 고블린의 내부를 관통해 콘크리트 바닥에 구멍을 뚫었다.

고블린은 그대로 침묵했다. 허리에 뚫린 구멍에서 피가 대량으로 흘러 떨어졌다.

"여긴 PD2. 고블린 한 기 제압. 나타웃 와차라쿤으로 추정되는 테러범은 사망했다. 오버."

유리는 셸 안에서 거친 숨을 내뱉었다. 동토를 전력으로 달려서 빠져나온 개처럼.

형제.

웃기지마. 우리는 형제 따위가 아냐. 그저 전우…… 직장 동료였을 뿐이야.

"스가타, 네놈은 왜 경찰과 계약을 한 거냐!"

왕푸귀. 너는 왜 범죄자와 계약을 맺었지? 대학살이 목적인 범죄계획을 어째서 받아들였냐고. 네 실력이라면 얼마든지 다른 일도 있었을 텐데. 세계 곳곳에서 전쟁이 벌어지고 있는데.

네빌의 목소리가 들렸다.

—스가타, 너 때문이야.

아니지. 스가타는 코웃음을 쳤다. 녀석은 너와 달라.

또다시 네빌의 목소리가 들렸다.

—녀석은 스스로도 모르는 사이에 전장에서 일탈한 게 틀림없어.

"새삼스레 죗값을 덜려고 하는 거냐! 세계를 돌아다니며 민간인을 마구 죽인 주제에! 그런 인간이 경찰관인 척 거들먹거리겠다는 거냐!"

그렇군. 스가타는 셸 안에서 홀로 고개를 끄덕였다.

전장과 그렇지 않은 곳은 구분되어 있지 않다. 이미 전 세계가 전장이다. 테러라는 이름의 증오가 전쟁을 확산시키고 있다. 그것이 현대의 전쟁이다. 아니, 전쟁의 현재형이다. 벗어날 수가 없다. 그게 바로 현대다. 이 세계가 전장이라면 누가 죽든 당연한 거 아닌가? 자신이 참여한 전투에서도 수많은 민간인들이 휘말려 희생됐다. 그렇다면 누구의 의뢰를 받든 마찬가지다. 전쟁에 선악이 없는 것처럼, 범죄에도 선악이 없다. 둘 다 똑같은 폭력이다.

왕푸귀, 넌 그렇게 생각한 건가?

군과 민간의 경계가 점점 모호해져 간다. 네빌은 그렇게 말했었다. 그 말은 동의한다.

왕푸귀의 고블린이 피어볼그의 가랑이 사이로 곤을 비틀어 넣었다. 피어볼그가 균형을 잃고 쓰러졌다. 홉고블린이 찌그러진 89식 기관총을 번쩍 쳐들었다. 재빨리 바닥을 굴러 피했다. 콘크리트를 세차게 때린 89식 기관총이 구부러졌다.

피어볼그가 일어서자 적기가 다시 포위했다.

이미 한계였다. ……노멀 모드에서는.

스가타가 음성 코드를 말했다.

"'DRAG-ON'"

드래그 온. 물론 영어 본래의 의미가 아니다. 시프트 체인지를 알리는 것이다. 시스템과 사령 본부와 자기 자신에게.

어그리먼트 모드. 완전히 BMI로 조종하는 이 모드를 관계자들은 그리 부르고 있었다.

두 손이 각각 쥐고 있는 두 그립의 커버를 벗기고서 안에 있는 버튼을 좌우 동시에 세게 눌렀다. 인벨로프 리미트Envelope limit 해제. 피드백 서프레서Feedback suppressor, 풀 릴리스Full release.

디스플레이가 심하게 깜빡거렸다. 어그리먼트 모드로 바뀌자 안정되었다.

스가타는 목덜미가 타오르는 것처럼 뜨거웠다. 척추에 있는 위스커가 가동하고 있었다. 작열하는 통증이 온몸에 퍼졌다. 분노의 격류에 몸을 맡기려고 하자 몸이 망설이는 것인가? 아니면 환희하는 것인가?

드래군에서 가장 중요한 부분은 중추 유닛인 킬이다. 각 드래군의 킬에 일대일로 대응하는 전용키가 위스커다. 그렇기에 각 드래군을 조종할 수 있는 사람은 언제나 한 명뿐이다. 경시청과의 계약은 드래군이라는 이름의 마물에 몸을 바치는 것이기도 했다.

고통과 함께 감각이 바뀌었다. 피어볼그의 전자파 센서는 스가타의 눈과 귀가 되었다. 기체에 가해지는 부하는 통증으로써 소모 상태를 전달하고, 매니퓰레이터에서 제트 분사 노즐에 이르는 기체는 스가타의 육체가 되었다. 사고는 프로그램과 연동하여 병렬화되었다. 정신과 정보, 육체와 기체의 경계가 소멸했다.

시프트 체인지 완료.

적 세 기가 동시에 덤벼들었다. 통신으로 타이밍을 맞췄나? 적들은 피할 수 없는 협동 공격을 가했다. 하지만 그 움직임이 보였다.

고블린의 곤을 피하는 동시에 너클 더스터를 날리는 홉고블린에게 오른쪽 매니퓰레이터로 카운터를 먹였다. 왼쪽 매니퓰레이터에 장착된 군용 나이프로는 89식 기관총의 잔해를 쥐고 있는 홉고블린의 복합장갑을 찢어 버렸다.

왼쪽 매니퓰레이터, 아니 왼손으로 쥐고 있는 나이프의 무게, 싸늘함, 감촉까지 선명하게 느껴졌다.

지금 스가타는 장갑에 싸여 있는 셀 내부에 있지 않았다. 살아 있는 코만도로서 전장에 서 있었다.

카운터를 맞은 홉고블린의 머리통은 박살이 났고, 나이프를 맞은 다른 홉고블린의 한쪽 팔은 떨어져 나갈 듯이 덜렁거렸다.

"스가타…… 이 자식, 무슨 짓을 한 거냐!"

왕푸궈가 외쳤다. 놀라는 게 당연했다. 이것이 경시청 특수부의 비장의 무기인 '드래군'이었다.

"죽여 주마!"

왕푸귀의 고블린은 곤을 고쳐 쥐고는 혼신의 힘을 담아 찌르기 공격을 퍼부었다. 동시에 머리를 잃은 홉고블린이 너클 더스터로 다시금 덮쳤다.

마찬가지야…….

피어볼그는 뛰어올라 두 기의 공격을 피한 뒤 허공에서 홉고블린을 향해 나이프를 던졌다. 금속끼리 부딪치는 둔탁한 소리가 나더니 홉고블린의 가슴에 나이프가 깊숙이 꽂혔다. 홉고블린의 움직임이 멎었다. 제2종 기갑병장의 콕핏은 가슴에 있다. 피어볼그의 군용 나이프는 당연히 내부에 있는 탑승원에까지 이르렀으리라.

고블린의 등 뒤에 착지한 피어볼그는 왼손에서 와이어를 사출해 홉고블린의 가슴에 박혀 있는 나이프를 오른손으로 되돌렸다. 그러고는 황급히 돌아본 고블린의 손에 있는 곤을 피가 묻어 있는 나이프로 두 동강을 냈다.

어리둥절해하며 서 있던 나머지 홉고블린이 전투를 포기하고 쏜살같이 도주했다.

"PD1이 PD3에게 알린다. 홉고블린 한 기가 정면 출입구 쪽으로 향했다."

"PD3 라저."

셀 안에서 억양이 없는 라이저의 목소리가 울렸다.

"스가타! 난 네놈의 정체를 알고 있다! 기적의 디아볼루스? 개뿔 같은 소리!"

왕푸궈가 절규했다. 무심코 스피커에서 들리는 목소리에 귀를 기울였다.

"전설의 남자? 불패의 용사? 헛소리하지 마! 네놈은 아냐…… 아니라고!"

역시 왕푸궈였다. 아주 예리한 지적이었다.

"네놈은 네 자신과 다른 녀석들이 생각하는 것만큼 대단한 사내가 아냐! 동생은 네놈을 숭배했지만 그럴 만한 가치도 없는 놈이야!"

왕푸궈, 너의 그 말은 정확하지 않아. 나는 내 자신을 잘 알고 있어…….

"호주인을 골탕 먹였던 일뿐만이 아냐! 난 다른 것도 눈치 챘어. 눈치 챘다고!"

왕푸궈는 두 동강이 난 곤을 버리고서 정면 출입구와 반대쪽으로 향했다. 고블린의 각부장갑의 일부가 열리더니 안에서 검은 덩어리가 굴러떨어졌다. 폭뢰였다.

왕푸궈의 뒤를 쫓으려던 스가타는 이내 뒤쪽으로 몸을 날렸다.

폭뢰가 폭발했다. 자욱한 연기 너머로 계단으로 향하는 고블린이 감지됐다. 스가타는 주저 없이 연기를 뚫고 추적했다.

정문 게이트 앞에 서 있던 밴시가 두 팔을 서서히 올리더니 정면 출입구를 향해 내밀었다.

순백의 로브 같은 어깨장갑 아래에 불길한 물건이 보였다. 대전차 미사일인 FGM-148 재블린이었다.

디스플레이 영상은 대단히 선명했다. 정면에 있는 철문이 또렷하게 나오고 있었다. 거리, 풍향, 온도 등의 데이터를 다시 확인했다.

스즈이시 주임의 정비는 완벽했다. 실력이 괜찮았다. 최고의 메카닉이라고 부를 만했다. 그녀는 채링크로스의 생존자였다. 그 아가씨는 나를 증오하고 있다. 당연하다. 그런데 왜 이렇게까지 하는 것인가? 밴시는 내가 탑승하는 기체인데 말이다. 조준 시스템을 약간 헐겁게 조정해 놓기만 해도 나를 죽음의 심연으로 간단히 쫓아낼 수 있는데. 그 아가씨에게 용기가 조금 있었다면. 아니, 용기의 문제가 아니다. 그 아가씨는 용기가 있다. 자신이 맡은 일을 다 하겠다는 책임감…… 정신력의 문제다.

문득 깨달았다. 자신과 나이차가 크게 나지 않는 여성을 '아가씨'라 불러도 되는가? 스즈이시 주임의 동안을 떠올렸다. 정신력뿐만 아니라 일본인은 나이를 알기 어렵다.

창고 안에서 갑자기 폭발이 벌어졌다. 그러나 전혀 동요하지 않았다. 타인의 죽음 따위에 흥미는 없었다.

정면 출입구 셔터를 어깨로 뚫고서 홉고블린이 나왔다. 한쪽 팔이 덜렁거리고 있었다.

목표물 포착. 다이렉트 어택 모드를 선택했다. 제원 입력. 록 온.

홉고블린의 명운은 정해졌다.

드래군이라면 탑승자를 살려 둔 채로 기갑병장을 무력화시키는 것도 불가능하지만은 않았다. 하지만 민가가 근처에 있는 이곳에서 만에 하나라도 실패한다면 돌이킬 수 없는 사태가 벌어질 수 있었다. 오키쓰는 그 위험을 피한 것이다.

부장에게 고맙다고 인사나 해라. 자비로운 그 남자가 너를 완전히 죽이라고 말씀하셨으니…….

죽음을 고하는 정령의 속삭임이라도 들었는지 홉고블린은 겁을 먹은 것처럼 발걸음을 멈추고 이쪽을 보고 있었다.

발사. 밴시의 왼쪽 어깨장갑 아래에 장착되어 있는 발사 지휘장치가 미사일 두 기를 내뱉었다. 적외선 추적 장치가 미사일을 목표물로 유도했다. '하늘을 나는 창' 두 기가 하늘을 건너서 곧장 홉고블린을 직격했다.

탠덤 성형작약 탄두가 흔적도 없이 없애 버린 강철 거인을 라이저는 부러워했다. 밴시의 셀은 그 옛날의 '철의 처녀*'처럼 생긴 관이다. 하지만 아직껏 그 용도를 다하지 못했다. 관이란 망자를 담는 것이지 살아 있는 망자를 담는 것이 아니기에.

2층으로 올라간 왕푸궈의 고블린은 북쪽 통로를 곧바로 나아가고 있었다.

스가타는 뒤를 쫓아 계단을 올라가면서 지도를 확인했다. 그 통로는 막혀 있었다. 왕푸궈는 대체 무얼 하려는 건가? 단순히 자포자기한 것은 아니리라.

피어볼그가 2층에 이르렀을 때 왕푸궈가 지났던 통로 안쪽에서

---

* Iron Maiden, 여성의 형상을 한 상자로 안쪽에 못을 박아 놓은 고문 도구.

폭발이 일어났다.

"왕푸궈!"

계단 앞 모퉁이를 돌아 통로를 들여다봤다.

통로 끝에 있는 벽이 무너져 내려 인접한 빌딩의 외벽이 훤히 보였다. 고블린의 모습은 보이지 않았다.

구멍이 난 벽으로 달려가 아래를 내려다봤다. 인접지를 두고 사이에 세워진 펜스가 찌그러졌고, 옆 빌딩의 통용구 셔터가 부서져 있었다.

창고의 북쪽은 창문도, 출입구도 없어서 대비를 하지 않았다. 왕푸궈는 탈출용으로 미리 2층의 북쪽 벽에 폭약을 설치해 놨던 것이다.

"PD1이 사령 본부에 알린다. 왕푸궈의 고블린이 북쪽 빌딩으로 들어갔다. 추적한다."

스가타는 아래로 뛰어내리려다가 멈췄다.

아래쪽, 펜스 주변의 영상을 확대했다. 골프공만 한 회색 삼각뿔이 가득 뿌려져 있었다. 대기갑병장 지뢰였다. 이래서야 뛰어내릴 수가 없었다.

"이거 제법인데!"

북쪽 구역을 감시하던 나쓰카와가 지휘 차량으로 무전을 보냈다.

"여기는 북A1. 셔터를 부수고 고블린이 나타났다. 오하라교橋로 향하고 있다!"

미도리는 곧바로 창고 북쪽 지도를 디스플레이에 띄우고는 확대했다. 북쪽에는 아무것도 없는 길쭉한 공지가 건너편 강가와 나란하게 펼쳐져 있을 뿐이었다. 북쪽 끝은 바다로 막혀 있으나 500미터 간격으로 다리 두 개가 걸려 있었다. 그곳을 지나면 새로 지은 맨션들이 늘어서 있는 주택가가 나왔다.

북쪽 빌딩에서 나온 고블린은 최단 거리에 있는 다리로 향하고 있었다.

창고 정면 출입구가 있는 동쪽 블록에는 빌딩들이 빽빽이 들어서 있어 북쪽으로 곧바로 나갈 수가 없었다. 밴시가 적기를 추적하려면 현재 위치에서 일단 반대 방향에 있는 차도로 나간 뒤 크게 우회해야만 했다. 빌딩은 전부 6층이 넘었다. 밴시는 표적을 직접 확인할 수도 없었다.

"고블린이 채프를 살포하고 있습니다! 연기도! 각종 기만장치를 사용하고 있습니다!"

미도리는 여러 디스플레이를 보면서 외쳤다.

채프는 레이더 전파를 교란시키고, 연기는 레이저로 유도를 하지 못하게 막는다. 또한 고블린에 원래 장착되어 있는 플레어는 적외선 추적을 막는다. 상황이 이렇다면 밴시는 유도 병기로 적기를 격파할 수가 없다.

오키쓰가 마이크로 향했다.

"북쪽 구역에 있는 모든 요원에게 말한다. 오하라교의 주변 상황을 당장 보고해라. 행인이나 차량은 없나?"

곧바로 대답이 돌아왔다.

"행인은 없습니다!"

"다리에서 약 10미터쯤 떨어진 곳에 지바 현경 순찰차가 세 대 있습니다. 전부 아무도 없습니다! 일반 차량은 없습니다!"

오키쓰는 미도리를 돌아보았다.

"오하라교 주변의 GPS 데이터를 밴시에게 보내게."

"예!"

뒤이어 라이저를 불렀다.

"PD3, 여기는 사령 본부."

"여기는 PD3, 본부는 말하라."

"3호 장비로 헬파이어를 발사해 오하라교를 파괴하라."

"PD3 라저."

"PD1, 들리나?"

"그래, 듣고 있다."

스가타의 목소리가 들렸다.

"이쪽에서 시간을 벌겠다. 뭘 해야 할지 알겠지?"

"괜찮겠나? 그러면 테러범의 진술을 들을 수가 없을 텐데?"

"상관없다. 이 방법뿐이다."

"알았다. 내게 맡겨."

스가타는 오른쪽 매니퓰레이터로 등 뒤에 걸어 둔 바렛XM109를 뽑았다. 오른쪽 매니퓰레이터 손바닥에 내장된 어댑터가 원거리 스나이퍼 라이플의 손잡이를 고정시켰다. 방아쇠에 손가락을 건다. 맞은편 빌딩의 벽을 겨누었다. 모든 탄을 쏘았다. 매거진 벨트에서 예비 탄창을 뽑아 교환하고는 다시 쏘았다. 모두 열 발이었다.

또다시 탄창을 교환하고서 구멍이 뻥뻥 뚫린 벽을 향해 뛰었다. 3미터 거리를 뛰어넘어 콘크리트 벽을 부수고는 맞은편 빌딩 안으로 굴러 들어갔다.

다시 일어서면서 디스플레이를 힐끔 본다. 기체에는 아무 이상이 없었다. 서둘러 북쪽으로 향했다.

'3호 장비.' 밴시의 등에 달린 나비 날개는 우아한 겉모양과는 달리 무시무시한 화력이 숨겨져 있는 무기고였다.

하늘을 향해 좌우 한 기씩 AGM-114L 롱보우 헬파이어가 장착되어 있었다. 총 길이는 176센티미터. 밀리파 레이저 추적 장치가 달려 있고, 9킬로그램짜리 탠덤 배열 고성능 유탄이 탑재되었다. 완전한 파이어 앤드 포겟* 미사일이었다.

라이저는 데이터를 담담하게 입력하고서 확인했다.

디스플레이에 오하라교의 영상이 떴다.

록 온.

헬파이어가 하늘을 향해 쏘아졌다. 수직으로 상승한 미사일은 북쪽 빌딩을 넘어 아득한 상공을 향해 포물선을 그렸다.

아리아가 들렸다. 관현악 모음곡 제3번 「G선상의 아리아」. 무한

---

* 3세대 미사일 유도 방식.

한 천상을 향해 날갯짓하는 선율에 도취되었다.

오하라교가 바로 눈앞에 있었다. 다리를 건너면 녹색 공원이 나온다. 이 완충지대를 지나면 맨션들이 쭉 늘어서 있는 주택가가 나온다. 최신 군용장비가 사투를 벌이는 황무지와는 전혀 다른 일상의 풍경이 펼쳐져 있었다. 그곳으로 뛰어든다면 그 누구도 공격을 할 수가 없다. 고블린의 발이 빨라졌다.

무성한 수풀 속에서 부하인 후카미와 함께 둘이서 몸을 숨기고 있던 나쓰카와는 답답한 심정으로 도주하는 고블린의 등을 쳐다보았다.

"대체 뭐하는 거야! 저러다가 녀석이 다리를 건너겠다!"

나쓰카와가 벌떡 일어서자 후카미가 뒤에서 매달렸다.

"주임님, 위험합니다!"

"나도 알아!"

할 수만 있다면 달려가서 유도 기술로 눕혀 버리고 싶었다. 하지만 상대는 맨손이 아니라 기모노를 착용하고 있었다. 수사원들은 모두 S&W M37을 소지하고 있으나 권총으로 어찌할 수 있는 상황이 아니었다.

나쓰카와는 어찌할 도리 없이 수풀 속에서 발만 동동 구를 수밖에 없었다.

"글렀어! 늦었어!"

고블린의 발이 다리에 들어섰을 때 상공에서 공기가 마찰하는 소리가 들렸다.

그 순간 오하라교가 산산이 부서졌다.

그 충격으로 근처에 정차되어 있는 순찰차 세 대가 동시에 튀어 올랐다. 모든 창문이 깨졌다.

고블린은 원통해하며 건너편 주택가를 쳐다보고 있었다. 오즈의 나라로 이를 수 있는 노란 벽돌 길을 잃어버렸다.

나쓰카와와 후카미가 안도한 것도 잠시…….

고블린은 방향을 홱 틀어 바다를 따라 달려 나갔다. 500미터 전방에는 다른 다리가 걸려 있었다.

나쓰카와는 무전기를 꽉 쥐고서 힘껏 외쳤다.

"본부! 녀석이 제2오하라교로 향하고 있다!"

먼지를 말아 올리며 아무도 없는 공간을 달리던 피어볼그는 북쪽 창밖으로 윗몸을 내밀었다.

잡초가 무성한, 한적한 매립지를 달리는 고블린의 등이 보였다.

왕푸귀, 네 말 하나도 틀린 거 없어. 내 머릿속에는 이 몸의 상품 가치밖에 들어 있질 않아.

바렛XM109를 서서히 창밖으로 꺼냈다. 스가타의 시선과 조준거리는 그대로 조준 시스템이 된다. 거리는 1410미터다. XM109의 유효 사거리는 2000미터. 최대 사거리는 2400미터. 충분하다.

반드시 맞힌다. 나는 프로페셔널이다. 그러니 반드시 결과를 낸다. 앞으로도 계속 낼 것이다.

디스플레이에 각종 표시가 떴다. 목표물을 포착했다.

이건 일이야, 왕푸궈. 이게 우리의 일이라고. 넌 SAT를 전멸시키라는 의뢰를 받았고, 난 경찰의 의뢰를 받았어. 받을 수밖에 없었어. 네게도 이유가 있었나? 그래서 받아들였나?

네빌의 웃음소리가 들렸다.

—참으로 재밌어. 운명이 느껴져.

동티모르에서 처음 만났을 때 나는 너를 노리던 노움 두 기를 저격했다.

그리고 지금. 나는 너를 저격한다.

운명인가? 그럴지도 모른다. 동티모르에서 나는 왕푸더를 구했고, 도쿄에서 녀석을 죽였다. 동생 다음에 형을 죽이는 건가? 운명은 하늘에 겹겹이 쳐져 있는 거미줄이다. 지상의 그 어떤 부비트랩보다도 잔인하다.

어쩔 수 없다. 이것도 일이다. 프로페셔널에게 감상은 필요 없다. 지옥에서 네빌이 웃고 있다. 녀석의 급소를 팔꿈치로 찌를 권리는 왕푸궈, 네게 넘기마.

다리를 향해 황량한 매립지를 계속 달리고 있는 고블린이 보였다.

우리는 형제가 아냐.

나는 네 동생을 구했다. 임무에 딸려 있는 의무라고 여겼다. 전우를 구하는 건 병사의 의무다. 다만 그 전장에서만 부여된 의무다.

너는 이미 프로페셔널이 아냐. 실격이다. 나는 너와는 달라.

스가타는 고블린의 무방비한 등을 쳐다봤다. 록 온.

나는 분명 무관계한 사람도 죽여 왔다. 하지만 민간인의 희생을 전제로 한 작전에 참가한 적은 없어. 하지만 왕푸궈, 너는 그런 짓을 저질렀다.

그립에 달린 방아쇠 버튼을 눌렀다.

디스플레이에 풀 메탈 재킷Full metal jacket AP탄이 등을 관통한 고블린의 영상이 떴다. 고블린은 그대로 잠시 걷다가 이윽고 정지했다. 더는 움직이지 않았다.

건너편 도로에서 지바 현경의 순찰차들이 쇄도하고 있었다. 사이렌을 요란하게 울렸다. 나무들이 심겨 있는 공원을 지나 주민들이 모여들며 현장을 봉쇄하려는 경찰관들과 밀치락달치락하고 있었다.

잡초 속에서 정지된 고블린은 아침 햇살을 받아 굳어 버린 오브제처럼 보였다. 안에 시체를 가둔 거인의 조각상 같았다.

모드 변경, 풀 슬레이브. 어그리먼트 모드를 해제하고서 마스터 슬레이브 조종으로 바꾸었다. 힘이 털썩 빠진 것처럼 기체가 비틀거렸다. 기체가 진동하자 비로소 극심한 피로가 느껴졌다.

현기증이 났다. 그리고 참기 힘든 구역질이 일었다. 어그리먼트 모드는 탑승자의 육체를 크게 소모시킨다. 그래서 한정된 시간 동안에만 사용할 수 있다. 추정된 제한시간을 넘기면 우선 내장부터 손상되기 시작한다.

하지만 지금 느끼는 구역질은 그 때문만은 아닐 것이다.

"PD1, 임무 완료. 철수한다."

우리는 형제가 아냐…….

5

청사 안 부장실에서 오키쓰는 시가릴로를 느긋하게 피우고 있었다.

그의 책상 앞에는 응접용 의자가 무질서하게 놓여 있었다. 시로키 이사관, 미야치카 이사관, 그리고 스가타, 유리, 라이저가 각자 내키는 대로 의자에 앉아 있었다.

실내에 있는 모든 비품에는 오키쓰가 즐겨 피우는 시가릴로의 향이 배어 있었다. 담배 향을 극도로 싫어하는 사람이라면 방에 들어가고 싶지 않으리라.

"그날 아침에 지바 현경으로 익명의 신고가 들어왔다고 하더군. 미우네 무역의 창고에서 기갑병장을 봤다고."

오키쓰의 말을 듣고 시로키가 윗몸을 들썩였다.

"그건……."

"그래. 지하철역 사건 때와 똑같은 수법이지. 덕분에 하마터면 왕푸궈와 그 일당들을 놓칠 뻔했다."

오키쓰는 서서히 소용돌이치다가 허공에서 사라지는 연기를 쳐다보며 말을 이었다.

"누군가가 돌입 작전을 왕푸궈에게 알리려고 했다. 왕푸궈가 우리 손에 체포되는 걸 바라지 않는 누군가가 말이지. 연락할 수 있는 방법이 딱히 없었던 상황에서 요란한 사이렌 소리는 위험을 알리는 대단히 유효한 수단이었다고 할 수 있다."

"하지만 돌입 작전은 극비였습니다. 외부인이 어떻게?"

시로키가 발언하자 유리가 입을 열었다.

"외부인이 아니라면 내부인의 소행이다."

"나도 같은 생각이다."

오키쓰가 동의하자 시로키가 화들짝 놀라서 말했다.

"설마 부장님께서는 내통자가 있다고 생각하시는 겁니까?"

"달리 누가 있겠나?"

"말도 안 됩니다. 전 모든 수사원들을 믿습니다."

"나도 마찬가지일세."

"예?"

"그들을 발탁한 사람은 바로 나일세. 지금도 그 신뢰는 흔들림이 없네."

"하지만 부장님께서는……."

"꼭 수사원들이 흘렸다고 할 수만은 없지……."

스가타가 히죽 웃었다.

"오호……. 그럼 예를 들어 이 안에 있을 수도 있다는 건가?"

"스가타 경부."

시로키는 발끈하며 말했다.

"경솔한 발언은 자제해 줬으면 좋겠군."

"미야치카 이사관."

오키쓰는 미야치카를 천천히 돌아보며 불렀다.

"자네는 수사 회의를 마치고 누군가와 곧잘 통화를 하더군? 자네가 가족을 끔찍하게 위하는 건 잘 아네만, 회의가 끝난 직후에 가족에게 연락을 할 일이 있나?"

모두가 일제히 돌아봤다. 얼굴이 창백해진 미야치카는 고개를 숙이고 있었다.

"미야치카…… 너…… 설마."

시로키는 믿을 수 없다는 얼굴로 미야치카를 쳐다봤다. 그는 돌입 작전을 벌였던 아침 이후로 마음속 동굴에 틀어박힌 것처럼 줄곧 침울해했다.

"그날 밤 자네는 이튿날 아침에 출동하는 걸 반대했네. 이유가 있었지. 이튿날 아침에 돌입 작전을 실행하면 상부에 보고를 하더라도 대응이 늦어지리라 짐작해서지."

미야치카는 결심을 굳힌 것처럼 고개를 들었다.

"부장님, 전!"

오키쓰는 한 손을 들어 미야치카의 말을 막았다.

"자네는 본청의 뜻을 은밀히 받들고서 이곳으로 파견된 거야. 그렇지?"

"예. 하지만 그건……."

"균형이 잡힌 좋은 인사였다고 나는 평가하고 있네. 조직에는 비판할 수 있는 사람도 필요하지."

이어서 라이저가 냉담하게 말했다.

"그렇지만 내부 정보를 누설하는 건 배신이다."

"아냐!"

"뭐가 아닌가? 넌 배신자다."

라이저의 말 속에는 몸에 배어 있는 냉혹함이 스며들어 있었다. 수없는 배신자들을 처형해 온 냉혹함이.

또한 동시에 배신자이기도 한 자신에게 보내는 비웃음도 섞여 있었다.

"난 본청에 적절한 보고를 했을 뿐이야. 건전한 경찰관이라면 마땅히 해야 할 행동이었어."

"그 말대로 자네는 건전한 경찰관일세. 하나 상대방이 건전하지 않았다면?"

미야치카는 허에 찔린 것 같은 표정으로 오키쓰를 쳐다봤다.

"설마 부장님께서는……."

"자네도 내심 의심하고 있잖은가? 그렇지 않다면 어떻게 그 시점에 지바 현경에 신고가 들어오겠나?"

"그만하십시오! 얼토당토않은 소리입니다!"

미야치카는 낯빛을 바꾸며 벌떡 일어섰다.

"부장님의 지시를 어겼으니 어떤 처분이든 달게 받겠습니다. 하지만 전 본청에게까지 비밀로 해서는 안 된다고 생각했습니다. 전 제 행동에 신념을 갖고 있습니다. 전 이사관으로서, 또한 경찰관으로서 상부에 보고해야 할 의무가 있다고 생각했습니다. 또한 전 특정 개인에게 보고한 것이 아닙니다. 제가 올린 보고는 공안위원회에도 전달되었습니다. 전 경찰을 믿고 있습니다."

"자네의 그 신념은 높이 사네."

오키쓰는 케이스에서 새 시가릴로를 꺼내고는 성냥으로 불을 붙였다.

"하나 이런 사태가 벌어질까 우려해서 경찰 관계자에게도 비밀로 한 거네. 기우이길 바랐건만."

연기 속에서 오키쓰가 눈을 감았다.

"누가 이 범죄와 연결되어 있는지는 모른다. 그러나 누군가가…… 경찰 상층부에 있는 누군가가 같은 경찰관을 죽음으로 몰아넣은 범죄에 가담했다."

미야치카는 입을 다물었다. 역시 그도 속으로는 의혹을 품고 있었다. 그렇기에 아침부터 마음속으로 자문자답을 거듭했으리라.

미야치카뿐만이 아니었다. 시로키도, 유리도 경악하며 말문을 잃었다. 스가타와 라이저도 평소답지 않은 표정으로 입을 굳게 다물고 있었다.

특수부 청사 바닥, 아니, 경찰이라는 터전이 일그러지다가 한없이 무너져 가는 감각에 휩싸였다.

"……역시 난 믿을 수가 없어."

미야치카는 신음했다.

"그럴 리가 없어. 분명 뭔가 착오가 있었을 거다. 단순한 실수였을지도 몰라. 조사해 보면 알 수 있어."

"상층부에 물어보고 다닐 건가? 혹시 비밀을 누설하셨냐고."

스가타가 비아냥거렸다.

"멍청한 소리 하지 말라며 호통만 칠걸. 경찰이든, 군대든 똑같아."

"아니, 경찰은 군대보다도 더 구제불능인 곳이다."

유리가 태연스레 말했다.

다시 침묵이 흘렀다.

"뭐, 확증이 있는 건 아닐세. 지금은 아직."

시가릴로를 문 채로 오키쓰는 일어섰다.

"자, 가세. 슬슬 수사 회의가 시작될 시간이야."

회의에서 새롭게 진전된 보고는 올라오지 않았다.

왕 형제, 나타웃 와라차쿤의 배후 관계 - 불명.

홉고블린 세 기에 탑승했던 탑승자들의 신원 - 불명.

몰수한 폭약의 사용 목적 - 불명.

미우네 무역의 자금 흐름 - 미해명.

베트남인 밀수 조직 조사 - 현재 진행 중. 다만 지금까지의 조사로 보아 왕푸궈 일당의 주문을 받아 무기를 납품하기만 했을 가능성이 농후하다.

베트남인 조직원들은 하나같이 크리스토퍼 네빌과는 첫 거래였다고 진술했다. 리더인 구엔민히엔의 진술에 따르면 누구의 소개를 받았느냐고 네빌에게 물었더니 '클라이언트에게 들었다'고만 대답했다고 한다.

실내에는 무거운 피로감만이 짓누르고 있었다.

실행범이 전부 사망했기에 사건의 전모를 밝혀낼 가능성은 거의 사라졌다. 네빌의 배후도 알아봤으나 막힌 상태였다. 수사원들도 의기소침한 기색을 감추지 않았다.

"적어도 우리는 시민들이 또다시 희생자가 되는 것만은 막았다. 그 점은 자랑스럽게 여겨도 된다고 난 생각한다."

오키쓰는 모두에게 말했다. 그의 좌우에는 평소처럼 시로키와 미야치카 이사관이 자리했다. 오키쓰는 수사원들에게 누군가가 익명으로 지바 현경에 신고 전화를 했음을 알렸다. 하지만 미야치카가 상부에 기밀을 누설한 것은 언급하지 않았다.

자랑스럽게 여겨도 된다…….

오키쓰의 그 말과는 달리 일반 시민들은 혹독한 비난을 쏟아 냈다. 공공 다리를 현장 책임자의 판단만으로 파괴했다. 폭발 때문에 인근 주민들은 정신적으로 충격을 받았고, 주택도 피해를 입었다. 더욱이 테러범들도 전원 사망했다. 이 모든 것이 특수부가 어설프게 대처했기에 벌어진 것으로 선전되고 있었다. 그리고 경찰 내부에서는 더욱 혹독하게 규탄하고 있었다.

"이것으로 끝난 게 아니다. 후속 수사를 계속 진행한다. 그리고 반드시 진범을 밝혀내야 한다. 지금 우리의 수중에 있는 것은 실마리조차 되지 못하는 조각들뿐이다. 하지만 언젠가 이 조각들이 하나로 합쳐지는 날이 올 것이다. 그날을 믿고서 수사를 계속할 수밖에 없다. 우리가 포기한다면 아마도 돌이킬 수 없는 사태로 직결될 것이다. 왜냐면…….”

수사원들, 그리고 스가타, 유리, 라이저가 오키쓰를 응시했다.

“적은 경찰 내부에 있기 때문이다.”

오키쓰는 서서히, 명료하게 단언했다.

“알다시피 압수물 중에서 테러범의 배후나 앞으로의 표적을 특정할 만한 것은 아무것도 없었다. 그러나…… 이게 있었다.”

오키쓰는 탁자 위에 놓여 있는 비닐 봉투 하나를 집어 들었다. 그 안에는 도로지도책 한 권이 들어 있었다. 창고에서 몰수한 물품 중 하나인데, 감식반이 철저하게 검사를 했지만 특별한 지문이나 털 등은 채취하지 못했다. 대량으로 유통되고 있는 지도책으로 전국의 서점이나 편의점에서 쉽게 구입할 수 있었다. 그런데 그 지도책의 거의 모든 장에는 경찰 관련 시설이 볼펜으로 표시되어 있었다. 경찰과 관계가 전혀 없는 맨션 등 건물도 꽤 섞여 있다. 표시가 되어 있는 곳을 조사해 봤으나 관련성을 찾아내지는 못했다.

왕푸궈가 일본 경찰을 재차 공격할 계획을 세우고 있었으리라 추측할 수 있지만, 어디까지나 추측에 지나지 않았다.

“표시가 된 건물 중에는 경찰과 관계가 없는 곳도 포함되어 있다. 여러분들은 그렇게 인식하고 있을 테지만, 사실은 경찰과 관계가 있었다.”

유키타니와 나쓰카와가 고개를 들었다. 시로키와 미야치카는 이미 아는 듯했다.

“공안을 비롯해 수사1과나 외사가 극비리에 썼던 별실이 해당 건물에 있었다. 그중에는 다른 명의나 혹은 가공의 명의로 빌린 맨션도 있다. 수사의 성격상 결코 밝혀질 일이 없는 시설이지. 물론 이미 철수한 상태이긴 하지만. 만약에 그곳을 아는 자가 있다면 경찰 내부인임이 분명하다. 하나 이만한 정보로 그 인물을 특정하기란 불가능하다. 참고로 상층부에서는 이 물증이 뜻하는 바를 부정하고 있다."

오키쓰의 말투가 더욱 긴박해졌다.

"스가타 경부의 납치 사건에서 드러났듯이 이 적은 대담하기 그지없다. 네빌에게 무기 조달처로 베트남인 조직을 소개한 것은 유일한 실책으로 보이지만, 난 다르게 본다. '우연을 믿지 마라.' 내 자신부터 그 말을 더욱 깊이 생각해 봤어야 했다. 이 모든 상황은 전부 계산된 것이었다. 네빌이 성공한다면 더할 나위 없고, 실패하더라도 최소한의 결과는 남긴다. 그 사건은 우리에게 보내는 메시지…… 경고였다."

메시지. 경고. 특수부에게?

"그렇지 않다면 경찰관을 납치하려는 생각을 할 수나 있겠나? 특히 드래군의 탑승 요원을 말이지. 경찰 조직의 내부 정보를, 그것도 보안 등급이 꽤 높은 정보를 아는 자가 아니라면 도저히 세울 수 없는 계획이었다. 그리고 이 적은 시민들의 희생을 조금도 개의치 않는다."

오키쓰는 일단 말을 끊고서 요원들을 보았다. 모두 진지한 눈빛으로 오키쓰를 쳐다보고 있었다.

"우린 이 적과 싸운다. 우리의 힘만으로 싸운다. 우리 경시청 특수부가 해야만 한다. 전례가 없는 지난한 싸움이 될 테지만, 여러분이라면 해낼 수 있으리라 믿는다. 우리 다 함께 경찰 중의 경찰이 되자."

경찰 중의 경찰.

우리가 될 수 있을까?

수사원들 중 몇 명이 흥분을 참지 못하고 일어섰다. 또한 몇 명은 생각에 빠졌다.

유키타니와 나쓰카와는 전자였다. 미도리는 후자였다.

유리는 전자와 후자 사이에 끼어 있는 자기 자신이 혐오스러웠다.

시로키는 고개를 크게 끄덕이고 있었다.

미야치카는 회의 내내 고개를 숙인 채 들지 않았다.

스가타와 라이저는 남의 일인 것처럼 시큰둥했다.

하지만 오키쓰의 말은 그 자리에 있던 모든 이의 가슴속에 어떤 형태로든 깊이 새겨졌다.

스가타는 회의실에서 나온 유리를 불러 세웠다.

유리가 의아해하며 돌아보자 스가타는 말했다.

"한잔 살 테니 나랑 어디 좀 가지."

드문 일이었다. 너무나도 드문 일이라서 유리는 그만 고개를 끄덕였다.

스가타가 안내한 곳은 청사 안에 있는 휴게실이었다.

"산다는 게…… 이건가?"

스가타는 기가 차다는 표정을 짓고 있는 유리에게 차가운 캔 커피를 건네면서 다시금 자판기 버튼을 눌렀다.

"그래. 뭘 기대한 거야?"

"……."

"이래 봬도 난 커피를 엄청 따지는 편이지. 그런데 캔 커피도 의외로 마실 만해. 때와 장소에 따라서는 오히려 캔 커피가 더 좋을 때도 있지."

어이가 없었다. 빨리 끝내고자 유리는 캔 커피의 마개를 땄다.

"특히 정글에서 전투를 치른 뒤에는 못 견디게 이게 그리워지거든. 동티모르에서 찬 캔 커피를 우연히 마셨을 때가 생각이 나는군. 그때는 왕푸더가 함께 있었지."

캔을 입으로 옮기던 유리의 손이 멈췄다.

스가타는 감회에 잠겨 있지 않았다. 그저 태연하게 캔 커피를 마시고 있었다.

"왜 그래? 캔 커피를 싫어하나?"

"그래."

"그래? 그거 미안하게 됐군."

"……."

"출동하기 전에 여기서 유키타니와 마시는 걸 봤어. 캔 커피의 맛에 눈을 뜬 줄 알았는데."

그 모습을 본 건가? 하지만 그때 유키타니는 커피를 마시지 않았다.

유리는 직감했다. 스가타는 모든 것을 보고 있었다.

그 사실을 전하고자 자신을 여기로 데리고 온 것이다.

호의인가? 악의인가? 후자는 아니다. 아마 전자일 것이다. 하지만 무서울 만큼 이해하기 어려운 호의였다. 어떻게 해석해야 하는가? 진의가 무엇인지 생각해 봤자 답은 나오지 않는다. 물어봐도 얼버무릴 것이다. 이 사내는 늘 그렇다.

"여기에 있었나?"

두 사람이 동시에 돌아봤다.

오키쓰 부장이 서 있었다. 종이를 든 채였다.

"특수부 앞으로 이상한 편지가 왔더군. 펑 코퍼레이션의 사장실에서 말이지."

오키쓰는 종이를 내려다봤다.

"'맛있는 커피를 끓이는 법…… 원두7, 로스팅2 ,추출1'……. 이게 뭔지 알겠나?"

스가타의 머릿속에서 무언가가 떠오른 모양이었다.

"관이 보낸 건가? 의외로 의리를 아는 녀석이로군."

"펑의 비서 말인가?"

"맞아, 하지만 건실한 녀석은 아냐. 커피와 마찬가지로 사람에게서도 향이 나거든."

"오즈노프 경부, 자네의 심증은?"

"틀림없이 흑사회의 구성원일 겁니다. 그것도 꽤 지위가 높은 간부겠지요."

"그런가?"

두 사람이 캔 커피를 들고 있는 걸 보고 오키쓰는 자판기에 동전을 넣었다. 음료수를 고르면서 종이를 두 사람에게 내밀었다.

"이런 글도 적혀 있더군……. '탄자니아, 살바도르, 과테말라를 조합하고서 마지막으로 용의 피를.'"

마지막으로 용의 피를.

"그렇군."

종이를 받아 든 스가타가 히죽 웃었다.

"겉모습과 달리 꽤 재밌는 녀석이로군."

유리도 옆에서 종이에 적힌 글귀를 훑어봤다.

"이건 우리에게 보내는 도발, 아니, 도전인가?"

"러브콜이야."

자판기 사출구에서 두 사람과 똑같은 캔 커피를 꺼내면서 오키쓰는 표표하게 말했다.

"보다시피 새로운 단서가 날아들었다. 틀림없이 어딘가로 이어지겠지. 펑 그룹, 그리고 허이방 같은 암흑가의 큰손들 말일세."

오키쓰는 캔 커피를 한 모금 마시고서 인상을 찌푸렸다.

"이건…… 입에 맞질 않군."

"그렇습니까?"

스가타는 납득할 수 없는지 입을 삐죽 내밀었다. 하지만 금세 히죽 웃었다.

“관이 알려 준 대로 마지막으로 용의 피를 넣는다면 맛이 조금은 괜찮아지지 않겠습니까?”

“그럴지도 모르지.”

오키쓰와 스가타가 똑같이 웃었다. 두 사람 모두 부적절한 웃음을 짓고 있었다.

역시 당신들의 속내를 모르겠다. 유리는 묵묵히 캔 커피를 입에 머금었다.

그리고 느꼈다. 야윈 수캐의 몸속을 돌고 있는, 맥동하는 용의 피를.

마지막으로 용의 피를.

〈끝〉

옮긴이 | 박춘상

1987년 서울에서 태어나 한성대학교를 졸업했다. 마음에 깊이 남는 일본 소설을 소개하기 위해 노력하고 있다. 옮긴 책으로는 모리 히로시의 『모든 것이 F가 된다』, 『웃지 않는 수학자』, 『환혹의 죽음과 용도』, 『여름의 레플리카』, 『수기 모형』을 비롯하여 『사쿠라코 씨의 발밑에는 시체가 묻혀 있다』, 『날개 달린 어둠』, 『허구추리 강철인간 나나세』, 『에콜 드 파리 살인사건』, 『뒷골목 테아트로』, 『악당』, 『일곱 바다를 비추는 별』, 『법정의 마녀』등이 있다.

기룡경찰

1판 1쇄 찍음 2017년 8월 4일
1판 1쇄 펴냄 2017년 8월 11일

지은이 | 쓰키무라 료에
옮긴이 | 박춘상
발행인 | 김세희
편집인 | 김준혁
책임편집 | 장은진
펴낸곳 | 황금가지

출판등록 | 2009. 10. 8 (제2009-000273호)
주소 | 06027 서울 강남구 도산대로 1길 62 강남출판문화센터 5층
전화 | **영업부** 515-2000 **편집부** 3446-8774 **팩시밀리** 515-2007
홈페이지 | www.goldenbough.co.kr

도서 파본 등의 이유로 반송이 필요할 경우에는 구매처에서 교환하시고
출판사 교환이 필요할 경우에는 아래 주소로 반송 사유를 적어 도서와 함께 보내주세요.
06027 서울 강남구 도산대로 1길 62 강남출판문화센터 6층 민음인 마케팅부

ISBN 979-11-5888-307-2 03830

㈜민음인은 민음사 출판 그룹의 자회사입니다.
황금가지는 ㈜민음인의 픽션 전문 출간 브랜드입니다.